光文社古典新訳文庫

ナルニア国物語③

馬と少年

C・S・ルイス

土屋京子訳

kobunsha classics

JN166301

光文社

Title: THE HORSE AND HIS BOY
1954
Author: C.S.Lewis

『馬と少年』もくじ

YOUCHAN

ナルニア国と周辺の地図
N
W
E
S
ケア・パラヴェル城
CAIR PARAVEL
BACK TO NARNIA
川にはさまれたタシュバーンの都
TASHBAAN
スプレンダー・ハイアライン号
シャスタとアラヴィスが出会った浜
シャスタが育った家

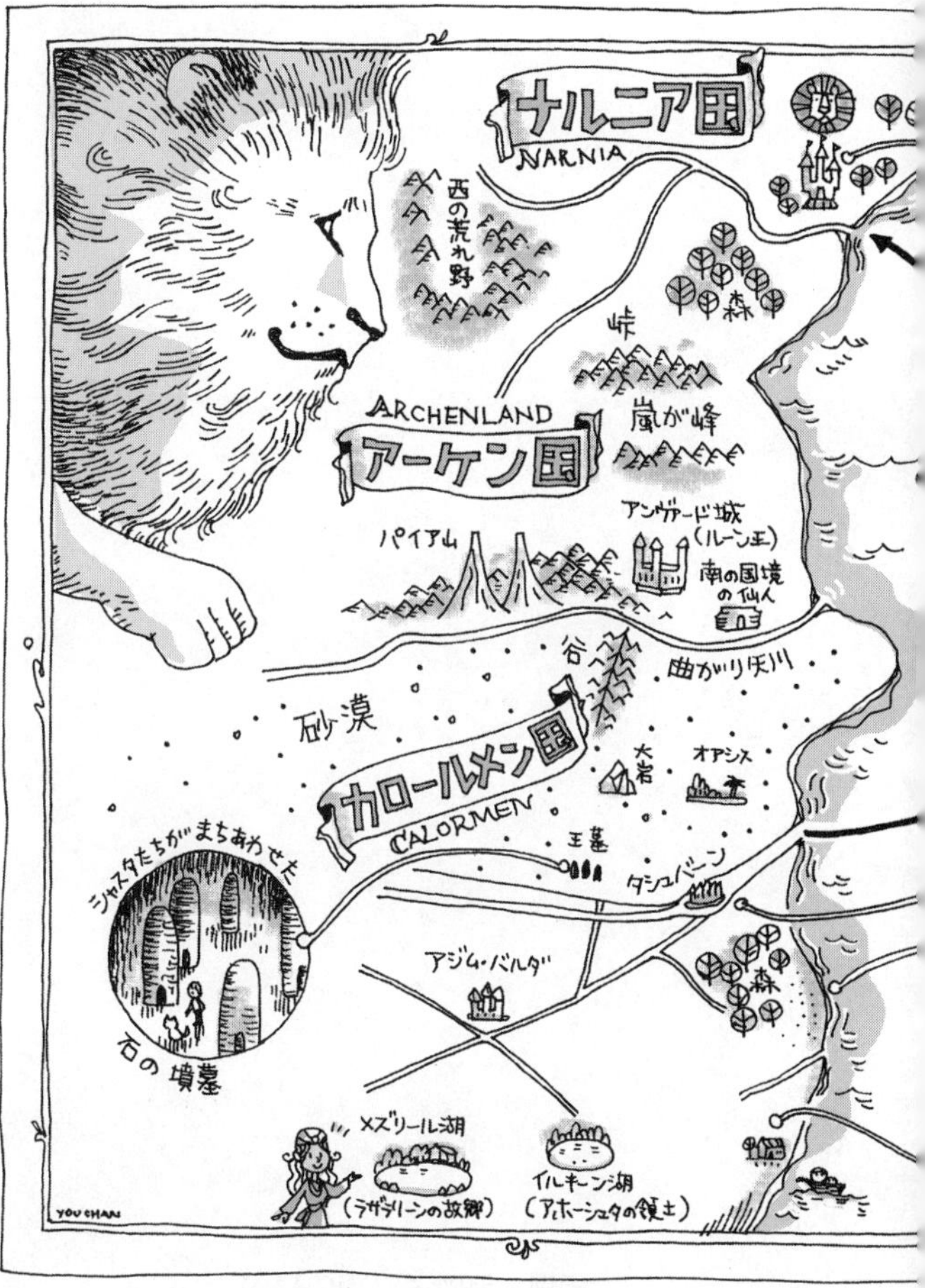
ナルニア国
NARNIA
西の荒れ野
森
峠
ARCHENLAND
アーケン国
嵐が峰
アンヴァード城
（ルーン王）
南の国境の仙人
パイア山
谷
曲がり矢川
砂漠
カロールメン国
CALORMEN
大岩
オアシス
王墓
タシュバーン
シャスタたちがまちあわせた
石の墳墓
アジム・バルダ
森
メズリール湖
（ラザラリーンの故郷）
イルキーン湖
（アホーシュタの領土）
YOUCHAN

挿画・地図／YOUCHAN

馬と少年

デイヴィッドとダグラス・グレシャムへ

1　シャスタ、旅に出る

　これはナルニアに上級王ピーターが君臨《くんりん》し、弟のエドマンド王や妹のスーザン女王やルーシー女王とともにナルニアを治《おさ》めていた黄金時代に、ナルニア国とカロールメン国およびそのあいだの砂漠《さばく》で起こった冒険《ぼうけん》の物語である。

　そのころ、カロールメンの南端《なんたん》に近い海辺《うみべ》の小さな入り江《いえ》に、アルシーシュという名の貧《まず》しい漁師《りょうし》が住んでいた。そして、アルシーシュを父と呼《よ》んで日々をともにする少年がいた。その子の名はシャスタと言った。アルシーシュは毎朝きまって小舟《こぶね》で漁《りょう》に出かけ、午後になるとロバに引かせた荷車に魚を積《つ》んで、一キロ半ばかり離《はな》れた南のほうの村へ売りにいった。魚がよく売れた日は、アルシーシュはまずまずのきげんで帰ってきて、シャスタに難癖《なんくせ》をつけることもなかった。しかし、魚が売れなかった日は、アルシーシュはシャスタに当たりちらし、殴《なぐ》ることさえあった。難癖《なんくせ》など、つけようと思えばいくらでもつけようがあった。シャスタは漁網《ぎょもう》をつくろったり洗《あら》ったり、夕食を作ったり、二人が住む小屋を掃除《そうじ》したりと、さまざまな仕事を言いつけられていたからだ。

シャスタは家より南の方角にはまったく関心《かんしん》がなかった。南のほうの村にはアルシーシュに連《つ》れられて一度か二度行ったことがあって、たいしておもしろいことなどないとわかっていたからだ。その村で見かける男たちは、自分の父親とそっくりで、丈《たけ》の長い汚《よご》れた服を着て、先端《せんたん》が上にそりかえった木靴《きぐつ》をはき、頭にターバンを巻《ま》いて、あごひげを伸《の》ばし、ボソボソと退屈《たいくつ》な話をするばかりだった。だが、北の方角のこととなると、シャスタは知りたいことだらけだった。というのも、北の方角には誰《だれ》もけっして出かけていかないし、シャスタ自身も行ってはならないと言われていたからだ。家の外に腰《こし》をおろして漁網をつくろっているときなど、一人きりになると、シャスタはよくあこがれのまなざしで北の方角を眺《なが》めたものだった。とはいっても、北の方角は草地がだんだんとせり上がってなだらかな丘《おか》になっており、その先は空が

YOUCHAN

見えるばかりで、たまに鳥が飛《と》んでいるだけだった。

アルシーシュがそばにいるとき、シャスタは父親にたずねてみることもあった。「ねえ、父ちゃん、あの丘《おか》のむこうには何があるの？」漁師《りょうし》の父親は、虫の居所《いどころ》が悪ければシャスタの横《よこ》っ面《つら》を張《は》りとばし、仕事に身を入れろと叱《しか》るだけだった。きげんがさほど悪くないときは、父親はこう答えるのだった。「息子《むすこ》よ、つまらんことを考えるでない。偉《えら》い詩人様も言っとられるように、『仕事に励《はげ》むが繁盛《はんじょう》の第一歩、かかわりのないことに気を取られれば〈愚《おろ》か〉という名の船を〈貧乏《びんぼう》〉という名の岩に乗り上げるだけ』っちゅうことだ」

父ちゃんは隠《かく》してるけど、あの丘のむこうにはきっとわくわくするような秘密《ひみつ》があるにちがいない、とシャスタは思っていた。けれども、実際《じっさい》には、漁師の父親自身も北に何があるか知らなかったから、そんなふうに答えただけだった。北に何があろうと、シャスタの父親は知りたいとも思わなかった。もっぱら実利《じつり》のあることにしか関《かん》心《しん》の向かない男だったのである。

ある日、南のほうから、シャスタがこれまで見たこともないような人物がやってきた。その人物はたてがみとしっぽをなびかせたたくましい斑毛《ぶちげ》の馬にまたがっており、あぶみ[1]とくつわ[2]は銀の象眼細工《ぞうがんざいく》をほどこしたりっぱなものだった。頭に巻《ま》いた絹《きぬ》のターバンの真ん中からはかぶとの角《つの》が一本突《つ》き立っており、身には鎖《くさり》かたびら[3]をまとっていた。左脇《わき》には三日月刀[4]を帯《お》び、真鍮《しんちゅう》の飾《かざ》り鋲《びょう》を打った円形の盾《たて》を背負《せお》い、右手には槍《やり》を握《にぎ》っていた。顔は浅黒《あさぐろ》い色をしていたが、そのことはシャスタを驚《おどろ》かせるものではなかった。カロールメンの男たちは、だれもが浅黒い肌《はだ》をしていたからだ。シャスタを驚かせたのは、その男のあごひげだった。男はひげを真《ま》っ赤《か》に染《そ》め、香油《こうゆ》でつやつやに固《かた》めて両端《りょうはし》をひねり上げていた。父親のアルシーシュのほうは、男のむき出しの腕《うで》にはめた金の腕輪《うでわ》を見て、この人物が〈タルカーン〉すなわち位《くらい》の高い貴族《きぞく》であると気づいたので、その場にひざまずき、あごひげが地面につくほど

1　馬の乗り手が足をかけるために、鞍《くら》の両脇《りょうわき》に吊《つ》るした環状《かんじょう》の馬具。
2　馬に手綱《たづな》をつけるために口にかませる金具。
3　鋼鉄製《こうてつせい》の輪を鎖のようにつないで作った鎧《よろい》。
4　刀身《とうしん》が三日月のように湾曲《わんきょく》した片刃《かたば》の剣《けん》。

頭を下げて、シャスタにもひざまずくよう合図した。

馬上の人物は、一夜の宿を要求《ようきゅう》した。もちろん、漁師《りょうし》が断《ことわ》れるはずもない。漁師はありったけの上等な食材《しょくざい》で夕食を用意し、タルカーンをもてなした（タルカーンのほうはたいして感謝《かんしゃ》もしなかった）。シャスタは、いつも家に客が泊《と》まるときの決まりで、パン一切れを与《あた》えられ、家の外に追い出された。こういうとき、シャスタはたいていロバといっしょに草ぶきの粗末《そまつ》なロバ小屋で寝《ね》るのだが、まだ寝るには早すぎる時刻《じこく》だったし、盗《ぬす》み聞《ぎ》きはいけないと教えられたこともなかったので、小屋の板壁《いたかべ》の脇《わき》にすわりこみ、すきまに耳をつけて、大人たちの話を盗み聞きした。それは、次のような会話だった。

「さて、おお、亭主《ていしゅ》よ」と、タルカーンの声がした。「わたしはおまえの家のあの子どもを買い受けたいと思うぞ」

「おお、旦那様《だんなさま》」と答える漁師の声が聞こえた（相手に取り入ろうとする声色《こわいろ》を聞いて、シャスタの頭に父親の抜《ぬ》け目《め》なさそうな顔がうかんだ）。「いかに赤貧《せきひん》の身と申しましても、一人きりのわが子を、それも血を分けたわが子を奴隷《どれい》として売りわたすなど、いくら金を積まれましたらば首を縦《たて》に振《ふ》れましょうか。詩人様も『親子の情《じょう》はスープよりも濃《こ》く、骨肉《こつにく》の絆《きずな》はざくろ石《5》よりも尊《とうと》し』と歌っておりはしませぬか？」

「いかにも、そのとおり」客人《きゃくじん》は冷《ひ》ややかな声で答えた。「しかし、こう歌った詩人もおる。『賢者《けんじゃ》を謀《たばか》ろうとする者は、すでに鞭打《むちう》ちに背中《せなか》を差《さ》し出《だ》したるに等しい』とな。こざかしい年寄《としよ》りめ、うそいつわりを申すでないわ。あの子どもは、どう見てもおまえの息子《むすこ》ではなかろう。おまえの顔はわたしと同じく浅黒《あさぐろ》いが、あの少年は色白で金髪《きんぱつ》だ。遠き北方に住む呪《のろ》われた美しい蛮族《ばんぞく》のようにな」

「おそれいりましてござります、『剣《けん》は盾《たて》にて防《ふせ》ぐこともできようが、知者の目はあらゆる弁明《べんめい》を貫《つらぬ》きとおす』とは、よく申したもので」漁師《りょうし》の声が答えた。「それじゃ申し上げます、やんごとなき御客人様《おきゃくじんさま》。わたくしめは赤貧洗《せきひんあら》うがごとき暮《く》らしをしてまいりましたがゆえに、妻《つま》をめとったことはなく、子をもうけたこともござり

5　ガーネットのこと。赤い宝石。

ませんでした。ところが、ティズロック様（御世《みよ》とこしえに！）の畏《おそ》れ多《おお》くもご慈悲《じひ》に満《み》ちた御治世《おんちせい》が始まりましたその年のこと、ある満月《まんげつ》の夜に、いかなる神の御《おん》はからいか、わたくしめはどうにも眠《ねむ》りにつくことができませず、このあばら家《や》の寝床《ねどこ》から這《は》い出《だ》して、海や月を眺《なが》めて涼《すず》しい空気を吸《す》おうと浜辺《はまべ》までやってまいりましたところ、オールをこぐような音が水の上を近づいてくるのが聞こえたのでございます。しかも、弱々しい泣《な》き声《ごえ》まで聞こえるではございませんか。すると間もなく、潮《しお》に運ばれて岸に小舟《こぶね》が着いたのでございます。舟には、非常《ひじょう》なる飢《う》えと渇《かわ》きのために骨《ほね》と皮になった男が一人、まだ死んで間もないようでございました（と申しますのは、まだからだが温かかったので）。あと、空《から》っぽになった革《かわ》の水袋《みずぶくろ》と、それに赤子が一人。こっちはまだ生きておりました。わたくしめは思いました。『この人たちは大きな船が難破《なんぱ》して、そこから逃《に》げてきたにちがいない。神々のありがたき御《おん》はからいによって、大人のほうはおのれが餓《う》え死にしてでも子を生かして、陸《おか》が見えたところで息絶《いきた》えたのだろう』と。そこで、わたくしめは、困窮《こんきゅう》しておる者に救《すく》いの手を差《さ》し伸《の》べたる人間にはかならずや神のお恵《めぐ》みがあるということを思い出しまして、同情《どうじょう》の念《ねん》がふつふつと湧《わ》きあがり……と申しますのも、あなた様の下僕《しもべ》は心優《やさ》しき者でございまするがゆえに——」

「自画自賛《じがじさん》の言葉ばかり並《なら》べるでないわ」タルカーンが漁師《りょうし》の話をさえぎった。「要《よう》するに、おまえはその赤子をわがものにしたのであろう。そして、日々のパンの一〇倍にも匹敵《ひってき》する仕事をさせてこき使っておることは、誰《だれ》の目にも明らかだ。さっさと言え、いくらで売るのだ？　ぐだぐだとつまらぬ話は聞《き》き飽《あ》きたわ」

「御客人様《おきゃくじんさま》がいままさにおっしゃられましたとおり、この子の働《はたら》きはわたくしめにとっては計り知れない価値《かち》のあるものでございます」アルシーシュが答えた。「そのことを勘定《かんじょう》に入れたうえで、値《ね》をお決めいただきたいもので。と申しますのも、この子を売ってしまえば、かならず代わりの者を買うか雇《やと》うかしなけりゃなりませんので」

「一五クレセント[6]で買おう」タルカーンが言った。

6　カロールメン国のお金の単位《たんい》。

YOUCHAN

「一五！」アルシーシュが泣《な》き声《ごえ》とも叫《さけ》び声《ごえ》ともつかぬ悲鳴をあげた。「一五、と！　わが老後《ろうご》の頼《たの》みにしてわが目の歓《よろこ》びでもあるあの子を！　いかにタルカーン様といえども、わが白髪《しらが》まじりのひげにかけて、あんまりでございます。七〇は頂戴《ちょうだい》いたしとうございます」

この時点でシャスタは立ちあがり、足音を忍《しの》ばせてその場を去った。聞きたいことはぜんぶ聞いてしまったからだ。村で男たちが値段《ねだん》の交渉《こうしょう》をする場面はしょっちゅう見ているから、事がどう運ぶかはわかっていた。けっきょく、アルシーシュは一五クレセントよりははるかに高い値《ね》で、しかし七〇よりははるかに安い値で、シャスタを売ることになるのだろう。ただし、アルシーシュとタルカーンの値が折《お》り合《あ》うまでには、まだかなりの時間がかかるにちがいない。

親が自分を奴隷《どれい》に売りとばそうとしている話を聞いたら、読者諸君《しょくん》ならば大いにショックを受けるだろうが、シャスタはそうでもなかった。というのも、ひとつには、いままでさえシャスタの暮《く》らしは奴隷とさほど変《か》わらぬほどひどいものだったからだ。ことによったら、りっぱな馬にまたがった身分の高そうな客人《きゃくじん》のほうがアルシーシュより優《やさ》しくしてくれるかもしれない、とシャスタは考えた。もうひとつには、自分が小舟《こぶね》で海岸に流れ着いたという話を聞いて、シャスタは胸《むね》が高鳴り、また一方で、ほっと安堵《あんど》したからだった。それまで、どんなに努力《どりょく》しても、シャスタはどうしても漁師《りょうし》の父親を愛《あい》することができなかった。子は親を愛するものだと教えられていたから、シャスタはずっと後ろめたい気もちを抱《いだ》いてきたのだが、これでアルシーシュと血のつながりのないことがわかったので、ずいぶんと心が軽くなった。「ってことは、ぼくは誰《だれ》かすごい人の子なのかもしれないぞ！」シャスタは思った。「もしかしたら、タルカーンの息子《むすこ》かもしれない。いや、もしかしたら、ティズロック（御《み》世《よ》とこしえに！）の息子かもしれないし、神様の子どもかもしれないぞ！」

小屋の前の草地に突《つ》っ立《た》ったまま、シャスタはそんなことを考えた。夕空が急速に暗さを増《ま》し、星が一つ二つまたたきはじめた。しかし、西の空にはまだ夕焼《ゆうや》けのなごりがあった。さほど離《はな》れていないところで、タルカーンの馬が草を食《は》んでいた。手綱《たづな》はロバ小屋の壁《かべ》に取《と》りつけた鉄の輪《わ》にゆるく結《むす》びつけてある。シャスタはぶらぶらと馬のところまで歩いていって、首を優しくたたいてやった。馬はシャスタには見向きもせず、ムシャムシャと草を食べつづけていた。

　そのとき、シャスタの頭を別《べつ》の考えがよぎった。「あのタルカーンって、どんな人なんだろう？」シャスタは声に出してつぶやいた。「優《やさ》しい人だったら、最高《さいこう》なんだけどな。大貴族《だいきぞく》のお屋敷《やしき》なんかだと、奴隷《どれい》はほとんど何もやることがないって話も聞くし。きれいな服を着て、毎日肉を食べさせてもらえる、って。もしかしたら、あのタルカーンはぼくを戦《いくさ》に連《つ》れてってくれるかもしれない。そんで、ぼくが戦場《いくさば》でタルカーンの命を救《すく》って、そんでタルカーンがぼくを自由《じゆう》の身にしてくれて、ぼくを自分の息子《むすこ》にしてくれて、宮殿《きゅうでん》とかチャリオット[7]とか鎧《よろい》かぶととかもくれるかもしれない……。あ、でも、もしかしたら、ものすごく残酷《ざんこく》な人かもしれないぞ。そしたら、鎖《くさり》につながれてつらい仕事をさせられるのかな。ああ、どっちなのか、わかったらいいのに。どうやったら、わかるんだろう？　この馬なら、きっと知ってるにちがいないんだけどな。この馬がしゃべれたらいいのになぁ」

7　古代エジプト、ギリシア、ローマなどで使われた、おもに二頭立て一人乗りの軽二輪戦車《けいにりんせんしゃ》。

馬が頭を上げた。シャスタはサテンのようにすべすべした馬の鼻面《はなづら》をなでてやりながら、「おまえ、口がきけたらいいのにね」と言った。

次の瞬間《しゅんかん》、シャスタは自分が夢《ゆめ》を見ているのかと思った。というのは、低《ひく》い声ではあったけれど、はっきりと馬がこう言ったからだ。「口、きけるけど?」

シャスタは馬の大きな瞳《ひとみ》を穴《あな》のあくほど見つめた。シャスタ自身の目も馬の目と同じくらい大きくみひらかれていた。

「なんで口がきけるの?」シャスタが言った。

「しっ！　大きな声を出すな」馬が答えた。「俺《おれ》が生まれた地方じゃ、ほとんどの動物は口をきけるんだ」

「それって、どこなの?」シャスタが聞いた。

「ナルニアだよ」馬が答えた。「幸せの国、ナルニア。ヒースの生《お》いしげる山があって、ジャコウソウの香《かお》る丘《おか》があって、あちこちに川が流れてて、水の跳《は》ねおどる渓谷《けいこく》があって、苔《こけ》むした洞窟《どうくつ》や深い森の奥《おく》にはドワーフ[8]のふるう槌音《つちおと》がこだまして。ああ、ナルニアのうまい空気が吸《す》いたい！　ナルニアで生きる一時間のほうが、カロールメンで生きる千年よりずっとましだ」馬はため息のような低《ひく》いいななきをもらした。
「なんで、こっちに来たの？」シャスタが聞いた。
「誘拐《ゆうかい》されたんだ」馬が答えた。「盗《ぬす》まれたと言ってもいいし、捕《とら》まったと言っても
いい——どう呼《よ》んでくれてもいいけど。俺《おれ》はまだほんの子馬だった。母親から南のほ
うの斜面《しゃめん》をうろついちゃいけない、その先のアーケン国に行っちゃいけない、って言
われてたのに、親の言うことをちゃんと聞かなかったからだ。おかげで、ライオンの
たてがみにかけて、俺は自分の愚《おろ》かなおこないの代償《だいしょう》を払《はら》う羽目《はめ》になった。以来《いらい》
ずっと、俺は人間の奴隷《どれい》として使われてきた。自分の正体は隠《かく》して、連中の馬と同じ
ようにバカでぼんやりした馬のふりして」
「なんで自分の正体を言わなかったの？」
「そんなバカじゃないからさ。口がきけるなんて知れたら、連中《れんちゅう》は俺を見世物《みせもの》にし
て、それまでよりもっと見張《みは》りが厳《きび》しくなるだろう。そしたら、脱走《だっそう》する最後《さいご》のチャ

8　北欧《ほくおう》神話で地下に住むとされる背《せ》の低い種族。金属細工《きんぞくざいく》が得意《とくい》とされる。

ンスもなくなっちまう」

「それと、なんで――」シャスタが口を開いたが、馬が話をさえぎった。

「いいか、つまらん質問《しつもん》で時間をむだにしてる場合じゃないぞ。おまえ、俺《おれ》の主人のタルカーン・アンラーディンのこと知りたがってたな？　あいつは悪人だ。俺には、そうひどいことはしなかったけど。てのは、軍馬《ぐんば》は値《ね》が張《は》るから、そう粗末《そまつ》には扱《あつか》えないだけのことさ。だけど、おまえは別《べつ》だ。あんなやつの屋敷《やしき》で奴隷《どれい》に使われるくらいなら、今夜のうちに死んじまったほうがましだぞ」

「じゃ、ぼく、逃《に》げたほうがいいってことだね」シャスタは真《ま》っ青《さお》になって言った。

「そうだな」馬が答えた。「俺といっしょに逃げればいいさ」

「あんたも逃げるつもりなの？」シャスタが聞いた。

「ああ。おまえと道連《みちづ》れならな」馬が答えた。「今回は、おまえにも俺にもいいチャンスだ。てのは、もし俺が人間も乗せずに空馬《からうま》で逃げたとしたら、俺は誰《だれ》が見たって『はぐれ馬』ってことになっちまう。そしたら、あっという間につかまって、おしまいさ。だけど、人間を乗せてりゃ、逃げおおせるチャンスがある。そういう意味で、おまえは俺《おれ》の役に立てるってことよ。反対に、おまえだって、そんなバカみたいな二本足じゃ、たいして遠くまで行かないうちに追いつかれちまうだろう。まったく、人間ってのは、なんてぶざまな足をしてんだろうね！　だけど、俺に乗っかって走れば、この国じゃどんな馬にも追いつかれることはない。そういう意味で、俺もおまえの役に立てるってことよ。ところで、おまえ、馬には乗れるんだろうな？」

「うん、もちろん」シャスタは答えた。「だって、ぼく、ロバに乗ったことあるから」

「何、に乗ったって？」馬がこれ以上《いじょう》ないというくらいの軽蔑《けいべつ》をこめて聞き返した（実際《じっさい》に馬の口から出たのは、「何に」というよりも、いななきに近い「ナハハニヒン」という音だった。〈もの言う馬〉たちは、憤慨《ふんがい》すると、より馬っぽいアクセントになる癖《くせ》があるのだ）。

「それはつまり、馬に乗れないってことだな」と、馬は続《つづ》けた。「それは、まずい。道々、教えてやらなくちゃならんな。乗れないんなら、落ちることはできるのか？」

「落馬なんか、誰《だれ》だってできると思うけど？」シャスタが答えた。

「そうじゃなくて、馬から落ちても泣《な》かずに立ちあがって、また馬に乗って、また落ちて、それでも落ちるのを怖《こわ》がらずにまた乗れるか、って意味だよ」

「それは……やってみるけど」シャスタが言った。

「しょうがねえガキだな」馬は、それまでより少しやさしい声で言った。「考えてみりゃ、おまえ、まだ子馬と同じだもんな。そのうちに、りっぱな馬乗りにしてやるよ。とりあえず、小屋ん中の二人が眠《ねむ》っちまうまでは出発できないな。そのあいだに計画を立てよう。俺《おれ》のタルカーンは北の大きな街《まち》へ向かうとこだ。ほかでもない、タシュバーンの街だけどな。ティズロックの王宮へ行くんだ」

「あの――」シャスタはびっくりして口をはさんだ。「『御世《みよ》とこしえに！』って言わなくていいの？」

「なんで言わなくちゃならないんだよ？」馬が答えた。「俺は自由《じゆう》なナルニアの民《たみ》だ。なんで奴隷《どれい》やバカな連中《れんちゅう》みたいに『御世とこしえに！』なんて言わなくちゃならないんだ？　俺はティズロックにとこしえに生きてほしいなんて思ってないし、俺が願《ねが》おうと願うまいとティズロックがとこしえに生きるはずもないし。おまえも見たとこ北の自由な土地の出身らしいじゃないか。おまえと俺のあいだじゃ、南のくだらない決まり文句《もんく》なんかなしだ！　それで、と。計画にもどるけど。さっきも言ったように、俺《おれ》に乗ってきたタルカーンは、北のタシュバーンに向かおうとしている」

「てことは、ぼくたち、南へ逃《に》げたほうがいいの？」

「いや、俺はそうは思わないね」馬が言った。「いいかい、俺の主人は俺のことをバカでぼんやりした馬だと思ってる。ほかの馬と同じようにな。もし、俺がほんとにそういうバカ馬だったとしたら、逃げだしたとたんに自分の厩舎《きゅうしゃ》や放牧場《ほうぼくじょう》のほうへもどるはずだ。つまり、タルカーンの屋敷《やしき》に。南のほうへ、二日ばかり行ったとこだ。タルカーンは、そっちへ俺を探《さが》しに行くはずだ。俺が自分ひとりで北へ向かうなんて、思いもしないはずさ。どっちにしても、とにかく、前に通った村で誰《だれ》か俺たちを見かけたやつがいて、そいつがここまでつけてきて馬を盗《ぬす》んだ、って考えるだろうな」

「やったね！」シャスタが言った。「そしたら、北へ逃げるんだね。ぼく、小さいころからずっと北のほうへ行きたいと思ってたんだ」

「そりゃ、そうだろう」馬が言った。「血のせいさ。おまえはきっと北の産《さん》にちがいない。けど、大きい声を出すなって。連中《れんちゅう》、もうすぐ眠《ねむ》りこむと思うから」

「ぼく、そうっと行って見てくるよ」シャスタが言った。

「それがいいな」馬が言った。「だけど、見つからないように気をつけろよ」

あたりはもうずいぶん暗くなって、浜辺《はまべ》に打《う》ち寄《よ》せる波の音を別《べつ》にすれば、すっかり静《しず》まりかえっていた。シャスタにとって、波の音は小さいときから昼といわず夜といわず聞いて育っているので、ほとんど音のうちにはいらなかった。小屋に近づいてみると、明かりは消えていた。正面に回って耳をすましても、何の音も聞こえなかった。ぐるっと回って、たった一つしかない窓《まど》の下まで行ってみると、すぐに聞き慣《き》れ《な》た父親の高いびきがもれてきた。何もかもがうまくいけばもうこのいびきを聞くこともなくなるのだと思うと、ちょっと変《へん》な感じがした。シャスタは息を詰《つ》め、少し申《もう》し訳《わけ》ないような気もち（といっても、申し訳ないよりうれしい気もちのほうがはるかに勝《まさ》っていた）で足音をたてないようにして草の上を横切り、ロバ小屋へ行って、鍵《かぎ》が隠《かく》してあるのを知っている場所を手さぐりし、扉《とびら》を開けて、夜のあいだ鍵のかかる場所に保管《ほかん》してあった馬の鞍《くら》やくつわや手綱《たづな》を見つけた。シャスタは身をかがめてロバの鼻面《はなづら》にキスをし、「連《つ》れていってやれなくて、ごめんよ」とささやいた。

「やっともどってきたか」シャスタの姿《すがた》を見て、馬が言った。「いったいどうなっちまったんだろうって心配になってきたところだったぜ」

「ロバ小屋から馬具を取ってきたんだよ」シャスタは言った。「これ、どうやってつけるか教えてくれる？」

それから数分のあいだ、シャスタは金具の音をたてないよう細心の注意を払いながら馬に馬具をつけた。馬は「その腹帯《はらおび》[9]はもうちょっときつく締《し》めるんだ」とか、「もっと下のほうにバックルがあるだろ？」とか、「あぶみをかなり短くしたほうがいい」などとシャスタに指示《しじ》を出した。そして、馬具をつけおわると、馬が言った。

「次は手綱《たづな》だ。いちおう、ふつうに見えるように手綱をつけとかなきゃならないが、おまえが手綱を使うことはないから、端《はし》っこは鞍頭《くらがしら》[10]に結《ゆ》わえといてくれ。ごくゆるくしといてくれよ、俺《おれ》が頭を自由《じゆう》に動かせるように。あ、それから、手綱にさわるん

9　鞍を馬の背《せ》に固定するために腹に回して締めるベルト。
10　鞍の前端《ぜんたん》の少し高くなったところ。

じゃないぞ。いいな」

「それじゃ、手綱《たづな》は何のためにあるの？」シャスタが聞いた。

「ふつうは馬に指示《しじ》を伝《つた》えるためにあるのさ」馬が答えた。「でも、今回の旅では、俺《おれ》がぜんぶ自分で行く方向を決めるつもりだから、おまえは手綱にはさわらないようにしてもらいたいんだ。それから、もうひとつ。俺のたてがみにしがみつくのも、やめてくれよな」

「だけどさぁ」シャスタが情《なさ》けない声を出した。「手綱にもたてがみにもつかまっちゃダメって言うんなら、ぼくは何につかまればいいの？」

「膝《ひざ》を使うんだよ」馬が言った。「それが馬に乗るときのコツさ。両膝で俺の胴体《どうたい》を締《し》めつけて乗るんだ。好《す》きなだけの強さで締めつけていいぞ。腰《こし》を立てて、背中《せなか》をまっすぐにして乗るんだ。脇《わき》を締めてな。ところで、拍車《はくしゃ》[11]はどうした？」

「ぼくのかかとにつけたよ、もちろん」シャスタは言った。「それくらいは知ってるもん」

「そんなものは、はずして鞍嚢《あんのう》[12]に入れとけ。タシュバーンに着いたら、売れるかもしれん。用意はいいか？　じゃ、乗れよ」

「うわぁ！　ものすごく高いんだな」馬の背《せ》に乗ろうとして失敗《しっぱい》したシャスタが息をのんだ。

「俺《おれ》は馬だからな。それだけのことよ」馬が言った。「おまえのざまときたら、干《ほ》し草《くさ》の山にでもよじ登ろうとしてるようにしか見えないぞ！　そう、そうだ、それなら少しはましだ。じゃ、背すじを伸《の》ばして乗ってろよ。膝《ひざ》が肝心《かんじん》なんだ、忘《わす》れるな。まったく、騎兵隊《きへいたい》の突撃《とつげき》や競馬《けいば》で勇名《ゆうめい》を馳《は》せた俺としたことが、こんなジャガイモの袋《ふくろ》みたいなチビを背中に乗せるとはな！　とにかく、出発だ」馬の口からもれた含《ふく》み笑《わら》いは、言葉ほど意地悪《いじわる》な調子ではなかった。

馬は細心の注意を払《はら》って夜の逃避行《とうひこう》を始めた。まず最初《さいしょ》に、馬は漁《りょう》師《し》の小屋からまっすぐ南へ進んで、ちょうどそのあたりで海に注いでいる小さな川に足を踏《ふ》み入《い》れ、

11　馬に乗る人が靴《くつ》のかかとにつける金具。これで馬の腹《はら》を軽く蹴《け》って刺激《しげき》を与え、馬の速度を調節《ちょうせつ》する。

12　鞍《くら》の後ろのほうにつける大きな物入れ袋。

わざと泥《どろ》の中に南向きのはっきりとした足跡《あしあと》を残《のこ》した。ただし、流れの真ん中まで来たところで馬は上流へ向きを変《か》え、漁師《りょうし》小屋を過《す》ぎてなお一〇〇メートルほど内陸《ないりく》に向かって水の中を歩いた。そのあと、馬は足跡が残らない砂利《じゃり》の川岸を選《えら》んで川の北側《きたがわ》に上がった。そして、常歩《なみあし》のペースを保《たも》ったまま、漁師小屋や一本だけ立っていた木やロバ小屋や入《い》り江《え》――シャスタが知っていた世界のすべて――が夏の夜の濃《こ》い夕闇《ゆうやみ》に沈《しず》んで見えなくなるまで、一路《いちろ》北へと進んでいった。シャスタを乗せた馬は長い斜面《しゃめん》をのぼりきって、丘《おか》の上までやってきた。シャスタにとっては世界の果《は》てだった尾根《おね》である。その先に何があるのか、暗くてシャスタには見えなかった。ただ広く開けた草原が続《つづ》いていることしかわからなかった。草原ははてしなく続き、荒涼《こうりょう》として心細く、しかし自由《じゆう》に見えた。

「さて！」馬が口を開いた。「ギャロップ[13]にはもってこいの場所だな。どうだ？」

「え、やめとこうよ」シャスタが言った。「まだ無理《むり》だよ。どうすればいいか、わかんないんだもん。ねえ、頼《たの》むよ、馬さん。あ、名前、知らないんだった」

「ブリーヒー・ヒニー・ブリニー・フーヒー・ハー」馬が言った。

「そんなの、とっても覚《おぼ》えられないよ」シャスタが言った。「ブリーって呼《よ》んでもいい？」

「それしか言えないんなら、しょうがないな」馬が言った。「そんで、こっちは何て呼べばいいんだ？」

「ぼく、シャスタっていうんだ」

「ふむ」ブリーが言った。「それこそ発音しにくい名前だぜ。で、ギャロップの話だけどさ。コツさえつかめば、トロット[14]より簡単《かんたん》だよ。腰《こし》を上下させなくてすむから。膝《ひざ》をしっかり締《し》めて、まっすぐ前を見るんだ。俺《おれ》の耳のあいだを。地面を見るんじゃないぞ。落っこちそうだと思ったら、とにかく膝をぎゅっと締めて、背《せ》すじをまっすぐ伸《の》ばすんだ。いいか？　じゃ、行くぞ。ナルニアへ！　北へ！」

13　全力疾走《ぜんりょくしっそう》。
14　速歩《はやあし》。時速一三キロくらいの速さ。

2 とちゅうの冒険《ぼうけん》

翌日《よくじつ》の昼も近くなったころ、シャスタは自分の顔のすぐ上を温かくて柔《やわ》らかいものが動きまわるのを感じて目をさました。目を開けると、すぐ前に馬の長い顔があった。馬の鼻先と唇《くちびる》がほとんど自分の顔にさわりそうな近さだった。シャスタは昨晩《さくばん》の興《こう》奮《ふん》に満《み》ちたできごとを思い出して、からだを起こした。が、そのとたんにうめき声をあげた。

「あいたぁ……!」シャスタは死にそうな声を出した。「ブリー、ぼく、からだじゅう痛《いた》いよ。とてもじゃないけど、動けない」

「おはよう、チビくん」ブリーが言った。「ま、少しは筋肉《きんにく》がこわばるだろうとは思ったけどね。落馬したせいじゃないと思うよ。落ちたのはたかだか一〇回ちょっとだし、みんなふわふわの芝生《しばふ》の上だったからな。落っこちるのが気もちいいくらいの芝生だったただろ？　危《あぶ》なかったのも一回あったけど、そのときはハリエニシダのしげみがクッションになってくれたし。うん、落馬のせいじゃないな。馬に乗るようになって最初《さいしょ》のうちは、あちこち痛《いた》くなるものさ。朝めし、食うか？　俺《おれ》はもう食ったけど」

「朝めしなんて、どうでもいいよ。とにかく、かまわないでよ」シャスタは言った。「ぼく、動けないから」しかし、馬がシャスタに鼻を押《お》しつけたりひづめでそっとつついたりしたので、とうとうシャスタも立ちあがり、あたりを見まわした。背後《はいご》には小さな雑木林《ぞうきばやし》があった。目の前には芝生が広がり、あちこちに白い花が咲《さ》いていて、なだらかに下っていった先が崖《がけ》になっていた。はるか下のほう、遠すぎてくだける波の音さえかすかにしか聞こえないほど下のほうに、海が広がっていた。シャスタはこんなに高い場所から海を眺《なが》めたことはなかったし、こんなに広い海を眺めたこともなかった。海がこんなにいろいろな色をしているなんて、想像《そうぞう》したこともなかった。右を見ても、左を見ても、海岸線が続《つづ》いていた。岬《みさき》の先にまた岬が連《つら》なり、岩にくだける白い波頭《なみがしら》が見えるのだが、遠すぎて何の音も聞こえなかった。頭の上にはカモメが飛《と》んでいて、地面からは陽炎《かげろう》がたちのぼっていた。灼《や》けつくような暑い日だった。しかしシャスタが何よりもちがうと感じたのは、空気だった。何がちがうのか、初《はじ》めのうちはわからなかったが、そのうちやっと気がついた。魚のにおいがしないのだ。漁師《りょうし》小屋の中でも、外で漁網《ぎょもう》のつくろいをしているときも、シャスタは小さいころからずっと魚のにおいに囲《かこ》まれて暮《く》らしていた。それにくらべたら、この丘《おか》の上の空気はすばらしくおいしくて、これまでの暮らしが遠い過去《かこ》のように思われ、シャスタは打ち身や筋肉痛《きんにくつう》のことを忘れた。

「ねえ、ブリー、さっき、朝めしのこと何か言ったっけ?」

「言ったよ」ブリーが答えた。「鞍嚢《あんのう》の中に何かはいってるはずだ。あそこの木にかかってるよ。おまえがきのうの夜にかけたままだ。夜っていうか、まあ、けさになってたけどな」

鞍嚢の中をさぐってみると、いろいろとうれしいものが見つかった。多少ひからびてはいたものの、ミートパイがあったし、干《ほ》しイチジクが一袋《ふくろ》あったし、グリーンチーズ[1]も一かけはいっていた。ワインの小びんもあった。金《かね》もあった。ぜんぶで四〇クレセントばかり。シャスタには見たこともない大金だった。

シャスタは痛《いた》みをこらえながらそろそろと木の根方《ねかた》に腰《こし》をおろし、幹《みき》に背中《せなか》をあずけて、ミートパイにかぶりついた。ブリーもシャスタに付《つ》き合《あ》って、そこらに生えている草を口に入れた。

「あのお金を使ったら、盗《ぬす》んだことにならないかな？」シャスタが言った。

「ん？」馬は草で口をいっぱいにしたまま、顔を上げた。「それは考えてなかったな。もの言う自由《じゆう》な馬は、もちろん盗みなんかしちゃいけないことになってるけど、この場合はかまわないんじゃないか？　俺《おれ》たちは敵国《てきこく》に連《つ》れてこられた囚人《しゅうじん》というか捕《ほ》虜《りょ》みたいなものなんだから。金は戦利品《せんりひん》さ。それに、金がなくちゃ、おまえの食いもんをどうやって手に入れるんだ？　ほかの人間と同じで、おまえも草とかオート麦みたいな自然《しぜん》の食いもんは食わないんだろ？」

1　熟成《じゅくせい》させていない生チーズ。

「うん。食えない」

「食ってみたこと、あるのか？」

「あるよ。でも、どうしても飲みこめなかった。あんたがぼくだったら、あんただって食えないと思うよ」

「人間てのは、おかしな連中《れんちゅう》だぜ」ブリーが言った。

シャスタが朝食を食べおわると（生まれて初《はじ》めて味わうすばらしい朝食だった）、ブリーがこう言った。「鞍《くら》をつける前に、ちょいとゴロンゴロンさせてもらおうかな」そして、ブリーは地面に転がり、「いい気もちだ。ああ、いい気もちだ」と言いながら芝生《しばふ》に背中《せなか》をこすりつけ、四本の足を空中に突《つ》き上《あ》げてぶらぶら揺《ゆ》らした。「おまえもやってみるといいよ、シャスタ。さっぱりするぞ」ブリーが鼻を鳴らしながら言った。

しかし、シャスタはそれを見たとたん大笑《おおわら》いして、「馬が仰向《あおむ》けになると、おかしなかっこうに見えるね！」と言った。

「そんなはずはないだろう」と言ったものの、ブリーはいきなり地面の上で横になって顔を上げ、少し息を切らしながら真剣《しんけん》な顔でシャスタを見つめた。

「ほんとにおかしく見えるか？」ブリーは心配そうな声で聞いた。

「うん、おかしく見えるよ」シャスタが答えた。「けど、それがどうかしたの？」

ブリーが言った。「折《お》り入《い》って聞くけどさ、これって〈もの言う馬〉はぜったいにやらないことだと思うか？　これって、もの言わぬバカ馬どもから習った田舎《いなか》くさいみっともない習慣《しゅうかん》なのかな？　ナルニアに帰ったときに、下品な悪い癖《くせ》がついてるってわかったら、最悪《さいあく》だもんな。なあ、シャスタ、どう思う？　正直に言ってくれ。俺《おれ》がどう感じるかなんて気にしなくていいから。本物の自由《じゆう》な〈もの言う馬〉として、こうやってゴロンゴロンやるのはありだと思うか？」

「そんなこと、ぼくにわかるはずないよ。どっちにしても、ぼくならそんなこと気にしないけどな。それより、とにかくむこうに着くことのほうが先だからさ。道、わかるの？」

「タシュバーンまでは、わかる。そっから先は砂漠《さばく》だ。砂漠はなんとかなるさ。心配ない。砂漠まで行けば北の山々が見えてくるからな。考えてみろよ！　ナルニアへ帰るんだぜ、北へ！ そうなったら、もう俺《おれ》たちを止められるものはないさ。けど、とにかくタシュバーンはぶじに通りぬけたいもんだな。街《まち》から離《はな》れた場所のほうが、おまえも俺も安全だからな」

「タシュバーンを通らないで行く道はないの？」

「タシュバーンを通らないとなると、内陸側《ないりくがわ》に大回りすることになる。そうなると、畑のあいだを通ったり街道《かいどう》を通ったりしなくちゃならない。道もわからないし。やっぱり海岸ぞいに行くほうがいいと思う。海ぞいの丘陵《きゅうりょう》地帯《ちたい》をたどって行けば、ヒツジやウサギやカモメしかいないし、人も羊飼《ひつじか》いぐらいしか会わずにすむからな。さて、と。出発するか」

ブリーに鞍《くら》をつけるにも、鞍によじのぼるにも、シャスタは足がひどく痛《いた》くて苦労《くろう》した。けれども、馬のほうも加減《かげん》してくれて、午後のあいだずっとゆったりしたペースで歩いてくれた。夕闇《ゆうやみ》が迫《せま》ってきたころ、馬と少年は急な坂を下って谷間《たにあい》の道にはいり、村を見つけた。村の手前でシャスタは馬から降《お》り、徒歩《とほ》で村にはいっていって、パンとタマネギとラディッシュを買った。馬のほうは村を迂回《うかい》して薄暗《うすぐら》くなった畑地《はたち》を抜け、村の反対側でシャスタと落ち合った。以降、二日ごとにこのやりかたをくりかえして旅は続《つづ》いた。

シャスタにとっては、すばらしい日々だった。日ごとにシャスタの筋肉《きんにく》はたくましくなり、馬から落ちる回数も減《へ》って、旅は快適《かいてき》になった。乗馬の特訓《とっくん》が終わるころになっても、ブリーはあいかわらずシャスタのことを「小麦粉《こむぎこ》の袋《ふくろ》でも乗せてるようなもんだ」と言った。「おまえを乗せてりゃ、そのぶん安全かもしれんが、おまえなんかを乗せて街道《かいどう》を歩くのは恥《は》ずかしいよ、かんべんしてほしいぜ」けれども、無礼《ぶれい》な言葉とは裏腹《うらはら》に、ブリーはしんぼう強くシャスタを鍛《きた》えた。乗馬を教えるのに、馬以上《いじょう》の師匠《ししょう》はない。ブリーはシャスタにトロットやキャンター[2]の乗りかたを教え、ジャンプを教え、急停止《きゅうていし》しても落馬しないように、あるいは右や左へ急に向きを変《か》えても鞍《くら》から落ちないように特訓した。そういうふうに自在《じざい》に馬に乗れることは戦場《せんじょう》に出たときに大切なのだ、とブリーは言った。そんなときには、きまって、シャ

2　駈歩《かけあし》。時速二〇キロくらいの速さ。

スタはブリーがタルカーンを乗せて戦場《せんじょう》で活躍《かつやく》したときの話をせがんだ。ブリーは強行軍《きょうこうぐん》の話、急流を徒歩《かち》で渡《わた》った話、突撃《とつげき》や騎兵同士《きへいどうし》の激《はげ》しい戦《たたか》いの話などを聞かせてくれた。戦場では軍馬《ぐんば》（気性《きしょう》の荒《あら》い種馬《たねうま》ぞろい）も騎兵と一体になって戦うのだ、とブリーは話した。軍馬は噛《か》みついたり蹴《け》ったりするように訓練《くんれん》されていて、乗り手とタイミングを合わせて後ろ足で立ちあがり、乗り手と軍馬の体重を合わせて敵《てき》のかぶとに剣《けん》や戦斧《せんぷ》を打ち下ろすのだという。シャスタは戦争《せんそう》の話をたびたびせがんだが、ブリーはあまり話したがらなかった。「子どもに聞かせるような話じゃないさ」と、ブリーは言った。「あんなものは、たかがティズロックの戦《いくさ》で、俺《おれ》は奴隷《どれい》のバカ馬として従軍《じゅうぐん》しただけだ。ナルニアの戦なら、自由《じゆう》な馬としてナルニアの民《たみ》といっしょに戦えるのに！　それこそ語るに足る戦いってものさ。ナルニアよ！　北の地よ！　ブラハハ！　ブルゥ、ホー！」

ブリーがこういう口調になったときはギャロップにそなえたほうがいい、と、じきにシャスタも心得《こころえ》るようになった。

こうして、数えきれないくらいたくさんの入《い》り江《え》を過《す》ぎ、岬《みさき》を過ぎ、川を渡り、村を通過《つうか》して、馬と少年は何週間も旅を続《つづ》けた。そして、ある月の明るい夜のこと、昼間に眠《ねむ》っておいたシャスタとブリーは、日が暮《く》れてから旅を始めた。丘陵《きゅうりょう》地帯《ちたい》はそのあたりで終わりになり、二人は平らに開けた野原に出た。野原を進んでいくシャスタとブリーの左手側《がわ》は、八〇〇メートルほど離《はな》れたあたりから先が森になっていた。右手側は低《ひく》い砂丘《さきゅう》にさえぎられて見えなかったが、やはり八〇〇メートルほど離れたあたりから先に海が広がっていた。軽く走ったり歩いたりしながら一時間ほど進んだあたりで、ブリーがとつぜん足を止めた。

「どうしたの?」シャスタが聞いた。

「しっ!」ブリーは首を伸《の》ばしてあたりを見まわし、耳をぴくぴく動かした。「何か聞こえないか? 耳をすまして」

「別《べつ》の馬がいるみたい。ぼくたちと森とのあいだに」一分ほど耳をすましたあと、シャスタが言った。

---

3 斧《おの》の形をした古代の武器《ぶき》。

「たしかに、別の馬だ」ブリーが言った。「どうも気に食わん」

「農民《のうみん》が夜遅《よるおそ》くなって帰っていくとこなんじゃないの？」シャスタがあくびしながら言った。

「とんでもない！」ブリーが言った。「あれは農民の乗りかたじゃないぞ。それに、農耕馬《のうこうば》でもない。音でわからないか？　あれはかなりの名馬だ。乗り手もかなりの名手だ。たぶん、こういうことだろうよ、シャスタ。森の端《はし》っこにいるのは、タルカーンだ。ただし、軍馬《ぐんば》ではない。軍馬にしては、ひづめの音が軽すぎる。おそらく、血《けっ》統《とう》のいい牝馬《ひんば》[4]だろう」

「どっちにしても、立ち止まったみたいだよ」シャスタが言った。

「そうだな」ブリーが言った。「なんで、こっちが止まると、それに合わせてむこうも止まるんだ？　おいシャスタ、俺《おれ》たち、あとをつけられてるみたいだぞ」

「どうするの？」シャスタがさっきよりもっと小さな声で言った。「むこうには音だけじゃなくて、こっちの姿《すがた》も見えてると思う？」

「この暗さなら、じっと動かないようにしてりゃ見えないだろう」ブリーが言った。

「見ろよ！　雲が出てきた。あの雲に月が隠《かく》れるまで待とう。そのあと、できるだけ音をたてないようにして右のほうへ逃《に》げよう。浜辺《はまべ》のほうへ。最悪《さいあく》の場合には、砂《さ》丘《きゅう》のかげに隠れればいい」

ブリーとシャスタは月が雲におおわれるまで待ってから、最初《さいしょ》は歩きのペースで、そのあとはゆるやかなトロットで、浜辺のほうへ向かった。

雲は最初に見たよりも大きく厚《あつ》くて、すぐにあたりは真っ暗になった。シャスタが「そろそろ砂丘のあたりまで来たかな」と思ったとき、行く手の暗闇《くらやみ》からぞっとするような咆哮《ほうこう》が聞こえて、シャスタは心臓《しんぞう》が口から飛《と》び出《だ》しそうになった。それは長く引いたうなり声で、どこか物悲しく、しかしとんでもなく獰猛《どうもう》な声だった。とたんにブリーが身をひるがえし、内陸《ないりく》にむかって全力疾走《ぜんりょくしっそう》しはじめた。

「何?」シャスタは息を切らしながら聞いた。

「ライオンだ！」ブリーは走る足をゆるめず、後ろをふりかえることもしないまま答

4　メス馬。

えた。

そのあとしばらくのあいだ、ブリーはひたすらギャロップで走りつづけた。そして幅《はば》の広い浅瀬《あさせ》を水を跳《は》ね上《あ》げながら渡《わた》り、むこう岸に上がったところでようやく足を止めた。ブリーはわなわなと震《ふる》え、全身に汗《あせ》をかいていた。

「水の中を渡ったから、これで臭《にお》いはたどれなくなるかもしれない」ブリーが荒《あら》い息をつきながら言った。「しばらく常歩《なみあし》で行こう」

歩きながら、ブリーが言った。「シャスタ、俺《おれ》は恥《は》ずかしいよ。バカなカロールメンの馬どもみたいにびびりまくっちまってさ。正直、びびった。もう〈もの言う馬〉どころじゃない気分だ。剣《けん》や槍《やり》や矢なら平気だけど、あれだけはダメだ。やっぱり、ちょっとトロットで行こうかな」

と言いながら、一分後にはブリーはまた全力疾走《ぜんりょくしっそう》していた。無理《むり》もない、こんどは左手の森のほうから咆哮《ほうこう》が聞こえたのだ。

「二頭もいるのか」ブリーのうめき声が聞こえた。

何分か全力疾走すると、ライオンの声はそれ以上《いじょう》追いかけてこなくなった。「ねえ！」シャスタが馬に声をかけた。「もう一頭の馬、ぼくたちと並《なら》んでギャロップしてるよ。すぐ近くを走ってる」

「そ、そのほうが、ましだ」ブリーが荒《あら》い息で答えた。「タルカーンが乗ってるなら――刀を持ってる――みんなを守ってくれる――」

「そんなことないよ、ブリー！」シャスタが言った。「タルカーンにつかまるくらいなら、ライオンに食い殺《ころ》されたほうがましだよ。少なくとも、ぼくは。だって、馬を盗《ぬす》んだ罪《つみ》で縛《しば》り首《くび》にされちゃうもん」シャスタはブリーほどライオンにおびえていなかった。というのも、シャスタはライオンに出くわしたことがなかったからだ。ブリーはそうではなかった。

ブリーは答えるかわりに鼻を鳴らしただけだったが、とにかく右手のほうへ進路を変《か》えた。奇妙《きみょう》なことに、もう一頭の馬も左のほうへ進路を変えたようで、二頭の間《かん》隔《かく》はたちまち広がった。しかし、二頭が離《はな》れると同時に、またライオンの声がした。こんどは二回たてつづけに。一回は右のほうから、もう一回は左のほうから。二頭の馬は、ふたたび近づいた。すると、ライオンたちの声も近づいてきた。左右から聞こえてくる咆哮《ほうこう》はぎょっとするほど近く、全力疾走《ぜんりょくしっそう》する馬のスピードに楽々とついてきているように聞こえた。そのとき、雲が晴れた。驚《おどろ》くほど明るい月の光がさして、何もかもが昼間のようにはっきりと見えた。二頭の馬は、横一線で全力疾走していた。まるで競馬《けいば》のようだった。実際《じっさい》、あとになって、あんなすごいレースはカロールメンの競馬場でも見たことがない、とブリーが言ったくらいである。

もうだめだ、とシャスタは覚悟《かくご》を決め、ライオンはひとおもいに殺《ころ》してくれるんだろうか、それともネコがネズミをいたぶるようにいたぶるんだろうか、どのくらい痛《いた》いんだろう、などと考えはじめた。同時に（とてつもない恐怖《きょうふ》にかられたときには、こういうことがあるものだが）、シャスタの目は細かいところまですべてを見て取った。むこうの乗り手はとても小柄《こがら》で細身であること、鎖《くさり》かたびらを身につけていること（鎖かたびらが月光を反射《はんしゃ》していた）、すばらしく上手《じょうず》な乗りっぷりであること。そして、その人物はひげをたくわえていないこと。

目の前にきらきら輝《かがや》く平坦《へいたん》な広がりが見えてきた。何だろうと思う間もなく、派《は》手《で》な水しぶきが上がって、シャスタの口の中に大量《たいりょう》の塩水《しおみず》が飛《と》びこんできた。きら

きら光って見えたのは、陸《りく》に深く切れこんだ入り江《え》だったのだ。馬は二頭並《なら》んで泳いでいた。水はシャスタの膝《ひざ》のあたりまであった。背後《はいご》から恐《おそ》ろしい咆哮《ほうこう》が聞こえ、シャスタがふりかえると、波打ちぎわに毛むくじゃらの大きな影《かげ》がうずくまっているのが見えた。ただし、一頭だけだった。「もう一頭は振《ふ》り切《き》れたにちがいない」と、シャスタは考えた。

ライオンは、濡《ぬ》れてまで追いかけるほどの獲物《えもの》ではないと思ったらしい。いずれにしても、水の中までは追ってこなかった。並んで泳ぐ二頭の馬たちは入り江のなかほどまで来ていて、対岸がはっきり見えていた。タルカーンはいまだひとことも発しなかった。「でも、そのうち何か言ってくるにちがいない」とシャスタは考えた。「陸についたら、すぐに。そしたら、何て答えよう？　何か話をでっち上げないと……」

そのとき、とつぜん、横から二つの声が聞こえた。

「ああ、もう疲《つか》れちゃった」と、一つの声が言った。「黙《だま》りなさい、フイン。バカなこと言わないで」と、もう一つの声が言った。

「ぼく、夢《ゆめ》を見てるのかな？」シャスタは思った。「あっちの馬もしゃべったぞ。まちがいない」

　まもなく、海の水はもう泳ぐほどの深さではなくなって、馬たちは歩きはじめ、やがて、からだや尾《お》から水の流れ落ちる盛大《せいだい》な音とともに、八つのひづめで小石をざくざくと踏《ふ》みしめながら入《い》り江《え》の対岸に上がった。意外なことに、タルカーンはひとことも質問《しつもん》を発しなかった。それどころか、シャスタに視線《しせん》を向けることさえせず、ただひたすらに馬を進めたがっているように見えた。しかし、ブリーがさっと相手の馬の前に肩《かた》を入れて行く手をはばんだ。

「ブルゥ・フゥ・ハァ！」ブリーが鼻を鳴らした。「どう、どう！　聞きましたよ、たしかに。知らん顔したってダメですよ、お嬢《じょう》さん。ちゃんと聞こえましたから。おたく、〈もの言う馬〉ですね、ナルニアの。俺《おれ》もそうです」

「この馬がものを言うとして、そなたに何のかかわりがある？」馬上の人物が強い口調で言い返し、剣《けん》のつかに手をかけた。しかし、その声を聞いただけで、シャスタにはわかってしまった。

「なんだ、ただの女の子じゃないか！」シャスタは声をあげた。

「ただの女の子であろうとなかろうと、そちらには関係《かんけい》のないこと！」馬上の人物がぴしゃりと言い返した。「そちらも、ただの男の子ではないか。礼儀作法《れいぎさほう》も知らぬ平《へい》民《みん》の子にちがいない。おそらくは奴隷《どれい》が主人の馬を盗《ぬす》んだものであろう」

「知りもしないくせに」シャスタが言った。

「この子は盗人《ぬすっと》ではありませんよ、小さなタルキーナ」ブリーが言った。「少なくとも、盗んだというのなら、俺がこの子を盗んだってのがほんとうです。それから、こちらには関係のないこととおっしゃいますが、同じ〈もの言う馬〉として、この見知らぬ土地で行きあったにもかかわらず声をかけるなというのは、無理《むり》な話です。声をかけるのがあたりまえと存《ぞん》じますが」

「わたしもそう思いますわ」メス馬が口をきいた。

「お黙《だま》り、フイン」女の子が言った。「あんたのおかげで、めんどうなことになったじゃないの」

「めんどうってのは、どうかな」シャスタが言った。「あんたたち、さっさとどっかへ消えればいいんだよ。べつに引き止めないし」

「あたりまえだ」

「人間って連中《れんちゅう》はけんか好《ず》きで困《こま》ったもんですね」ブリーがフインに話しかけた。

「まったく、ラバと同じくらい程度《ていど》が低《ひく》いですよ。俺《おれ》たちは、もう少しまともな話をしましょう。お嬢《じょう》さん、おたくも俺と同じ身の上とお察《さっ》ししますが？ 若《わか》いころにつかまって、何年もカロールメン人に奴隷扱《どれいあつか》いされてきた、と？」

「そのとおりですの」フインがもの悲しげな声を出した。

「で、逃《に》げ出《だ》した、と？」

「他人のことに首をつっこむなと言ってやりなさい、フイン」女の子が言った。

「いいえ、アラヴィス」メス馬は耳を後ろに倒《たお》して反抗《はんこう》[6]した。「だって、逃げているのはあなただけじゃない、わたしだって同じなんですもの。こちらのような気高《けだか》い軍《ぐん》馬《ば》さんなら、裏切《うらぎ》りは心配ありません。ええ、わたしたち、逃げていくところです。

---

5 「タルキーナ」は「タルカーン」（大貴族《だいきぞく》）の女性形。

6 馬が耳を後ろに倒《たお》すのは、怒《いか》りや恐怖《きょうふ》の感情《かんじょう》をあらわすしぐさ。

ナルニアへ」

「俺《おれ》たちも、もちろん同じです」ブリーが言った。「すでにお察《さっ》しと思いますが。こんなボロを着たガキが夜の夜中に軍馬《ぐんば》を駆《か》っている（というか、駆ろうとしている）なんて、逃走《とうそう》以外《いがい》の何ものでもありません。そして、言わせていただくなら、高貴《こうき》な生まれのタルキーナがたった一人で真夜中に――しかも兄君《あにぎみ》の鎧《よろい》かぶとを身につけて――馬を駆り、他人のことに首をつっこむなとおっしゃり、何も聞くなとおっしゃる――これが怪《あや》しくないならば、何が怪しいと言うのです？」

「しかたがない」女の子が言った。「お察しのとおり、フインとわたしは逃走中だ。ナルニアへ行こうとしている。さ、これで満足《まんぞく》か？」

「それならば、皆《みな》でいっしょに行けばいいじゃないですか？」ブリーが言った。「フインどの、旅の道中《どうちゅう》、俺がお役に立ち、お守り申し上げたいと存《ぞん》ずるが、いかがかな？」

「おまえは、なぜわたしではなく、馬のほうにばかり話しかけるのだ？」女の子が言った。

「これは失礼《しつれい》、タルキーナ」ブリーは両耳を心もち後ろに倒《たお》して言った。「しかし、それはカロールメン流の物言いですな。われわれ――フインと俺《おれ》――は自由《じゆう》なナルニアの民《たみ》です。おたくもナルニアへ逃《に》げていくなら、自由なナルニアの民になりたいのだとお察《さっ》しします。だとしたら、もはやフインはおたくの馬ではありません。おたくがフインの人間という言いかただってできるわけです」

女の子は口を開けて反論《はんろん》しようとしたものの、黙《だま》ってしまった。あきらかに、そういうふうに考えてみたことはなかったようだ。

「それでも」少し間をおいて、女の子が言葉を続《つづ》けた。「皆《みな》でともに旅することにそれほど利点《りてん》があるとは思えぬ。それではますます人目につきやすくなるだろう」

「むしろ逆《ぎゃく》です」ブリーが言った。フインも口をそえた。「ねえ、ぜひ、そうしましょうよ。わたし、そのほうがずっと安心です。道だって、よくわからないんですもの。こちらのようなりっぱな軍馬《ぐんば》さんなら、わたしたちよりはるかに物知りだろうと思います」

「ねえ、かんべんしてよ、ブリー」シャスタが口をはさんだ。「好《す》きなように行かせてやったらいいじゃない。むこうは連《つ》れなんかいらないって言ってんだよ、わかんないの？」

「いいえ、そんなことはございません」フィンが言った。

「よいか」女の子が口を開いた。「わたしは、そちらの軍馬《ぐんば》と同道《どうどう》するのはかまわぬ。だが、その少年のほうは、どうかな。スパイでないと、どうしてわかる？」

「もっとはっきり言ったらいいだろ、ぼくみたいな連れは自分とは釣《つ》り合《あ》わない、って」シャスタが言った。

「黙《だま》ってろ、シャスタ」ブリーが言った。「タルキーナ、疑問《ぎもん》はごもっともですが、この少年のことはわたしが保証《ほしょう》します。この少年は、わたしに対してうそをついたことはないし、わたしのいい友だちです。それに、まずまちがいなく、ナルニアかアーケン国の出身だと思われます」

「よろしい。では、同道することとしよう」そうは言ったものの、タルキーナはシャスタにはひとことも話しかけず、シャスタではなくブリーを相手にしていることはあきらかだった。

「たいへんけっこう！」ブリーが言った。「あの恐《おそ》ろしい野獣《やじゅう》どもから水をへだててここまで逃《のが》れてきたからには、このあたりで俺《おれ》たちの鞍《くら》をはずしてもらって、みんなでひと休みしませんか？　おたがいの身《み》の上《うえ》話も聞きたいし」

二人の子どもたちは馬の鞍をはずしてやり、馬たちは草を食《は》んだ。アラヴィスは自分の鞍嚢《あんのう》からおいしそうな食べ物を出してきた。しかしシャスタはきげんをそこねていたので、食べたくない、腹《はら》が減《へ》ってないから、と断《ことわ》った。シャスタは尊大《そんだい》で格式《かくしき》ばった態度《たいど》（と想像《そうぞう》するもの）でふるまおうとしたが、漁師《りょうし》小屋育ちでそのような作法《さほう》が身についているはずもなく、結果《けっか》はさんざんだった。シャスタ自身も薄々《うすうす》うまくいっていないと感じていたので、ますますきげんが悪くなり、やることなすことぶざまになった。一方、二頭の馬たちは、じつに仲良《なかよ》くやっていた。ナルニアで双方《そうほう》が知っている場所の話をしたり――「ビーバー・ダムの上に草地がありましたよね」――血統《けっとう》の話をしたりしているうちに、おたがいが三世代前あたりで血のつながっていることも判明《はんめい》した。しかし、そのおかげで、二人の人間のほうはますます気づまりな立場に追いこまれた。とうとう、ブリーがこう言った。「タルキーナ、そろそろあなたのお話を聞かせてください。ゆっくりと、時間をかけてうかがいたい。腹も落ち着いたことだし」

アラヴィスはすぐに居《い》ずまいをただし、話を始めた。それまでとは声も言葉の選《えら》びかたもちがう調子だった。というのも、イギリスの子どもたちが学校で作文の書きかたを教わるのと同じように、カロールメンでは語り（ほんとうの話であろうと、でっち上げの大ぼらであろうと）は子どものうちからきちんと教育される科目なのだ。ちがうのは、語りは誰《だれ》もが聞きたがるけれども、作文は誰も読みたがらないという点である。

3　タシュバーンの入口で

「わたくしの名はアラヴィス・タルキーナ。キドラシュ・タルカーンの一人娘《ひとりむすめ》でございます」少女はさっそく語りはじめた。「キドラシュ・タルカーン、その父はリシティ・タルカーン、その父はキドラシュ・タルカーンの父はイルソンブレ・ティズロック、その父はアルディーブ・ティズロックにして、アルディーブ・ティズロックはタシュの神の由緒《ゆいしょ》正しき子孫《しそん》でございます。わたくしの父はカラヴァール州の総督《そうとく》にして、ティズロック様（御世《みよ》とこしえに！）の御前《ごぜん》にて靴《くつ》をはき起立したままお目にかかることが許《ゆる》される身。わたくしの母（御霊《みたま》に平安あれ）はすでに身まかり、父は後添《のちぞ》いを娶《めと》りました。わたくしの兄は、遠き西方における反乱軍《はんらんぐん》との戦《いくさ》においてて亡《な》くなりました。弟はまだ幼《おさな》い子どもでございます。さて、わたくしの父の妻《つま》、すなわちわたくしの継母《けいぼ》はわたくしを憎《にく》み、わたくしが父の屋敷《やしき》にて暮《く》らすかぎり目に映《うつ》る太陽さえも暗く見えると申して、わたくしをアホーシュタ・タルカーンに嫁《とつ》がせるよう父を説《と》きつけました。このアホーシュタと申す男は卑《いや》しい生まれでありながら、ティズロック様（御世《みよ》とこしえに！）のお耳に美辞麗句《びじれいく》をお聞かせし、また一方で悪事を吹《ふ》きこんでたくみに取り入り、いまや数々の街《まち》を治《おさ》めるタルカーンとなり、当代の宰相《さいしょう》亡《な》きあとには次期宰相の地位《ちい》をもねらおうという勢《いきお》い。そればかりか、この男は齢《よわい》少なくとも六〇を過《す》ぎており、背中《せなか》がひどく曲がっており、サルのごとき面相《めんそう》をしております。にもかかわらず、わたくしの父は、アホーシュタの富《とみ》と権《けん》力《りょく》に目がくらみ、また継母の説得《せっとく》もあって、アホーシュタに使いを送り、わたくしを嫁《よめ》に差《さ》し出《だ》したのでございます。先方はこの申し出を快諾《かいだく》し、アホーシュタからはさっそく今年の夏の盛《さか》りに結婚式《けっこんしき》をとりおこなうという知らせがまいりました。

この知らせを聞いたとき、わたくしの目に映る太陽は暗くなり、わたくしはベッドに身を投げ出して一日じゅう泣きました。けれども、二日目、わたくしは起きて顔を洗《あら》い、愛馬《あいば》フインに鞍《くら》をつけさせ、西方での戦《いくさ》に兄が携行《けいこう》した形見の短剣《たんけん》を持って、一人で馬に乗って家を出たのでございます。父の屋敷《やしき》が見えなくなり、人里離《ひとざとはな》れた森の奥《おく》の草むす空き地まで来たとき、わたくしは愛馬《あいば》フインから降《お》り、短剣《たんけん》を取り出しました。そして、わが衣《ころも》の心《しん》の臓《ぞう》にもっとも近いと思われる場所を切《き》り裂《さ》き、命が果《は》てたらすぐに兄のところへお召《め》しくださいと、すべての神々に祈《いの》りました。そのあと、わたくしは目を閉《と》じ、歯を食いしばり、短剣をわが心の臓に突《つ》きたてようといたしました。ところが、まさにわが身を突こうとしたそのとき、このメス馬が人の娘《むすめ》の声にて言葉を発したのでございます。『おお、ご主人様、けっしてわが身を滅《ほろ》ぼすようなことをなさってはなりませぬ。生きておりましたならば幸せなこともございましょう、しかし死んでしまえばそれまでです』と」

「わたし、そんなに上手《じょうず》には言えませんでしたけど」と、フインがつぶやいた。

「お静《しず》かに、お嬢《じょう》さん。お静かに」うっとりとアラヴィスの語りを楽しんでいたブリーがフインを制《せい》した。「タルキーナはカロールメン伝統《でんとう》の壮麗《そうれい》なる語り口で語っておられるのです。ティズロックの宮廷《きゅうてい》広しといえども、これほど上手に語られる方はおられません。どうぞ、お続《つづ》けください、タルキーナ」

「わが愛馬《あいば》の口から人の言葉が発せられたのを聞いたとき」と、アラヴィスは話を続《つづ》けた。「わたくしは思いました。自分は死を前にして恐《おそ》れのあまり理性《りせい》を乱《みだ》され、妄《もう》想《そう》を抱《いだ》いてしまったにちがいない、と。そして、そのことを恥《は》じ入《い》る気もちでいっぱいになりました。わが血筋《ちすじ》の人間であれば、死など蚊《か》に刺《さ》されるほどにも恐れてはならぬものだからでございます。それゆえ、わたくしはいまいちど短剣《たんけん》をかまえて自刃《じじん》しようといたしました。ところが、フインがそばに来て、自分の頭をわたくしと短剣との間に差《さ》し入《い》れ、言葉をつくしてわたくしに理を説《と》き、母親が娘《むすめ》を諭《さと》すがごとくにわたくしを諫《いさ》めたのでございます。わたくしはあまりの驚《おどろ》きに自刃することを忘《わす》れ、アホーシュタのことも忘れ、こう申しました。『おお、わが愛馬よ、おまえはどのような次第《しだい》で人の娘のごとくに口をきけるようになったのか？』と。そして、フインは皆様《みなさま》がすでにご存《ぞん》じのことをわたくしに話して聞かせたのでございます。ナルニアには口をきけるけものたちがいるのだ、と。そして、自分は子馬のときにナルニアからさらわれてきたのだ、と。フインはナルニアの森や水辺《みずべ》のこと、ナルニアの城《しろ》やりっぱな船の話などを聞かせてくれました。そこで、とうとうわたくしはこう申したのでございます。『タシュの神とアザロスの神と夜の女神《めがみ》ザルディーナの名にかけて、わたくしはぜひともナルニアへ行ってみたい』と。わが愛馬はこう申しました。『おお、ご主人様、ナルニアへおいでになれば、お幸せになれるでしょう。なぜなら、彼《か》の地《ち》においては乙女《おとめ》は望《のぞ》まぬ結婚《けっこん》を強《し》いられることなどないからでございます』と。

それから長らく語らいあったのち、わが心に希望《きぼう》がよみがえり、わたくしは自刃《じじん》を思いとどまった歓《よろこ》びをかみしめました。さらにまた、フインとわたくしのあいだで、いっしょに逃《に》げようという話がまとまりました。そして、わたくしたちは計画を立てたのでございます。わたくしは父の屋敷《やしき》にもどり、いちばん華《はな》やかな衣装《いしょう》を身につけ、父の前で歌い、踊《おど》り、父がわたくしのためにまとめた結婚話を喜《よろこ》んでいるふりをいたしました。そしてまた、わたくしは父にこう申しました。『おお、わが眼《まなこ》の歓びであられる父上様、わたくしは侍女《じじょ》一人だけを連《つ》れて三日のあいだ森へおもむき、夜と処女《しょじょ》の女神ザルディーナに秘密《ひみつ》の捧《ささ》げ物をいたしたいと存《ぞん》じます、なにとぞ外出をお許《ゆる》しくださいませ。貴族《きぞく》の娘《むすめ》として、しきたりどおりに女神ザルディーナへのお勤《つと》めを終えて、嫁《とつ》ぐ日に備《そな》えたいと存じます』と。父は答えました。『おお、わが

YOUCHAN

娘《むすめ》よ、わが眼《まなこ》の歓《よろこ》びよ、そのようにいたすがよい』と。

父の前から下がったその足で、わたくしはただちに父の最古参《さいこさん》の奴隷《どれい》のもとへ参《まい》りました。この奴隷は父の秘書《ひしょ》であり、赤《あか》ん坊《ぼう》のわたくしを膝《ひざ》に乗せてそれはかわいがり、空気よりも光よりもわたくしを愛《あい》してくれた者でございます。わたくしはこの奴隷に秘密《ひみつ》を守ることを誓《ちか》わせたうえで、わたくしのために手紙を一通したためてくれるよう頼《たの》みました。奴隷は涙《なみだ》を流し、わたくしに決意をひるがえすよう懇願《こんがん》いたしましたが、最後《さいご》には『仰《おお》せのままに』と言って、わたくしが望《のぞ》むようにしてくれました。わたくしは手紙に封印《ふういん》をし、ふところにしまいました」

「その手紙、何て書いてあったの?」シャスタが聞いた。

「静《しず》かに」ブリーがたしなめた。「語りのじゃまをしてはいけない。しかるべきところでタルキーナが語ってくださるはず。さ、タルキーナ、お続《つづ》けください」

「そのあと、わたくしは森でザルディーナの儀式《ぎしき》をおこなう際《さい》に同行することになっている侍女《じじょ》を呼び、翌朝非常《よくあさひじょう》に早い時刻《じこく》に起こしてくれるよう命じました。そして、わたくしは侍女と陽気に騒《さわ》ぎ、侍女にワインを飲ませました。そのワインにわたくしは薬を混《ま》ぜ、侍女が一昼夜にわたって目ざめぬようにいたしました。屋敷《やしき》じゅうが寝《ね》静《しず》まると同時に、わたくしは起き出して兄の鎖《くさり》かたびらを身につけました。兄の形見として、つねにわが寝間《ねま》に置《お》いてあったものでございます。わたくしは手持ちのお金《かね》のすべてと極上《ごくじょう》の宝石類《ほうせきるい》を飾《かざ》り帯《おび》のあいだに忍《しの》ばせ、食料《しょくりょう》を用意し、みずからの手で愛馬《あいば》に鞍《くら》をつけ、夜も更《ふ》けた二更《にこう》[1]に馬に乗って屋敷を出ました。ただし、行き先は父に告《つ》げた森ではなく、北東のタシュバーンに向かったのでございます。

これから三日あまりのあいだ、父はわたくしの言葉にだまされて、わたくしを探《さが》さないであろうとわかっておりました。そして四日目に、わたくしたちはアジム・バルダの街《まち》に着きました。アジム・バルダは多くの街道《かいどう》が交差《こうさ》する要衝《ようしょう》の地で、そこからティズロック（御世《みよ》とこしえに！）の急使が王国の各地《かくち》に向けて早馬を飛《と》ばす制度《せいど》がございます。位《くらい》の高いタルカーンには、この駅伝《えきでん》制度を使って便《たよ》りを送る特権《とっけん》が与《あた》えられております。そこで、わたくしはアジム・バルダにある王室駅伝本局の伝書《でんしょ》使長《しちょう》をたずね、こう申しました、『おお、伝書使よ、ここにわが伯父《おじ》アホーシュタ・タルカーンからカラヴァール州の総督《そうとく》キドラシュ・タルカーンにあてた便りがある。

五クレセントを遣《つか》わすによって、これを届《とど》けよ』と。伝書使長は申しました、『仰《おお》せのままに』と。

手紙はアホーシュタが書いたように見せかけたもので、内容《ないよう》は次のようなものでございました。『アホーシュタ・タルカーンより、キドラシュ・タルカーン殿《どの》へ。挨拶《あいさつ》と平安を。絶対《ぜったい》にして侵《おか》すべからざるタシュの御名《みな》において申し上げ候《そうろう》。小生《しょうせい》と貴《き》公《こう》の娘御《むすめご》アラヴィス・タルキーナとのあいだに結《むす》ばれたる結婚《けっこん》の契約《けいやく》を実行に移《うつ》すべく貴公の屋敷《やしき》へ向かう道中《どうちゅう》、運命と神々のありがたき御《おん》はからいにより、森の中にて結婚前の処女《しょじょ》のならわしに従《したが》いザルディーナへの儀式《ぎしき》と捧《ささ》げ物を終えた娘御と遭遇《そうぐう》いたし候。乙女《おとめ》がわが婚約者《こんやくしゃ》であると知り、その美しさと思慮深《しりょぶか》さを見出《みいだ》した小生は、娘御への思いが一気につのり、すぐにも結婚の契《ちぎ》りを結ばざれば太陽とて暗く見えるほどに思われましたがゆえに、娘御に出会ったその日その刻《こく》に必要《ひつよう》な捧げ物を整えて結婚いたし、娘御をわが屋敷に連《つ》れもどった次第《しだい》。貴公には可能《かのう》なかぎり早《さっ》

1　午後九時から深夜一二時までの三時間。

急《きゅう》に当方へお出ましいただき、御尊顔《ごそんがん》をお見せくださり美声をお聞かせくださるよう、われら二人して切《せつ》に願《ねが》いおりますところ。加《くわ》えて、わが妻《つま》の持参金《じさんきん》も忘《わす》れずご持参いただきたく。当方、出費《しゅっぴ》と物入りがかさみ、遅滞《ちたい》なく持参金を頂戴《ちょうだい》いたしたく候《そうろう》。貴公《きこう》と小生《しょうせい》はいまや縁続《えんつづ》きなれば、急《せ》いて結婚《けっこん》の契《ちぎ》りを結《むす》びたるをご寛恕《かんじょ》願いたく候。すべては貴公の娘御《むすめご》への大いなる恋情《れんじょう》より発したることなれば。貴公に神々のご加護《かご》のあらんことを』

この手紙を出したあと、わたくしとフインは急いでアジム・バルダを出発いたしました。追っ手の心配はしておりませんでした。父は、あのような手紙を受け取れば、アホーシュタに返事を出すか、あるいは自分からアホーシュタの屋敷《やしき》へ足を運ぶにちがいないと思ったからでございます。そうなれば、事が発覚《はっかく》するころには、わたくしはタシュバーンをとうに通過《つうか》しているはず。今夜ライオンどもに追われて海を泳ぎ渡《わた》ったおりにあなたがたに出会うまでの事情《じじょう》は、だいたいこのようなものでございました」

「そんで、その侍女《じじょ》はどうなったの？　薬で眠《ねむ》らせた侍女は？」シャスタが聞いた。

「きっと鞭打《むちう》ちでしょうね、寝過《ねす》ごしたのを叱《しか》られて」アラヴィスが冷淡《れいたん》な口調で言った。「でも、あの侍女《じじょ》は継母《ままはは》の手先でスパイだったのだから、打たれていい気味だわ」

「そうかな、ちょっとひどいんじゃないの」シャスタが言った。

「べつに、そちらにほめてもらおうと思ってやってることじゃないから」アラヴィスが言った。

「もう一つ、わかんないことがあるんだ」シャスタが続《つづ》けた。「あんた、まだ子どもだろ？　ぼくより年上じゃないよね？　同い年でもないんじゃないかな。なのに、なんで、そんな年齢《ねんれい》で結婚《けっこん》なんかできるわけ？」

アラヴィスは何も言わなかったが、ブリーがすぐに口をはさんだ。「シャスタ、無知《むち》丸出しだぞ。位《くらい》の高いタルカーンの家では、そのぐらいの年齢で結婚するのがあたりまえなんだ」

シャスタは真《ま》っ赤《か》になり（あたりが暗かったので、ほかの者たちには見えなかったが）、バカにされたような気がした。こんどはアラヴィスがブリーに身の上話をせがんだ。ブリーは話をしたが、シャスタとしては、自分の落馬のことや乗馬の下手《へた》なことが必要以上《ひつよういじょう》に誇張《こちょう》されているように感じた。ブリーはあきらかにその話がおもしろいと思っていたようだが、アラヴィスは笑《わら》わなかった。ブリーの物語が終わったあと、みんなは眠《ねむ》りについた。

翌日《よくじつ》、二人と二頭はいっしょに旅を続《つづ》けた。シャスタはブリーと二人きりの旅のほうがずっと楽しかったと思った。いまでは、しゃべるのはほとんどブリーとアラヴィスばかりだった。ブリーは長いあいだカロールメンで暮《く》らし、タルカーンやタルカーンの馬たちとなじみだったので、知人や場所などアラヴィスと共通《きょうつう》の話題がたくさんあったのだ。アラヴィスはしょっちゅう「ザリンドレの戦《たたか》いに行ったのなら、いとこのアリマシュに会わなかった？」というような話をし、ブリーも「ああ、アリマシュね。ま、たかだかチャリオット隊《たい》の隊長だったけどね。俺《おれ》はチャリオットとかチャリオットを引く馬は、あんまり高く買ってないんだ。あれは本物の騎兵《きへい》とはちがうからね。でも、まあ、なかなかりっぱな貴族《きぞく》だったよ。ティーベスを征服《せいふく》したあとは、俺の飼葉袋《かいばぶくろ》に砂糖《さとう》を入れてくれたしね」などと答えるのだった。あるいは、ブリーが「あの夏はメズリールの湖畔《こはん》で過《す》ごした」と言うと、アラヴィスが「ああ、メズリール！　わたし、メズリールにお友だちがいたの。ラザラリーン・タルキーナっていう子。メズリールって、とってもすてきな場所よね。お庭もすてきだし、〈千の香《かお》りの谷〉もすばらしいし！」と応《おう》じる、といったぐあいだった。ブリーとしてはシャスタを仲間《なかま》はずれにするつもりはなかったのだが、シャスタはたびたび仲間はずれの気分を味わった。共通《きょうつう》の話題がある者どうしはついその話に夢中《むちゅう》になりがちだし、そうなると、ほかの者はどうしても疎外感《そがいかん》を抱《いだ》くことになる。

メス馬のフインはブリーのようなりっぱな軍馬《ぐんば》の前では気後《きおく》れしがちで、ほとんど口を開かなかった。そして、アラヴィスは、どうしても必要《ひつよう》なとき以外《いがい》はシャスタにはひとことも話しかけなかった。

しかし、ほどなく、一行はもっと大きな問題に直面せざるをえなくなった。タシュバーンの街《まち》が近づいてきたのだ。都会に近くなるにつれて村が増《ふ》え、村の規模《きぼ》も大きくなり、道で行きかう人の数も増えた。いまでは、シャスタたちは移動《いどう》はほぼ夜のあいだだけにして、昼間はできるだけ隠《かく》れて過ごすようにしていた。そして、休憩《きゅうけい》ごとにタシュバーンに着いたらどうするかについて相談を重ねた。みんな、それまでこの難問《なんもん》を先送りにしてきたのだが、いよいよ先送りにしている場合ではなくなった。相談しているあいだは、ほんの少しだけだが、アラヴィスがシャスタに対してつんけんした顔を見せる回数が減《へ》った。相談ごとなどがある場合のほうが、何ということもない会話をかわす場合にくらべて、人はより無難《ぶなん》に折《お》り合《あ》えるものらしい。

まず第一にしなければならないのは、タシュバーンの街《まち》を通過《つうか》するあいだに万が一はぐれた場合に備《そな》えて、街のむこうで落ち合う地点を決めておくことだ、とブリーが言った。いちばんいいのは砂漠《さばく》が始まるすぐ手前のところにある古代の王墓群《おうぼぐん》だろう、というのがブリーの意見だった。「巨大《きょだい》なミツバチの巣《す》みたいな形[2]をした石積《いしづ》みの遺跡《いせき》だよ」とブリーが説明《せつめい》した。「ぜったい見のがす心配はない。何より好都合《こうつごう》なのは、カロールメン人が近寄《ちかよ》らない場所だってことだ。墓《はか》に食屍鬼《しょくしき》[3]が出るって信《しん》じて怖《こわ》がってるんだ」ほんとうに食屍鬼は出ないのか、とアラヴィスが聞いた。しかし、ブリーは、自分はナルニアの自由《じゆう》な馬だからカロールメンの怪談《かいだん》なんか信じない、と答えた。シャスタも、自分だってカロールメン人じゃないから食屍鬼みたいな古い話はこれっぽっちも気にならない、と言った。本心ではなかったのだが、アラヴィスはその言葉に感心したようで（半面、しゃくにもさわったようだった）、もちろん自分だって食屍鬼《しょくしき》なんかちっとも気にしない、と言った。そこで、タシュバーンを越《こ》したら王墓群《おうぼぐん》のところで合流することに決まった。みんなは相談が順調《じゅんちょう》に進んでいると思っていたが、そのとき、フインが控《ひか》え目《め》な口調で、ほんとうに重要《じゅうよう》な問題はタシュバーンを抜《ぬ》けたあとで落ち合う場所ではなく、いかにしてタシュバーンの街《まち》を通《つう》過《か》するかではないでしょうか、と指摘《してき》した。

「それはあした片《かた》づけるからご心配なく、お嬢《じょう》さん」ブリーが言った。「それより、もう寝《ね》るとしませんか」

しかし、それは簡単《かんたん》に片づく問題ではなかった。アラヴィスが最初《さいしょ》に提案《ていあん》したのは、タシュバーンの街にはいることは避《さ》けて夜のあいだに街の下流地点で川を泳いで渡《わた》る、

2　てっぺんがドーム形になった円筒形《えんとうけい》。
3　墓《はか》をあばいて死体を食らう悪霊《あくりょう》。

という案《あん》だった。しかし、これには二つの点からブリーが反対した。一つには河口付《かこうふ》近付《かこうふきん》は川幅《かわはば》が広すぎて、泳いで渡《わた》ることと、まして人間を乗せて泳いで渡ることはフインには無理《むり》だろう、という懸念《けねん》だった（ブリーは自分にとっても泳ぎきるには難《むずか》しい距離《きょり》だと思ったが、そのことにはほとんど触《ふ》れなかった）。もう一つの理由《りゆう》は、付近には船がたくさん停泊《ていはく》しているから、甲板《かんぱん》にいる人が川を泳いでいく二頭の馬を見ればまちがいなく不審《ふしん》に思うだろう、ということだった。

シャスタは、タシュバーンよりも上流側《がわ》へさかのぼって川幅が狭《せま》くなったところを泳いで渡ったらどうか、と提案《ていあん》した。しかし、ブリーの説明《せつめい》によれば、川の両岸には庭園や別荘《べっそう》が何キロも続《つづ》いていて、そこにはタルカーンやタルキーナが住んでいるし、そういう人たちがあたりの道路を通る可能性《かのうせい》もあるし、川で水上パーティーを楽しんでいる可能性もあるという。実際《じっさい》、そのあたりはアラヴィスやブリーを知っている人たちに出くわすおそれがどこよりも大きいだろう、とブリーは言った。

「変装《へんそう》しないとダメだね」シャスタが言った。

「こちらの門からはいってむこうの門まで、街《まち》の中を突《つ》っ切《き》るのがいちばん安全だと思います。人混《ひとご》みのほうがかえって人目につきにくいですから」というのがフインの考えだった。でも、変装《へんそう》するという考えにも賛成《さんせい》です、とフインは言った。「人間は二人ともボロを着て、農民《のうみん》か奴隷《どれい》に見えるようにしたほうがいいでしょう。アラヴィスの鎧《よろい》かぶととわたしたちの鞍《くら》やそのほかの馬具はまとめて荷物にして、わたしたちの背中《せなか》に積《つ》んでいくんです。そして、子どもたちはわたしたちを引いて歩いているふりをしないといけません。ただの荷馬《にうま》を引いていると見えるように」

「冗談《じょうだん》じゃないわよ、フインったら！」アラヴィスがバカにした口調で言った。「ブリーみたいな軍馬《ぐんば》を誰《だれ》が荷馬なんかに見まちがえるものですか！　どんなに変装したって！」

「そのとおりだと思います」ブリーもそう言って、鼻を鳴らし、耳をかすかに後ろへ寝《ね》かせた。

「たしかに、ものすごくいい計画ではないかもしれません」フインが言った。「でも、これしか可能性《かのうせい》はないと思うんです。それに、わたしたち、もう長いこと手入れしてもらっていませんから、もとのように身ぎれいには見えないと思いますし（少なくとも、わたしはまちがいなくそうだと思います）。全身すっかり泥《どろ》まみれになっておいて、疲《つか》れてやる気のない馬のように頭を下げて歩けば――それと、足を引きずるようにして歩けば――気づかれずにすむかもしれないと思うんです。あと、しっぽも短く切らないと。きれいに切りそろえるんじゃなくて、ボサボサに切るんです」

「なんてことを言うんです、お嬢《じょう》さん」ブリーが言った。「そんな格好《かっこう》でナルニアに帰るなんて、どれほどみっともないことか、想像《そうぞう》してみたことがあるんですか？」

「でも」フインが控《ひか》えめな口調で答えた（フインはとても分別《ふんべつ》のあるメス馬だった）。「いちばん大切なのは、ナルニアにたどりつくことだと思うんです」

みんな両手《もろて》をあげて賛成《さんせい》したわけではないけれども、けっきょくフインの案《あん》を採用《さいよう》するよりほかなかった。それは手間のかかる計画で、シャスタに言わせれば多少の盗《ぬす》み（ブリーに言わせれば「襲撃《しゅうげき》」）も働《はたら》かなければならなかった。その晩《ばん》、ある農家からずだ袋《ぶくろ》がいくつかなくなり、別《べつ》の晩には別の農家からロープが一巻《まき》なくなった。アラヴィスに着せる男の子用の古着は、村でお金を払って手に入れるしかなかった。ちょうど日が暮《く》れようとするころ、シャスタが買《か》い求《もと》めた服を手に意気揚々《いきようよう》ともどってきた。アラヴィスと馬たちは、これから越《こ》そうとする小高い丘《おか》のふもとで、林の奥《おく》に身を隠《かく》すようにしてシャスタがもどってくるのを待っていた。これが最後《さいご》の丘なので、みんな胸《むね》が高鳴っていた。この丘の上まで行けば、眼下《がんか》にタシュバーンの街《まち》が見えるはずだ。「なんとかぶじに通り抜《ぬ》けたいね」シャスタがフインに小さな声で言った。「ええ、ほんとうに、ほんとうに」フインが熱《あつ》い思いをこめて答えた。

その晩《ばん》、一行《いっこう》は木こりが使う林間の細い道をくねくねとたどって丘をのぼった。頂上《ちょうじょう》まで来て林から出ると、谷間《たにあい》に何千という数の明かりが見えた。シャスタは大都会がどんなものか想像《そうぞう》したこともなかったので、眼下の風景《ふうけい》におじけづいてしまった。一行は夕食を食べ、子どもたちは眠《ねむ》りについた。そして、翌朝《よくあさ》ものすごく早い時《じ》刻《こく》に、二頭の馬が子どもたちを起こした。

空にはまだ星がまたたいており、草は夜露《よつゆ》に濡《ぬ》れてひどく冷《つめ》たかったが、はるか右手に広がる海のかなたでは、いましも夜が明けようとしていた。アラヴィスはちょっと林の奥へはいっていって、前の晩に手に入れたばかりの古着に着替《きが》えてもどってきたが、どこかしっくり似合《にあ》っていない感じだった。手にはそれまで着ていた服をひとまとめにして抱《かか》えていた。アラヴィスの服は、鎧《よろい》かぶとや盾《たて》や三日月刀や二頭ぶんの鞍《くら》やその他のりっぱな馬具といっしょに大きなずだ袋《ぶくろ》に入れられた。ブリーとフインはすでにできるだけ泥《どろ》まみれのみすぼらしい姿《すがた》になっていて、あとはしっぽを短くするだけだった。しっぽを切るのに使えそうな道具はアラヴィスの三日月刀しかなかったので、もう一度ずだ袋の口を開けて荷をほどき、三日月刀を取り出さなくてはならなかった。しっぽを切るにはけっこうな手間がかかり、馬たちは痛《いた》い思いをした。

「まったく！」ブリーが声をあげた。「俺《おれ》が〈もの言う馬〉でなけりゃ、顔に一蹴《ひとけ》り見舞《みま》ってやるところだ！ しっぽを切るとは言ったが、引《ひ》っこ抜《ぬ》くとは聞いてなかったぞ。これじゃ引っこ抜かれたも同然《どうぜん》の痛さじゃないか」

とはいえ、薄暗《うすぐら》い光の中で、指先もかじかんでいたわりには、とにかく必要《ひつよう》なことはすべて終わった。一行《いっこう》は馬の背《せ》に大きな袋をいくつも載《の》せ、馬たちの端綱《はづな》（くつわや手綱《たづな》をはずした代わりに馬の口にロープをつけた）を子どもたちが握《にぎ》って、出発した。

「忘《わす》れるなよ」ブリーが言った。「できるかぎり、いっしょにまとまっているようにしよう。そうできなかった場合には、王墓群《おうぼぐん》のところで落ち合おう。先に着いた者は、そこでみんなを待つこと」

「あと、忘《わす》れないでよ」シャスタも言った。「あんたたち馬も、うっかり口をきいたりしないようにね、何が起こっても」

4　シャスタ、ナルニア人《びと》と出会う

初《はじ》めのうち、眼下《がんか》の谷は霧《きり》の海に沈《しず》んでいて、丸屋根や小さな尖塔《せんとう》がいくつか突《つ》き出《で》ているのが見えるだけだった。しかし、朝の光が明るさを増《ま》すにつれて霧が晴れ、いろいろなものが見えてきた。大きな川が島をはさむように二股《ふたまた》に分かれて流れ、その島の上にこの世の不思議《ふしぎ》とうたわれるタシュバーンの街《まち》が築《きず》かれていた。島の周囲《しゅうい》は高い城壁《じょうへき》に囲《かこ》まれ、無数《むすう》の塔《とう》(シャスタは数えはじめたが、すぐにあきらめた)で守りを固《かた》めた石の城壁を波が洗《あら》っていた。城壁に囲まれた島は全体が一つの小高い丘《おか》になっていて、ふもとから丘の頂上《ちょうじょう》にそびえるティズロックの王宮とタシュの大《だい》神殿《しんでん》まで、びっしりとすきまなく建物《たてもの》がひしめきあっていた。テラスの上にテラスが重なり、道の上に道が通り、つづら折《お》りにのぼっていく道路や幅《はば》の広い大階段《だいかいだん》の両《りょう》側《がわ》にはオレンジやレモンの木が植えられ、建物《たてもの》の上にはルーフ・ガーデンが作られ、バルコニーがあり、深いアーチ・トンネルがあり、正面に柱がたくさん並《なら》んだ建物があり、さまざまな形をした大小の尖塔《せんとう》があり、胸壁《きょうへき》[1]も見えた。やがて太陽が水平線から顔をのぞかせ、大神殿《だいしんでん》の堂々《どうどう》たる丸屋根が太陽の光を反射《はんしゃ》して銀色に輝《かがや》くのを見て、シャスタは目がくらみそうになった。

「早く行けよ、シャスタ」さっきからブリーがくりかえしていた。

川の両岸に続《つづ》く庭園や果樹園《かじゅえん》は木々がうっそうと生《お》いしげり、最初《さいしょ》に見たときは森かと思ったが、近づいてみると、家々の周囲《しゅうい》に巡《めぐ》らされた白い壁《かべ》が木蔭《こかげ》に見《み》え隠《かく》れしていた。まもなく、シャスタは花や果物《くだもの》のおいしそうな香《かお》りがただよってくるのに気づいた。一五分ほど歩くと一行《いっこう》は先ほど丘《おか》の上から眺《なが》めた川ぞいの道に出て、両側に庭園や白い壁を眺め、壁の外にまで枝《えだ》を広げた果樹を見上げながら、平坦《へいたん》な道を進んでいった。

1　壁の最上部《さいじょうぶ》に設《もう》けた防御壁《ぼうぎょへき》。

「ねえ、ここってすばらしいところだね！」シャスタが感嘆《かんたん》の声をもらした。

「まあな」ブリーが言った。「けど、俺《おれ》はとにかくぶじに街《まち》を通《とお》り抜《ぬ》けたいよ。ナルニアへ！　北へ！」

そのとき、腹《はら》の底《そこ》に響《ひび》くような低《ひく》い音が聞こえてきた。音はどんどん大きくなり、しまいには谷全体を揺《ゆ》るがすように鳴り響いた。それは楽器《がっき》の音色《ねいろ》のようにも聞こえたが、もっと強烈《きょうれつ》で、もっと重々しく、聞く者をおじけづかせるような音だった。

「街の開門を告《つ》げる角笛《つのぶえ》の音だ」ブリーが言った。「もうすぐ街の城門《じょうもん》に着く。さ、アラヴィス、もっとうなだれて、足の運びも重くして、お姫様《ひめさま》に見えないように気をつけて歩いてくれよ。生まれてこのかたずっと蹴《け》とばされて殴《なぐ》られてののしられてきた人みたいな感じで」

「それを言うのなら、そっちだって、もう少し頭をうなだれて、あまり首をそらせないほうがいいんじゃないの？　そんな『軍馬《ぐんば》でございい』って顔してないで」アラヴィスが言い返した。

「しっ！」ブリーが言った。「着いたぞ」

目の前に街《まち》が近づいてきた。川ぞいに歩いてきた道の先は、アーチ形の橋脚《きょうきゃく》をたくさん連《つら》ねた橋を渡《わた》って城門《じょうもん》へと続《つづ》いていた。早朝の日の光が川面《かわも》にきらきらと躍《おど》っていた。右手の河口《かこう》に近いほうへ目をやると、たくさんの船のマストが見えた。一行《いっこう》の前にも橋を渡っていく人々がいた。ほとんどは荷物を満載《まんさい》したロバやラバをひいていく農民《のうみん》、あるいは頭の上にカゴをのせて運ぶ農民たちだった。シャスタたちも行列のあとに続いた。

「どうかしたの?」シャスタが小声でアラヴィスに話しかけた。アラヴィスが奇妙《きみょう》な表情《ひょうじょう》をしていたからだ。

「あんたはいいわよ」アラヴィスは小声ながら険《けん》のある言いかたをした。「タシュバーンになんて、べつに思い入れもないだろうし。でも、わたしはね、ほんとうなら輿《こし》[2]に乗って街にはいるべき身分なの。兵隊《へいたい》たちに先導《せんどう》されて、後ろに奴隷《どれい》どもを従《したが》

2　二本の長い棒《ぼう》の上に人がすわったり寝《ね》たりできる台をのせた貴人《きじん》用の乗りもので、大勢《おおぜい》の人間を使って運ばせる。

えて。そうやってティズロック（御世《みよ》とこしえに！）の王宮で開かれる大宴会《だいえんかい》なんかに呼《よ》ばれていったものなのよ――こんなふうにコソコソと街《まち》にはいるんじゃなくて。あんたとはわけがちがうの」

くだらない話だ、とシャスタは思った。

橋を渡《わた》りきった先では、街の城壁《じょうへき》が上からのしかかるように高くそびえ、真鍮張《しんちゅうば》りの扉《とびら》が大きく開かれていた。城門《じょうもん》はかなり間口《まぐち》が広いのだが、高さがあまりに高いせいで間口が狭《せま》く見えるほどだった。門の両脇《りょうわき》に六人ずつの衛兵《えいへい》が槍《やり》によりかかって立っていた。アラヴィスは「わたしが誰《だれ》の娘《むすめ》か知ったら、衛兵なんか飛《と》び上《あ》がって直立不動《ちょくりつふどう》で敬礼《けいれい》するだろうに」と思わずにはいられなかった。しかし、アラヴィス以外《いがい》の三者はタシュバーンをどうやって通《とお》り抜《ぬ》けるかということで頭がいっぱいで、門番の衛兵が何も聞いてこなければいいのだが、とひやひやしていた。さいわいなことに、質問《しつもん》はされなかった。ところが、衛兵の一人が農民《のうみん》のカゴからニンジンを一本つまみあげてシャスタに投げつけ、下品な笑《わら》い声《ごえ》をあげて、こう言った。

「おい！　そこの馬丁《ばてぃ》！　ご主人様の乗用馬を荷馬《にうま》なんかに使ったのが知れたら、ひどい目にあうぞ」

シャスタは、どきっとした。多少なりとも馬を見る目のある人にはブリーはやはり軍馬《ぐんば》にしか見えないということがはっきりわかったからだ。

「ご主人様のお言いつけなんだい！」シャスタは言い返した。しかし、黙《だま》っておいたほうがよかったのだ。シャスタは衛兵《えいへい》に横《よこ》っ面《つら》を思いっきり張られて、吹《ふ》っ飛《と》びそうになった。「これでも食《く》らえ、クズめ！　自由人《じゆうじん》の人間様に対する口のきかたに気をつけるんだな」それでも、一行《いっこう》は止められることなくぶじに城門《じょうもん》を通過《つうか》した。シャスタはほとんど泣《な》きもしなかった。殴《なぐ》られるのには慣《な》れていたからだ。

中にはいってみて最初《さいしょ》に感じたのは、タシュバーンは遠くから見るほどすばらしい街《まち》でもなさそうだ、ということだった。一本目の通りは狭《せま》くて、左右の建物《たてもの》にはほとんど窓《まど》もなく、シャスタが想像《そうぞう》したよりはるかに混《こ》みあっていた。シャスタたちといっしょに門から街へはいってきた農民《のうみん》（市場へ行くのだろう）のほかにも、水売り、菓子《かし》売り、人足《にんそく》、兵隊《へいたい》、物乞《ものご》い、みすぼらしい身なりの子どもたち、メンドリ、野良《のら》犬《いぬ》、はだしの奴隷《どれい》などが道を歩いていた。読者諸君《しょくん》がその場にいあわせたとしたら、すぐに気づくのは、鼻をつくさまざまな臭《にお》いだろう。入浴《にゅうよく》していない人間の体臭《たいしゅう》、洗《あら》ってもらったことのない犬たちのけもの臭《しゅう》、香水《こうすい》のにおい、ニンニクやタマネギの臭い、そして、あちこちに捨《す》ててあるゴミの臭い。

シャスタは馬を引いて歩いているふりをしていたが、実際《じっさい》に道を知っているのはブリーで、ブリーが鼻先でシャスタをそっと押《お》しては行き先を指示《しじ》していた。一行《いっこう》はすぐに左へ曲がり、急坂《きゅうざか》をのぼりはじめた。すると、空気も眺《なが》めもずいぶん良《よ》くなった。道は両脇《りょうわき》に街路樹《がいろじゅ》が植えられ、家が並《なら》んでいるのは右手側《がわ》だけで、左手側は一段低《だんひく》いところに建《た》つ家並《やな》みを見下ろす形になり、川の上流のほうまで見晴らせるようになった。やがて道は右に大きく折《お》れ曲《ま》がり、さらに上り坂が続いた。こうしてつづら折りの坂道をたどりながら、一行はタシュバーンの中心に向けてのぼっていった。ほどなく、りっぱに整備《せいび》された道にはいった。沿道《えんどう》には、ぴかぴか光る台座《だいざ》の上にカロールメンの神々や英雄《えいゆう》たちの像《ぞう》が立っていた。どれも堂々《どうどう》たる姿《すがた》だったが、親しみは感じられなかった。太陽の照《て》りつける舗道《ほどう》にはヤシの木が並び、あるいはアーケードがかけられて、涼《すず》しい日陰《ひかげ》を作っていた。宮殿《きゅうでん》のような屋敷《やしき》のアーチ門から中をのぞくと、緑の木々が見え、涼《すず》しそうな噴水《ふんすい》やきちんと刈《か》りこまれた芝生《しばふ》が見えた。中はさぞすばらしいんだろうな、とシャスタは思った。

角を曲がるたびに、シャスタはこんどこそ人混《ひとご》みから抜《ぬ》けられるかと期待したが、そうはいかなかった。道は人が多すぎてのろのろとしか歩けず、しかも、しょっちゅう人の足が止まった。それは「どけ、どけ、どけぃ！　タルカーン様のお通りだ！」とか「タルキーナ様のお通りだ！」とか「第一五位の大臣《だいじん》様のお通りだ！」とか「外国使節《しせつ》のお通りだ！」などという大きな声が聞こえてきたときで、そういう声が響《ひび》くと人々はわれさきに壁《かべ》ぎわへよけて道をあけるのだった。人垣《ひとがき》の頭越《あたまご》しに、シャスタは騒《さわ》ぎの原因《げんいん》となっている貴族《きぞく》や貴婦人《きふじん》の姿《すがた》をちらりと見ることもあった。輿《こし》に乗った貴人《きじん》たちはゆったりとくつろいだ様子で横たわり、四人ないし六人の大柄《おおがら》で屈《くっ》強《きょう》な奴隷《どれい》たちが裸《はだか》の肩《かた》に輿をかついで進んでいく。タシュバーンには交通規則《きそく》はただ一つしかなかった。要《よう》するに、位《くらい》の低《ひく》い者が位の高い者に道を譲《ゆず》る、ということだ。その規則に従《したが》わなければ、鞭《むち》が飛《と》んできたり、槍《やり》の石突《いしづ》きで突《つ》き倒《たお》されたりすることになる。

街《まち》の頂上《ちょうじょう》に近いりっぱな通りまで来たとき（それより上にあるのはティズロックの王宮だけだった）、またもや大きな声が響《ひび》いて、それまでいちばん多くの人の足が止まった。

「どけ、どけ、どけぃ！」声が響いた。「白い蛮族《ばんぞく》の王、ティズロック様（御世《みよ》とこしえに！）の賓客《ひんきゃく》がお通りだ！　どけ、どけ、どけぃ！　ナルニアの貴族方《きぞくがた》のお通りだ！」

シャスタは道路の端《はし》によけようと思って、ブリーを後ろへ下がらせようとした。しかし、馬という生き物は、たとえナルニアの〈もの言う馬〉であっても、後ろへ下がる動きは苦手なものだ。そのうえ、ひどく角ばったカゴを両手で抱《かか》えた女性《じょせい》がシャスタのすぐ後ろにいて、カゴをシャスタの背中《せなか》にぎゅっと押《お》しつけてきて、「ちょっと、あんた！　押さないでよ！」と文句《もんく》を言った。おまけに横から誰《だれ》かが乱暴《らんぼう》にぶつかってきて、その混乱《こんらん》の中でシャスタはブリーの端綱《はづな》を放してしまった。背後《はいご》には割《わ》りこむすきまもなく人がびっしり並《なら》んでしまったので、シャスタはどうすることもできず、心ならずも人垣《ひとがき》の最前列《さいぜんれつ》に押《お》し出《だ》されてしまった。そこからは通りをやってくる一行《いっこう》の姿《すがた》がはっきりと見えた。

ナルニア人の一行《いっこう》は、シャスタたちがその日に見たほかの行列とはまったく様子が異《こと》なっていた。一行の中で、カロールメン人は「どけ、どけ、どけぃ！」と声高《こわだか》に告《つ》げて歩く先払《さきばら》いの一人だけだった。行列には輿《こし》もなく、誰《だれ》もが自分の足で歩いていた。行列は男性《だんせい》ばかり五、六人で、シャスタがそれまで見たこともないような人々だった。どの人もシャスタと同じように肌《はだ》が白く、ほとんどが金髪《きんぱつ》だった。着ている服もカロールメン人とはちがっていた。ほとんどの男たちは膝《ひざ》まで足をむき出しにしていて、森のような緑色、陽気な黄色、みずみずしい青色など明るく鮮《あざ》やかな色づかいのチュニック[3]を着ていた。頭にはターバンではなく鋼鉄《こうてつ》か銀でできた帽子《ぼうし》をかぶっていて、なかには宝石《ほうせき》をはめこんだ帽子や両側《りょうがわ》に小さな翼《つばさ》のついた帽子もあった。帽子をかぶっていない人もいた。腰《こし》に下げている剣《けん》はカロールメンの男たちが使う弓形《ゆみがた》に反《そ》っ

3　古代ローマの貫頭衣《かんとうい》に似た筒型《つつがた》のゆったりした服で、腰の位置でベルトやひもを結《むす》んで着る。

た三日月刀とはちがい、長くてまっすぐな剣だった。そして、ほとんどのカロールメン人が重々しくもったいぶった様子で通っていくのとちがい、ナルニアの男たちはさっそうとした足取りで軽《かろ》やかに腕《うで》を振《ふ》り、しゃべったり笑《わら》ったりしながら歩いていた。口笛を吹《ふ》きながら歩いている人もいた。友好的《ゆうこうてき》な相手とはすぐに友だちになり、そうでない相手は問題にもしない人々だということが、一目見てわかった。こんなすてきな人たちを見たのは生まれて初《はじ》めてだ、とシャスタは思った。

しかし、行列を眺《なが》めて楽しんでいる暇《ひま》はなかった。というのは、あっという間にとんでもないことが起こったからだ。金髪《きんぱつ》の男たちのリーダーとおぼしき人物がいきなりシャスタを指さして、「見つけたぞ！　脱走小僧《だっそうこぞう》め！」と声をあげ、シャスタの肩《かた》をつかんだのだ。そして、次の瞬間《しゅんかん》、シャスタの頰《ほお》に平手打ちが飛《と》んできた。それは人を泣《な》かせるほどひどい平手打ちではなかったが、叱《しか》られていることを自覚《じかく》させる程度《ていど》にぴしゃりとくる平手打ちだった。

「恥《はじ》を知りなさい、王子！」男はシャスタの肩をつかんで揺《ゆ》さぶりながら言葉を続《つづ》けた。「まったく、あきれた人だ。スーザン女王はあなたを心配して目を真《ま》っ赤《か》に泣《な》き

YOUCHAN

「はらしておられるのですぞ。まったく！　一晩じゅう行方知れずとは！　いったいどこにおられたのですか？」

シャスタはわずかでもチャンスがあったらブリーの下に隠《かく》れて群衆《ぐんしゅう》の中に姿《すがた》をくらまそうと思ったのだが、金髪《きんぱつ》の男たちに取《と》り囲《かこ》まれて、肩《かた》をがっちりつかまれてしまっては、どうすることもできなかった。

もちろん、最初《さいしょ》は、「人ちがいではありませんか、ぼくは貧しい漁師《りょうし》アルシーシュの息子《むすこ》です」と言おうかと思った。しかし、考えてみたら、こんな人ごみで自分の正体を明かすなんて最悪《さいあく》だ。自分が何者で何をしているかを説明《せつめい》すれば、その馬はどこで手に入れたのかと聞かれるにきまっている。そして、アラヴィスは何者なのか、と。そうなったら、タシュバーンを通《とお》り抜《ぬ》ける望《のぞ》みは泡《あわ》と消える。次にシャスタの頭にうかんだのは、ブリーに目で助けを求《もと》めることだった。しかし、ブリーはこの人ごみの中で自分が〈もの言う馬〉であることを明かすつもりはさらさらないらしく、これ以《い》上《じょう》ないというくらいのバカ面《づら》を下げて立っていた。アラヴィスはといえば、シャスタはアラヴィスに人々の注目が集まることを恐《おそ》れて、そちらへ視線《しせん》を向けることさえしなかった。というより、どうしようかと考えるいとまもないうちに、ナルニア人のリーダーが口を開いたのだ。

「ペリダン卿《きょう》、すまないが王子の片手《かたて》をつかまえていてくれ。もう一方の手は、わたしがつかまえておく。さあ、行こう。このいたずら坊主《ぼうず》が宿にもどったのを見れば、姉上もさぞ安堵《あんど》なされるであろう」

そんなわけで、タシュバーンの街《まち》にはいって半分も行かないうちに計画は狂《くる》ってしまい、別《わか》れぎわに仲間《なかま》に声をかけるチャンスもないままシャスタは見知らぬ男たちに連《つ》れ去《さ》られてしまった。この先何が起こるのか、見当もつかなかった。ナルニアの王――ほかの人たちが話しかける言葉づかいから、シャスタはその人が王にちがいないと思った――は、シャスタに矢《や》つぎ早《ばや》に質問《しつもん》をあびせた。いままでどこにいたのか、どうやって屋敷《やしき》を抜《ぬ》け出《だ》したのか、着ていた服はどうしたのか、こんな悪さが許《ゆる》されると思っているのか――ただし、王は「悪さ」ではなく「不心得《ふこころえ》」という言葉を使った。

シャスタは何も答えなかった。口を開けばまずいことになるだけだと思ったからだ。

「なんと！　だんまりを通すおつもりか？」王が言った。「王子よ、はっきり言わせていただく。このようにおどおど黙《だま》りこくる態度《たいど》は、あなたのような血筋《ちすじ》の人間には脱走《だっそう》以上《いじょう》にふさわしくない行為《こうい》ですぞ。脱走は若気《わかげ》のいたりとしても、アーケン国の王子ともあろう者が堂々《どうどう》と申し開きもできぬとは。カロールメンの奴隷《どれい》のようにうなだれていてはなりませぬ」

シャスタは情《なさ》けない気分になった。というのも、この若《わか》い王の姿《すがた》を目にした瞬間《しゅんかん》からずっと、シャスタはこんなにすてきな大人は見たことがないと思い、この人に良《よ》く思われたいと望《のぞ》んでいたからだ。

見知らぬナルニア人たちはシャスタの両手をしっかり握《にぎ》ったまま狭《せま》い通りを進み、ゆるやかな階段《かいだん》を下り、また同じような階段を上がって、白い塀《へい》に囲《かこ》まれた屋敷《やしき》の大きな門の前に出た。門の両側《りょうがわ》には黒っぽい色をした背《せ》の高いイトスギが一本ずつ立っていた。アーチ門をくぐった先の中庭は庭園になっていて、中央に澄《す》んだ水をたたえた大理石の水盤《すいばん》があり、噴水《ふんすい》から落ちる水滴《すいてき》が水面にたえまなく輪《わ》を描《えが》いていた。水盤のまわりにはオレンジの木が植えられ、足もとは柔《やわ》らかい芝生《しばふ》だった。芝生を囲む四方の白い壁《かべ》には、つるバラが這《は》わせてあった。外の通りの喧騒《けんそう》やほこりや人ごみが急に遠のいたような気がした。シャスタは両手をつかまれたまま足早に庭園を横切り、建物《たてもの》のほの暗い戸口をくぐった。「どけ、どけ、どけぃ!」と声を張《は》り上《あ》げていたカロールメン人の先払《さきばら》いだけは外に残《のこ》った。建物にはいったあと、一行《いっこう》はシャスタを連《つ》れて廊下《ろうか》を進んでいった。ひんやりとした石の床《ゆか》が、熱《あつ》い舗道《ほどう》を歩いてきた足の裏《うら》にこのうえなく心地《ここち》よかった。階段《かいだん》を何段《なんだん》か上がると、そこは風通しのいい広間で、シャスタは明るさに思わずまばたきした。広間は大きな窓《まど》が開け放たれていた。窓はどれも北向きで、太陽の光が直接差《ちょくせつさ》しこまないようにできていた。床にはシャスタが見たこともないほど美しい色彩《しきさい》のじゅうたんが敷《し》いてあり、足が沈みこんで、ふかふかの厚《あつ》いコケの上を歩いているような感じがした。壁ぞいにぐるりと低《ひく》いソファがあって豪華《ごうか》なクッションが散《ち》らしてあり、部屋の中にはたくさんの人たちがいた。ずいぶん奇妙《きみょう》な人物もいるな、とシャスタは思った。しかし、そんなことを考えている暇《ひま》もなく、見たこともないほど美しい女の人が立ちあがって近づいてきたと思ったら、シャスタを両腕《りょううで》でかき抱《いだ》いてキスをし、こう言った。

「ああ、コリン、コリン、どうしてこんなことをしたの？　あなたの母上が亡くなって以来《いらい》ずっといいお友だちだったわたくしにさえ、行方《ゆくえ》も告《つ》げずに。もしあなたを連《つ》れずに帰ったとしたら、あなたの父上様になんと申し開きできましょう？　アーケン国とナルニア国の戦争《せんそう》になりかねませんわ、ずっとむかしから友好国《ゆうこうこく》どうしですのに。今回のことはたいへんな不心得《ふこころえ》ですよ、コリン。わたくしたちにこんなに心配をかけるなんて」

「どうやら、ぼくはアーケン国の王子にまちがわれてるみたいだな、アーケン国ってのがどこにあるのか知らないけど」と、シャスタは思った。「で、この人たちはナルニア人にちがいない。本物のコリンは、どこにいるんだろう？」いろいろと考えをめぐらせてはみたものの、依然《いぜん》としてシャスタの口から言葉は出なかった。

「いったいどこへ行っていたの、コリン？」美しい貴婦人《きふじん》がシャスタの両肩《りょうかた》に手を置《お》いたままたずねた。

「さあ――」シャスタは口ごもった。

「こうなんですよ、スーザン」王が言った。「まことの話にせよ、いつわりの話にせよ、何ひとつ語ろうとしないのです」

「おや、ここにおられましたか！　スーザン女王！　エドマンド王！」という声が響《ひび》いた。ふりかえったシャスタは、びっくりして飛《と》び上《あ》がりそうになった。さっき部屋にはいってきたときにちらりと見かけた奇妙《きみょう》な人物の一人だったのだ。その人物は背《せ》の高さがシャスタと同じくらいで、腰《こし》から上は人間と似《に》ているが、足はヤギのような形で毛におおわれていて、ひづめもヤギにそっくりで、しっぽもあった。肌《はだ》はかなり赤っぽい色で、髪《かみ》が巻《ま》き毛《げ》で、短くとがったあごひげを生やし、小さな角《つの》が二本あった。それはまさしくフォーン[4]だったのだが、シャスタはそれまで一度もフォーンの絵を見たことがなかったし、話に聞いたこともなかった。『ライオンと魔女《まじょ》と衣装《いしょう》だんす』という物語を読んだことのある読者ならば記憶《きおく》にあるかもしれないが、このフォーンはその物語に登場したタムナスその人なのだった。スーザン女王の妹ルーシーが初《はじ》めてナルニアへはいりこんだとき、最初《さいしょ》に出会ったのが、このフォーンのタ

4　ローマ神話のファウヌス。人間の上半身にヤギの耳と角と下半身を持つ半人半獣《はんじんはんじゅう》の牧神《ぼくしん》。

ムナスだった。ただし、当時にくらべると、タムナスもいくらか歳《とし》を取っていた。というのも、ピーターとスーザンとエドマンドとルーシーが王や女王としてナルニアを治《おさ》めるようになってから、すでに何年もの歳月《さいげつ》がたっていたからだ。

「スーザン様、エドマンド様、王子は軽い暑気《しょき》あたりかと存《ぞん》じます。ごらんください！　ぼんやりしておられます。ご自分がどこにいらっしゃるのかも、よくわかっておられないようです」

その言葉を聞いて、みんなはシャスタを叱《しか》ったり質問《しつもん》ぜめにしたりするのをやめた。シャスタは大切に世話を焼《や》かれてソファに寝《ね》かされ、頭の下にクッションをあてがってもらって、金色のカップに入れたシャーベット[5]を飲ませてもらい、じっと横になっているようにと言われた。

シャスタは、こんな扱《あつか》いを受けるのは生まれて初《はじ》めてだった。ソファのように気もちのいいものの上に横たわるなんて想像《そうぞう》したこともなかったし、シャーベットのようにおいしいものを飲ませてもらうのも初めてだった。頭のすみでは、仲間《なかま》たちがどうなっただろうか、ここからどうやって逃《に》げ出《だ》して王墓群《おうぼぐん》のところで落ち合おうか、と気にかかっていたし、本物のコリンがもどってきたらどうなるんだろうという心配もあった。しかし、こんなに安楽にさせてもらったら、どんな心配ごともさほど差《さ》し迫《せま》っては感じられなくなってしまうものだ。しかも、このあと、おいしい食べ物が出てくるかもしれないと思うと！

　あらためて見まわしてみると、涼《すず》しい風の通る広間には、おもしろい人物がたくさんいた。フォーン以外《いがい》にも、ドワーフ（シャスタにとっては初めて目にする種族《しゅぞく》だった）が二人いたし、ものすごく大きなワタリガラスもいた。それ以外は、人間だった。大人だが、まだ若く、男性《だんせい》も女性《じょせい》もみな大半のカロールメン人より感じのいい顔つきや声をしていた。シャスタは人々の会話に聞き耳をたてた。「ところで、姉上」と、エドマンド王がスーザン女王（シャスタにキスをした貴婦人《きふじん》）に話しかけた。「思《おぼ》し召《め》しは、いかに？　われらは、この街《まち》にもう丸々三週間も留《とど》まっております。浅黒《あさぐろ》い

5　果汁《かじゅう》に甘味料《かんみりょう》を加え、氷と水で薄《うす》めた清涼飲料《せいりょういんりょう》。凍《こお》らせた「シャーベット」とは別《べつ》のもの。

肌《はだ》をした恋人《こいびと》、あのラバダシュ王子と結婚《けっこん》なさるおつもりか否《いな》か、お心は決まりましたか？」

貴婦人《きふじん》は首を横に振《ふ》った。「いいえ、弟王よ。タシュバーンの宝石《ほうせき》すべてを差《さ》し出《だ》されても、お受けする気にはなれませぬ」（「ふーん！」シャスタは思った。「王と女王だけど、結婚してるわけじゃなくて、きょうだいなんだな」）

「まことに、姉上」エドマンド王が言った。「ラバダシュ王子の求愛《きゅうあい》を受けるとおっしゃるならば、姉上をお慕《した》いするわたくしの情《じょう》も薄《うす》れたやもしれませぬ。しかし、それならばおたずねいたしますが、最初《さいしょ》にティズロックの使者がナルニアに参《まい》ってこの結婚話《けっこんばなし》を持ち出したとき、そしてその後《ご》も、かの王子がケア・パラヴェルに賓客《ひんきゃく》として滞在《たいざい》した折《おり》に、姉上が王子にあれほどの好意《こうい》をお示《しめ》しになった理由《わけ》が解《げ》せませぬ」

「あれはわたくしが愚《おろ》かだったのです、エドマンド」スーザン女王が言った。「どうか許《ゆる》してください。それにしても、ナルニアに滞在しておられたあいだ、かの王子は、いまタシュバーンで見せるのとはまるで別《べつ》のふるまいでした。皆様《みなさま》がたもご覧《らん》になったと存《ぞん》じますが、兄の上級王が賓客《ひんきゃく》のために開催《かいさい》した馬上試合《ばじょうじあい》や槍《やり》の腕《うで》くらべにおいて、かの王子はすばらしい技《わざ》を披露《ひろう》なさいました。そして、七日のあいだ、わたくしどもの前ではおだやかで礼儀《れいぎ》正しいふるまいをお見せになりました。けれども、いま、自分の国にもどった王子は、まるで別人《べつじん》になってしまったのです」

「なるほど！」ワタリガラスがしわがれた声で言った。「むかしからの格言《かくげん》にございますとおり、『クマの本性《ほんしょう》を見定めるには、ねぐらにおるところを見よ』ということでございますな」

「そのとおりだ、サロウパッド[6]」ドワーフの一人が言った。「もう一つ、こういうのもある。『ともに暮《く》らせば、本性は知れる』とな」

「さよう」王が言った。「いまとなっては、ラバダシュ王子の正体がよくわかった。ひどく思い上がった男、残忍《ざんにん》で贅沢《ぜいたく》で冷酷《れいこく》で自分の思いどおりにならないと気がすまぬ暴君《ぼうくん》だ」

6　Sallowpad。sallow は「黄色っぽい」、pad は「足や足の裏」の意味。

「では、アスランの名において、きょうにもすぐにタシュバーンを離《はな》れることにいたしましょう」スーザン女王が言った。

「それが難《むずか》しいのですよ、姉上」エドマンド王が言った。「ここ二日ばかり、いやそれよりも前からわたくしが心に抱《いだ》いておりました懸念《けねん》を、いよいよすべて打ち明けねばなりません。ペリダン卿《きょう》、すまないが、ドアのところへ行ってスパイが聞いていないかどうか確《たし》かめてくれ。だいじょうぶか？　それでは。ここから先の話は極秘《ごくひ》です」

全員が真剣《しんけん》な表情《ひょうじょう》になった。スーザン女王は飛《と》びあがって弟王に駆《か》け寄《よ》った。

「おお、エドマンド。どうしたのです？　そんな恐《おそ》ろしい顔をして」

5　コリン王子

「親愛《しんあい》なる姉上、淑女《しゅくじょ》のかがみよ、いまこそ勇気《ゆうき》をお示《しめ》しいただくときです」エドマンド王が言った。「われわれは、ただならぬ危機《きき》に陥《おちい》っております」

「それは何なのです、エドマンド?」スーザン女王が言った。

「それではお話し申し上げます」エドマンド王が言った。「タシュバーンを離《はな》れることは、容易《ようい》にはいかぬものと考えます。姉上が求婚《きゅうこん》を受け入れられると思っていたあいだは、ラバダシュ王子にとって、われらは賓客《ひんきゃく》でした。しかし、ライオンのたてがみにかけて、姉上から拒絶《きょぜつ》の言葉を聞いたとたん、われわれはただの捕《とら》われ人《びと》にすぎなくなるでしょう」

ドワーフの一人が低く口笛を鳴らした。

「だから警告《けいこく》申し上げたのです。わたしが警告申し上げたではありませぬか」ワタリガラスのサロウパッドが言った。「入《い》るは易《やす》く出《い》ずるは難《かた》しとは、まさに罠《わな》カゴにはまりたるロブスターの嘆《なげ》くがごとし！」

「けさ、ラバダシュ王子に会ってきました」エドマンド王が続《つづ》けた。「気《き》の毒《どく》なことに、王子は自分の意がことごとく通るものと考える癖《くせ》がついています。それなのに姉上からの返事が遅《おそ》く、また態度《たいど》がはっきりしないので、王子はひどくいらだっているのです。けさも、姉上の意向はどうなのかと、わたくしにたいへん厳《きび》しく詰《つ》め寄《よ》りました。わたくしは話をそらし、同時に王子の気持ちを冷《さ》まさせようとするねらいもこめて、女ごころの気まぐれについてありふれた冗談《じょうだん》などを口にして、王子の求婚《きゅうこん》はかなわぬかもしれぬと示唆《しさ》したつもりだったのですが、王子は怒《いか》りを募《つの》らせ、険悪《けんあく》な空気になりました。かろうじて礼儀《れいぎ》を欠《か》かぬていどの言葉には包《つつ》まれておりましたが、王子の発するひとことひとことに脅《おど》しがこめられているのを感じました」

「そのとおりです」タムナスが言った。「昨晩《さくばん》、宰相《さいしょう》との夕食会においても、同じでした。宰相はわたしにタシュバーンは気に入ったかと質問《しつもん》されました。わたしはこんな街《まち》など石ころ一つにいたるまで大嫌《だいきら》いですが、そうは言えないし、かといってうそをつくわけにもいかないので、そろそろ夏の盛《さか》りにさしかかりますのでナルニアの涼《すず》しい森や露《つゆ》に濡《ぬ》れた丘陵《きゅうりょう》がなつかしうございます、と答えました。宰相《さいしょう》は好意《こうい》のかけらもない笑顔《えがお》を見せたあと、こう言ったのです。『あなたがナルニアで再《ふた》びダンスに興《きょう》じることを邪魔《じゃま》だてするものは一つもありませんよ、小さなヤギ足殿《どの》。わが王子のために花嫁を置いていってくださりさえすれば、いつでもご自由《じゆう》にお帰りくださってよろしいのです』と」

「わたくしを無理《むり》にでも妻《つま》にするつもりなのでしょうか？」スーザン女王が声をあげた。

「それを恐《おそ》れているのです、姉上」エドマンドが言った。「妻か、もっと悪くするならば、奴隷《どれい》に」

「よくもそのようなことを。ティズロックは、わが兄の上級王がそのような暴挙《ぼうきょ》を甘《あま》んじて許《ゆる》すと思っているのでしょうか？」

「陛下《へいか》」ペリダン卿《きょう》がエドマンド王に向かって言った。「連中《れんちゅう》もそれほど愚《おろ》かではございませんでしょう。ナルニアには刀も槍《やり》もないと思っておるのでしょうか？」

「残念《ざんねん》ながら、わたしの考えるところでは、ティズロックはナルニアのことなど、ものの数とも思っておらぬようだ」エドマンド王が答えた。「ナルニアは小国だ。大国にとって、国境《こっきょう》を接《せっ》する小国というものは、むかしから目ざわりな存在《そんざい》なのだ。ティズロックは周囲《しゅうい》の小国を滅《ほろ》ぼしたい、平らげてしまいたい、と考えている。最初《しょ》に姉上の想《おも》い人としてラバダシュ王子をケア・パラヴェルへよこしたときから、本音《ね》はわれわれのすきをうかがって探《さぐ》りを入れてきただけなのかもしれぬ。おそらく、ナルニアとアーケン国をまとめてわがものにしようと考えているのだろう」

「やれるものなら、やってみるがいい」二人目のドワーフが言った。「海戦《かいせん》なら互角《ごかく》ですぞ。陸路《りくろ》で攻《せ》めてくるにしても、あいだに砂漠《さばく》があるし」

「たしかに、わが友よ」エドマンド王が言った。「しかし、砂漠がほんとうに守りの盾《たて》となるだろうか？　サロウパッドはどう思う？」

「小生《しょうせい》はあの砂漠を熟知《じゅくち》しております」ワタリガラスが言った。「若《わか》い時分に縦横《じゅうおう》無尽《むじん》に飛《と》びまわったものですから」（ご想像《そうぞう》どおり、ここでシャスタは聞き耳をたてた。）「まちがいなく言えることは、もしティズロックが大オアシス経由《けいゆ》で行軍《こうぐん》するならば、アーケン国に大軍《たいぐん》を率《ひき》いて攻《せ》め入《い》るのは不可能《ふかのう》であろうということです。というのも、大オアシスまでは一日の行軍で到達《とうたつ》できますが、オアシスの泉《いずみ》には大軍の兵士《へいし》や馬に行きわたるほどの水量《すいりょう》がないのです。ただし、ほかの道があります」

シャスタはじっと寝《ね》たまま、ますます真剣《しんけん》に聞き耳をたてた。

「その道を見つけるには」と、ワタリガラスが話を続《つづ》けた。「古代の王たちの墓《はか》から出発して、つねにパイア山の二つ並《なら》んだ山頂《さんちょう》を正面に見ながら北西へ進まねばなりません。そのようにして進んでいくと、一日かもう少しで、岩だらけの渓谷《けいこく》の入口に至《いた》ります。この入口はものすごく狭《せま》いので、ほんの二〇〇メートルほどの近くを千回通《とお》り過《す》ぎても、そこに谷があるとは気づかないくらいです。しかも、谷の先をのぞいてみても、草も生えていなければ、水も流れておらず、とても進むべき道とは思えない景色《けしき》なのです。しかし、その谷を進んでいけば、やがて川があり、そこから先はアーケン国までずっと川ぞいを歩いていけるのです」

「カロールメンの人たちは、その道のことを知っているのですか？」女王がたずねた。

「かたがた、よろしいか」エドマンド王が口を開いた。「このような話をしたところで、何の役に立つだろうか？　われらはナルニアとカロールメンが戦《いくさ》になった場合にどちらが勝つかを評定《ひょうじょう》しておるのではない。われらが考えなければならぬのは、いかにして女王の名誉《めいよ》を守り、われら自身の命をも守ってこの悪魔《あくま》の都から脱出《だっしゅつ》するか、ということ。わが兄にして上級王たるピーター王は、たしかにティズロックを一〇回以上《いじょう》も打ち負かしておるものの、兄の助けが到着《とうちゃく》する前に、われらはのどぶえをかき切られ、スーザン女王はかの王子の妻《つま》におとしめられるか、あるいはおそらく奴隷《どれい》にされてしまうだろう」

「王よ、われわれには武器《ぶき》がございますぞ」一人目のドワーフが言った。「しかも、この屋敷《やしき》はそれなりに堅固《けんご》な造《つく》りになっております」

「それに関《かん》しては、疑《うたが》うところはない。われら全員が敵《てき》を撃退《げきたい》すべく獅子《しし》奮迅《ふんじん》の活躍《かつやく》を見せ、われらの屍《しかばね》を乗《の》り越《こ》えぬかぎり連中《れんちゅう》はスーザン女王に手をかけることはできぬであろう。とは言ってみたところで、しょせん、われらが袋《ふくろ》のネズミであることに変《か》わりはない」

「そのとおりです」ワタリガラスがしわがれた声で言った。「屋敷《やしき》にたてこもって最《さい》後《ご》まで抵抗《ていこう》するならば、りっぱな戦記《せんき》物語にはなりましょう。しかし、それでは何も解決《かいけつ》いたしません。最初《さいしょ》の攻撃《こうげき》を押《お》し返《かえ》したとしても、連中はかならず屋敷に火をかけてきます」

「ああ、何もかも、わたくしのせいなのですね」スーザン女王がわっと泣《な》きだした。「ああ、ケア・パラヴェルを離《はな》れなければよかった。カロールメンから使いがやってくるまでは、幸せな日々でしたのに。モグラたちが果樹園《かじゅえん》の準備《じゅんび》をしてくれていましたし……ああ……ああ」女王は両手に顔をうずめて泣《な》き崩《くず》れた。

「勇気《ゆうき》を出して、スー。勇気を出して」エドマンド王が声をかけた。「よろしいですか、姉上――おや、どうなさった、タムナス殿《どの》?」見ると、フォーンが左右の角《つの》を両手で握《にぎ》りしめ、頭がからだから離《はな》れてしまわないよう必死《ひっし》で押さえつけているようなかっこうをして、どこかからだの深いところの痛《いた》みに耐《た》えるかのように前後に身をよじっていた。

「話しかけないでください、話しかけないで」タムナスが言った。「いま、考えているところなんです。息もできないくらいに考えているところなんです。ちょっと待って、ちょっと待ってください」

全員が困惑《こんわく》したような沈黙《ちんもく》があって、そのあとフォーンが顔を上げ、深呼吸《しんこきゅう》をしてひたいの汗《あせ》をぬぐい、こう言った。

「唯一《ゆいいつ》の問題は、どうやって船まで行くか、ということです。食料《しょくりょう》や飲料《いんりょう》などの備蓄《びちく》を運びこみ、しかも見とがめられることのないように」

「なるほど」冷《ひ》ややかな口調でドワーフが言った。「そんなのは、馬に乗ろうとする物乞《ものご》いにとって唯一の問題は馬がないことだ、と言うに等しいではないか」

「待って。だから、待ってくださいってば」タムナスがじれったそうに言った。「要《よう》するに、きょう、われわれが船まで行ってものを積《つ》みこむための口実さえあればいいんです」

「ふむ」エドマンド王がためらいがちにあいづちを打った。

「そうだ、こうしたらどうでしょう?」フォーンが言った。「両陛下《へいか》がラバダシュ王子を大宴会《だいえんかい》に招待《しょうたい》なさるのです。あすの夜、われらがガリオン船[1]〈スプレンダー・

ハイアライン号〉[2]の船上で大宴会《だいえんかい》を開く、ということにして。女王が丁重《ていちょう》でありながら約束《やくそく》の言質《げんち》は与《あた》えないような招待状《しょうたいじょう》を一筆《いっぴつ》お書きになって、気もちが揺《ゆ》れはじめているように思わせるのです」

「それは非常《ひじょう》にけっこうなお考えですぞ」とワタリガラスがしわがれ声でほめた。

タムナスは興奮気味《こうふんぎみ》に話を続《つづ》けた。「そういうことにすれば、われわれが一日じゅう船とのあいだを行き来しても、誰《だれ》も不審《ふしん》には思わないでしょう。お客様をお招《まね》きする準備《じゅんび》をしているということですからね。バザールへ人をやって、あり金はたいてフルーツだの菓子《かし》だのワインだのを買いこみましょう。いかにも宴会の準備をしているように。そうだ、奇術師《きじゅつし》や曲芸師《きょくげいし》や踊《おど》り子や笛吹《ふえふ》きも雇《やと》いましょう、あすの夜に船へ来るように、と」

「なるほど。なるほど」エドマンド王は両手をすり合わせながら聞いていた。

1　高速が出せる大型帆船《おおがたはんせん》。
2　Splendor Hyaline。穏《おだ》やかに澄《す》んだ輝《かがや》かしい海、の意。

「そうして、われわれは今夜のうちに全員が船に乗りこむのです。そして、暗くなりしだい——」

「帆《ほ》をあげろ、オールにつけ、というわけだな！」王が言った。

「そうです。出航《しゅっこう》です！」タムナスが飛《と》び上《あ》がって踊《おど》りだした。

「一路、北へ！」一人目のドワーフが言った。

「なつかしき故国《ここく》へ！　北へ！　ナルニアばんざい！」もう一人のドワーフが言った。

「ラバダシュ王子め、朝になって目がさめたら小鳥は飛び去ったあと、というわけだ！」ペリダン卿《きょう》が手をたたいて言った。

「おお、タムナスさん、いとしのタムナスさん！」スーザン女王はタムナスの両手を取り、ぐるぐる回りながら踊りだした。「みんなを助けてくれて、ありがとう」

「王子は追いかけてくると思いますよ」シャスタが名前を知らない別《べつ》の貴族《きぞく》が言った。

「その点は恐《おそ》るるに足りぬ」エドマンド王が言った。「川に停泊《ていはく》している船をひととおり見たが、軍用《ぐんよう》の大型帆船《おおがたはんせん》は一隻《せき》もなかったし、船足の速いガレー船もいなかった。追いかけてくるなら、むしろそのほうがおもしろいくらいだ！〈スプレンダー・ハイアライン号〉なら、どんな追っ手でも沈《しず》めてみせるぞ。追いついてこられればの話だが」

「かたがた」ワタリガラスが声をあげた。「フォーンの考え以上《いじょう》の提案《ていあん》は、これから七日のあいだ相談を続《つづ》けたところで出てきやしません。それでは、鳥の世界の格言《かくげん》に従《したが》って、ここはまず卵《たまご》を産《う》む前に巣《す》をかけるといたしましょう。すなわち、仕事の前に腹《はら》ごしらえ、ということです」

ワタリガラスの言葉に全員が立ちあがり、ドアが開け放たれ、貴族《きぞく》や生き物たちが脇《わき》に控《ひか》えて王と女王のために道を開けた。シャスタがどうしようかと迷《まよ》っていると、タムナスが「殿下《でんか》はそのままお休みになっていてください。すぐに殿下のためのお食事を運んでまいりますから。乗船の準備《じゅんび》が整うまで、殿下は動かれなくてよろしいのですよ」と声をかけてくれた。シャスタは枕《まくら》に頭をもどし、広間に一人だけ残《のこ》った。

「えらいことになったぞ」と、シャスタは考えた。ナルニアの人々に包《つつ》み隠《かく》さず真実を打ち明けて助けを求《もと》めようという考えは、シャスタの頭にはうかばなかった。アルシーシュのような乱暴でけちな男に育てられたせいで、必要なこと以外は大人にはいっさい打ち明けない癖《くせ》がついていたのだ。大人というものは、いつだって自分がやろうとすることをだいなしにしたり邪魔《じゃま》したりするものだ、とシャスタは思っていた。それに、たとえナルニアの王がナルニア出身で言葉のしゃべれる二頭の馬たちには親切にしてくれたとしても、アラヴィスのことは憎《にく》むにちがいないと思った。アラヴィスがカロールメン人だからだ。おそらく、アラヴィスは奴隷《どれい》として売られてしまうか、さもなければ父親のもとへ送り返されてしまうだろう。シャスタ自身については、「この状況《じょうきょう》で自分がコリン王子でないと打ち明けるなんて、とんでもない」と考えた。「ぼく、あの人たちの計画をぜんぶ聞いちゃったんだもの。もしぼくが自分たちの仲間《なかま》じゃないとわかったら、あの人たちはぼくを生きてこの屋敷《やしき》から出してはくれないだろう。ぼくが裏切《うらぎ》ってティズロックに通報《つうほう》するかもしれないと思って。きっと、ぼくは殺《ころ》される。もし本物のコリンがあらわれたら、何もかもばれてしまう。そしたら、ぼくはほんとうに殺されちゃう！」シャスタは気高《けだか》く自由《じゆう》な心を持つ人々がどんな態度《たいど》に出るか、想像《そうぞう》できなかったのだ。

「どうしよう？　ぼく、どうすればいいんだろう？」シャスタは心の中で問いつづけた。「どうすれば――あ、さっきのヤギっぽい生き物がもどってきたぞ」

フォーンが自分のからだと同じくらいの大きなトレーを両手で捧《ささ》げ持ち、踊《おど》るような足取りで広間にはいってきた。そして、そのトレーをシャスタのソファのわきにある象眼細工《ぞうがんざいく》のテーブルに置《お》き、自分は床《ゆか》のじゅうたんに腰《こし》をおろしてヤギ足を組んだ。

「さあ、王子様、たっぷり召《め》しあがれ。タシュバーンでのお食事は、これが最後《さいご》ですよ」

目の前に豪勢《ごうせい》なカロールメン料理《りょうり》が並《なら》んでいた。読者諸君《しょくん》が好《す》きかどうかはわからないが、シャスタはおいしそうだと思った。ロブスターの料理、サラダ、アーモンドとトリュフの詰《つ》め物《もの》をしたシギの丸焼《まるや》き、チキンのレバーと米とレーズンとナッツで作った手のこんだ料理。冷《ひ》やしたメロンもあったし、グーズベリーやマルベリーで作ったフルーツ・フール[3]もあった。氷を使ったさまざまなデザートも並んでいた。小

3　煮《に》てつぶしたフルーツに生クリームやカスタードなどを混《ま》ぜあわせたデザート。

さなデキャンタ入りのワインもあり、「白」ワインだというけれど実際《じっさい》には黄色い色をしていた。

シャスタが食事をするあいだ、親切なフォーンはシャスタがまだ暑気《しょき》あたりでぼんやりしていると思ったらしく、故郷《こきょう》へ帰ったあとに予定されている楽しいことをあれこれと話して聞かせてくれた。王子の父であるアーケン国のルーン王のこと。峠《とうげ》を越《こ》した南の斜面《しゃめん》に建《た》つ小さな居城《きょじょう》のこと。「あ、それから忘《わす》れないでくださいよ」と、タムナスは話を続《つづ》けた。「こんどのお誕生日《たんじょうび》には、初《はじ》めての鎧《よろい》かぶとをあつらえてもらえることになっていたでしょう？　それから、初めての軍馬《ぐんば》ももらえることになっていますよね。そうしたら、殿下《でんか》は馬に乗って槍《やり》を使うおけいこを始められますよ。順調《じゅんちょう》に行けば、二、三年後にはピーター王御《おん》みずからがケア・パラヴェルにおいて殿下に騎士《きし》の称号《しょうごう》を授《さず》けてくださると、ルーン王にお約束《やくそく》なさっておられます。そうなれば、ナルニアとアーケン国とのあいだには、峠を越えてますます行き来がさかんになるでしょう。それから、もちろんですけど、夏のお祭りのときには丸々一週間わたしのところへ遊びにいらっしゃるお約束になっていますから、忘れないで

ください ね。かがり火をいっぱいたいて、森の奥《おく》で一晩《ひとばん》じゅうフォーンとドリュアス[4]のダンスが続《つづ》くんです。それに、もしかしたら、アスランだって姿《すがた》をお見せになるかもしれませんよ！」

食事が終わると、フォーンはシャスタにその場でじっとしているようにと言った。

「少しお眠《ねむ》りになったほうがよろしいですよ。乗船に間に合うよう、ちゃんと起こしてさしあげますから。そしたら、故郷《こきょう》に帰りましょう。ナルニアへ！　北へ！」

昼食のごちそうとタムナスの話をたっぷり楽しんだあと、一人になったシャスタの考えはそれまでとはちがう方向へさまよいはじめた。いまはとにかく本物のコリン王子が間に合うように帰ってこなければいい、とシャスタは願《ねが》った。そうなれば、かわりに自分が船でナルニアへ連《つ》れていってもらえるから。本物のコリンがタシュバーンに置《お》いてきぼりにされたらその身に何が起こるか、残念《ざんねん》ながらシャスタには考えがおよばなかったらしい。アラヴィスとブリーが王墓《おうぼ》のところで自分を待っているのでは

4　ギリシア神話に登場する樹木《じゅもく》の精霊《せいれい》。

ないかということも少しは気になったが、「どうせ、ぼくにはどうにもできないんだから」と思った。「それに、どっちみち、アラヴィスのやつ、ぼくなんかが連《つ》れじゃ釣《つ》り合《あ》わないと思ってるんだから、一人で行けばいいさ」と。砂漠《さばく》を苦労《くろう》して歩いて越《こ》すよりも船でナルニアへ行くほうがずっと楽そうだ、とも思った。

そんなことを考えているうちに、シャスタは眠《ねむ》りこんでしまった。朝すごく早く起こされて、長い距離《きょり》を歩いて、驚《おどろ》くような経験《けいけん》をいっぱいして、すごくおいしい食事を楽しんで、開いた窓《まど》から飛《と》びこんでくるミツバチの羽音《はおと》のほかには何の音もしない静《しず》かな涼《すず》しい部屋で横になっていたのだから、無理《むり》もない。

目がさめたのは、ガチャンと大きな音がしたからだった。シャスタはソファから飛び起きて、目をこらした。部屋のようすを一目見ただけで、自分が何時間も眠っていたらしいとわかった。光と影《かげ》のバランスが、まったく変《か》わっていたのだ。割《わ》れたのが何だったのかも、わかった。窓台《まどだい》に置《お》いてあった上等そうな陶器《とうき》の花瓶《かびん》が床《ゆか》に落ちて、粉々《こなごな》になっていた。しかし、そんなことより何よりシャスタの注意を引いたのは、外から窓台をつかんでいる誰《だれ》かの手だった。手にはいる力がどんどん強くなって（というのは、指の関節《かんせつ》がだんだん白くなっていったから）、そのうちに頭がのぞき、続《つづ》いて肩先《かたさき》があらわれた。と思ったら、次の瞬間《しゅんかん》にはシャスタと同じくらいの年齢《ねんれい》の少年が窓台《まどだい》にまたがり、室内に垂《た》らした足をぶらぶらさせていた。

シャスタは自分の顔を鏡《かがみ》で見たことはなかったが、たとえ見たことがあったとしても、窓枠《まどわく》をよじのぼって広間にはいってきた少年が自分そっくりの顔だちをしているとはわからなかったにちがいない。実際《じっさい》、そのときの少年は誰《だれ》に似《に》ているとも言いがたい顔をしていた。というのは、目のまわりがとんでもなくひどい青あざになっていて、前歯は折《お》れているし、服（もとは立派《りっぱ》な服だったのだろうが）は破《やぶ》れて泥《どろ》だらけ、顔には血と泥がこびりついていたからだ。

「おまえ、何者だ？」少年は小さな声でたずねた。

「あなたはコリン王子ですか？」シャスタがたずねた。

「もちろん、そうさ」相手が言った。「それで、おまえは？」

「ぼくは名乗るような者じゃないんです、べつに、その――」シャスタは言った。

「通りでエドマンド王につかまったんです、あなたとまちがえられて。ぼくたち、似《に》

YOUCHAN

てるらしいです。あなたがはいってきたところから外に出られるんですか？」

「まあね。よじのぼるのが下手《へた》でなけりゃ」コリンが言った。「だけど、なんでそんなに急いで出ていくの？　人ちがいされてるなら、それを使っておもしろいいたずらができるのに」

「冗談《じょうだん》じゃないですよ」シャスタは言った。「すぐに入《い》れ替《か》わらないと。もしタムナスさんがはいってきてぼくたち二人を見つけたら、どんなことになるか。ぼく、あなたのふりをしなくちゃならなかったんです。それで、みんな、今晩《こんばん》出発するんだそうです。こっそりと。それにしても、いままでどこにいたんですか？」

「街《まち》を歩いてたら、ガキがスーザン女王のことで汚《けが》らわしい冗談を言いやがったんだ」コリン王子が言った。「だから、ぼく、そのガキをぶちのめしてやったんだよ。そしたら、そいつが大泣《おおな》きしながら家にはいっていって、そいつの兄貴《あにき》が出てきたんで、ぼく、兄貴のほうもやっつけてやった。そしたら二人がぼくのあとをずっと追っかけてきて、槍《やり》を持った三人の年寄《としよ》りの〈番兵《ばんぺい》〉とかいうやつらに出くわしたんだ。で、ぼく、番兵とも戦《たたか》ったんだけど、反対にやられちゃってさ。そんで、だんだん夜になってきて、番兵《ばんぺい》どもがぼくをどっかに閉《と》じこめようとして連《つ》れていかれそうになったんだけど、『酒でも一杯《いっぱい》どう?』って誘《さそ》ったら、三人とも飲むって言うんで、酒場に連れていって酒を買ってやったら、三人ともすわりこんで酒をしこたま飲んで眠《ねむ》っちゃったんだ。それで、逃《に》げ出《だ》すならいまだと思って、そうっと酒場を出たら、さっきのガキがいてさ。そもそもこの騒《さわ》ぎの原因《げんいん》を作りやがったガキが、まだうろうろしてたんだ。それで、ぼく、もういっぺんそいつをぶちのめしてやった。そのあと、樋《とい》を伝《つた》ってそこらの家の屋根にのぼって、けさ明るくなるまでじっと伏《ふ》せてた。そのあとは、ずっと帰り道を探《さが》してうろうろしてたんだ。ねえ、何か飲むものない?」

「ないんです。ぼくが飲んじゃったんで」シャスタが言った。「あの、どうやってこの部屋にはいってきたか、教えてもらえませんか?　ぐずぐずしてる暇《ひま》はないんです。あなたは、そこのソファに寝ころんで、ぼくのふりを――するのは無理《むり》ですよね。そんなに青タンだらけの顔じゃ。ぼくがぶじに逃げたあと、ほんとうのことを言うしかなさそうですね」

「ほんとうのこと以外《いがい》に何を言うのだ?　ぼくがうそを言うとでも思っているの

か？」コリン王子はちょっと腹《はら》を立てた顔を見せた。「それにしても、おまえは何者なのだ？」

「時間がないんです」シャスタは大あわてにあわてた声でささやいた。「ぼく、ナルニア人なんだと思います。とにかく、北の出身らしいんです。でも、小さいときからカロールメンで育って、いま、そこから逃《に》げるところなんです。砂漠《さばく》を越《こ》えて。ブリーっていう〈もの言う馬〉といっしょに。さ、早く！　どうやったら出られるんですか？」

「いいかい」コリンが言った。「この窓《まど》から下のベランダの屋根に下りるんだ。そうっとつま先で下りるんだぞ、でないと足音を聞かれちゃうから。そっから左へ行くと、あの塀《へい》の上にのぼれる場所がある。よじのぼるのが下手《へた》でなけりゃね。そこからは塀の上を伝《つた》って、角まで行くんだ。そんで、外にあるゴミの山に飛《と》び下《お》りる。それで外に出られる、ってわけ」

「ありがとう」シャスタはもう窓台《まどだい》にまたがっていた。二人の少年は顔を見合わせた。そして、急に、おたがい気が合いそうだと感じた。

るよ」

「じゃね」コリンが言った。「うまくいくといいね。ぶじに逃《に》げられるように祈《いの》ってるよ」

「さよなら」シャスタが言った。「それにしても、なかなかの冒険《ぼうけん》だったみたいですね」

「そっちにくらべりゃ、どうってことないさ」王子が言った。「さ、下りるんだ。そっと、だぞ」窓《まど》から外へ下りるシャスタにコリンが声をかけた。「アーケン国で会えるといいね。ぼくの父のルーン王のところへ来て、ぼくの友だちだって言えば通じるよ。あ、気をつけて！　誰《だれ》か来た！」

6　墓場《はかば》のシャスタ

シャスタは屋根の上をそっと音をたてないように走った。屋根が素足《すあし》に熱《あつ》く感じられた。数秒後、シャスタはつきあたりの塀《へい》によじのぼり、塀づたいに角のところまで進んで、足もとを見下ろした。そこはすえたにおいのただよう狭《せま》い路地《ろじ》で、コリンが言ったとおり、塀のすぐ外にゴミの山ができていた。飛《と》びおりる前に、シャスタはあたりをざっと見まわして自分のいる場所の見当をつけた。どうやら、そこは小山のような形になっているタシュバーンの街《まち》の頂上《ちょうじょう》を越《こ》したあたりらしかった。目の前に広がっている街の景色《けしき》は下り坂で、屋根の下に屋根が続《つづ》き、その先に街の北側《きたがわ》の城《じょう》壁《へき》や塔《とう》が見えた。城壁のむこう側《がわ》には川が流れていて、川の対岸の狭《せま》い斜面《しゃめん》は菜園《さいえん》や果樹園《かじゅえん》になっていた。しかし、それより先へ視線《しせん》を転ずると、シャスタが見たこともない景色《けしき》が広がっていた。それは黄色がかった灰色《はいいろ》のとほうもない広がりで、ないだ海のように平らな地面が何キロも続《つづ》いていた。そして、さらに先には巨大《きょだい》な青いかたまりが見えた。でこぼこした形のかたまりで、上端《じょうたん》がぎざぎざになっていて、ところどころ白くなっているところもあった。「砂漠《さばく》だ！　山だ！」シャスタは思った。

シャスタはゴミの山めがけて飛《と》びおり、坂の下のほうへ向かって全速力で細い路地《ろじ》を駆《か》けぬけた。すると、まもなく、人通りの多い広い道に出た。ボロを着てはだしで駆けていく少年に目をとめる人など誰《だれ》もいなかったが、それでもシャスタは角を曲がって街《まち》の城門《じょうもん》が目の前に見えてくるまでひやひやしながら走りつづけた。城門前の通りは街から出ようとする人々でごったがえしていて、シャスタは押《お》されたり突《つ》き飛《と》ばされたりしながら進んでいった。城門を出た橋の上もまた人でいっぱいで、なかなか前に進めず、人混《ひとご》みというよりもはや行列だった。橋の下を流れる川の水は澄《す》んでいて、悪臭《あくしゅう》と熱気《ねっき》と喧騒《けんそう》の街から出てきたあとだけに、とてもすがすがしい気分がした。

橋を渡《わた》りきったところで、人々は左右に散《ち》っていった。ほとんどの人が橋のたもとで右か左へ折《お》れ、川ぞいにどこかへ向かうようだった。シャスタは、菜園《さいえん》や果樹園《かじゅえん》の間をまっすぐ突《つ》っ切《き》るほとんど人通りのない坂道をのぼっていった。何歩か進むと、シャスタはひとりぼっちになった。さらに進むと、坂の上に出た。シャスタは立ち止まり、目の前に広がる景色《けしき》を見わたした。まるでこの世の果《は》てに立ったかと思うような景色だった。草が生えている場所はシャスタのいるところからほんの数歩先で唐突《とうとつ》に終わり、そこから先は砂地《すなち》だった。平らな砂地がはてしなく続《つづ》いているところは海岸に似《に》ているが、波に洗《あら》われていないぶん、粗《あら》い感じの砂だった。はるか先にそびえる山なみは、さっき見たよりも遠い感じがした。左手のほうを見ると、歩いて五分くらい離《はな》れたあたりにブリーが言っていたとおりの王墓群《おうぼぐん》らしきものが見えて、シャスタはほっと胸《むね》をなでおろした。ハチの巣《す》より少し細長い形をした大きな朽《く》ちかけた石の墳墓《ふんぼ》がいくつも建《た》っている。太陽が王墓群のむこうに沈《しず》もうとしているので、墓はどれも真っ黒で不気味《ぶきみ》に見えた。

シャスタは西へ向きを変《か》え、王墓群のほうへ足早に進んでいった。沈む夕日が目を射《い》るのでほとんど何も見えなかったが、それでも連《つ》れの姿《すがた》を探《さが》して、シャスタはあたりに目をこらした。「どっちにしても、一番むこうの墓《はか》の裏側《うらがわ》にいるにちがいない。こっち側じゃ、街《まち》から丸見えだもの」と考えながら、シャスタは進んでいった。

王墓《おうぼ》は一二基《き》ほどあった。どれも根もとのところに低《ひく》いアーチ形の入口がぽっかり口を開けていて、中は漆黒《しっこく》の闇《やみ》だった。王墓は規則《きそく》正しく並《なら》んでいるわけではなかったので、一つ一つの周囲《しゅうい》をまわって確《たし》かめるのに、けっこうな時間がかかった。シャスタはそうしてすべての王墓を見てまわったが、どこにも誰《だれ》の姿もなかった。

砂漠《さばく》の端《はし》にある王墓群のあたりは、物音ひとつなく静《しず》まりかえっていた。そして、いま、太陽もすっかり沈《しず》んでしまった。

そのときとつぜん、後方からどぎもを抜くような音が響《ひび》いてきた。シャスタは心臓《しんぞう》が飛《と》び上《あ》がるほどびっくりして、歯を食いしばって悲鳴をがまんするのがやっとだった。が、次の瞬間《しゅんかん》、気がついた。それはタシュバーンの街の閉門《へいもん》を告《つ》げる角笛《つのぶえ》の音だったのだ。「バカだな、びびるにもほどがあるぞ」シャスタは自分に向かってつぶやいた。「けさ聞いたのと同じ音じゃないか」そうは言っても、朝、仲間《なかま》たちといっしょに街へはいっていこうというときに聞いた角笛と、夜ひとりぼっちで街から閉《し》め出《だ》されたあとに聞く角笛《つのぶえ》とでは、ちがって聞こえるのも無理《むり》のないことだった。街《まち》の門が閉《し》まったということは、今夜じゅうに仲間《なかま》と合流できる見こみはなくなったということだ。「みんな、タシュバーンに閉《と》じこめられたまま今夜を過ごすのかな」シャスタは考えた。「それとも、ぼくを置《お》いて行《い》っちゃったんだろうか？　アラヴィスなら、やりそうなことだ。けど、ブリーはそんなことはしないだろうな。ぜったい……しない……よな？」

アラヴィスについてシャスタが抱《いだ》いた考えは、今回もまったくの見当ちがいだった。アラヴィスはプライドが高く、つんけんした態度《たいど》に出ることもあるが、心根《こころね》はとても誠実《せいじつ》で、好《す》き嫌《きら》いにかかわらず仲間を置き去りにするような人間ではなかった。

どうやら今夜は一人きりで過《す》ごすしかなさそうだとわかったとたん（空はぐんぐん暗くなってきていた）、あたりの風景《ふうけい》がそれまでにも増《ま》して薄気味悪《うすきみわる》く見えてきた。物言わぬ大きな石の墳墓《ふんぼ》は、どう見ても気持ちのいい眺《なが》めではなかった。シャスタは食屍鬼《しょくしき》のことを考えないようにずいぶん長いこと必死《ひっし》でがまんしていたが、そのがまんも限界《げんかい》に達《たっ》しつつあった。

「ぎゃっ！　助けて！」シャスタの口から悲鳴が飛《と》び出《だ》した。何かが足にさわったのだ。正体のわからないものに背後《はいご》からさわられたら、誰《だれ》だって叫《さけ》び声《ごえ》をあげずにはいられないだろう。まして、こんな場所で、こんな時刻《じこく》に、すでに頭が恐怖《きょうふ》でいっぱいになっている状態《じょうたい》では。どっちにしても、シャスタは足がすくんでしまって、走って逃《に》げることすらできなかった。恐怖にかられて背後をふりむいて見ることもできないまま古代の王たちが埋葬《まいそう》されている墓《はか》のまわりを逃げまわるなんて、まさに最《さい》悪《あく》の展開《てんかい》だが、シャスタはもう少しまともな対応《たいおう》に出た。ふりむいて足もとを見たのだ。そして、安堵《あんど》で胸《むね》がいっぱいになった。自分の足にさわっていたのは、ただのネコだった。

もう暗すぎてよく見えなかったが、とにかく大きなネコで、ひどく真面目《まじめ》くさった雰囲気《ふんいき》のネコであることだけはわかった。墳墓《ふんぼ》のあいだで長い長い歳月《さいげつ》をひとりぼっちで生きてきたような雰囲気を持ったネコだった。その目は語ることのない多くの秘《ひ》密《みつ》を知っているように見えた。

「なあ、ネコちゃんよ」シャスタは呼びかけた。「おまえ、まさか、もの言うネコ

YOUCHAN

じゃないよね？」

するとネコはいっそう鋭《するど》い眼光《がんこう》でシャスタを見つめた。そして、シャスタに背《せ》を向けて歩きだした。もちろん、シャスタはあとをついていった。ネコは墳墓《ふんぼ》のあいだを通りぬけ、砂漠《さばく》の側《がわ》に出た。そして、その場に居《い》ずまいを正してすわった。ネコは尾《お》を足のまわりに巻《ま》きつけ、顔を砂漠のほう、北のナルニアの方角へ向けたまま、敵《てき》を見張《みは》るかのようにじっと動かなくなった。シャスタはネコに自分の背中をくっつけ、王たちの墓《はか》に顔を向けた姿勢《しせい》で横になった。不安《ふあん》なときは、危険《きけん》がありそうな方向に顔を向け、温かくて頼《たよ》りになるものに背中を預《あず》けておくのがいちばん安心なのだ。砂《すな》の上に横たわるなんてあまり快適《かいてき》ではなさそうだと読者諸君《しょくん》は思うかもしれないが、シャスタはこれまで何週間も地面の上に寝《ね》てきたから、ちっとも気にならなかった。まもなく眠《ねむ》りに落ちたものの、夢《ゆめ》の中でもシャスタはブリーとアラヴィスとフインがどうなったのだろうと案《あん》じつづけていた。

真夜中にとつぜん聞いたことのない音が聞こえて、シャスタは目をさました。「悪い夢でも見たのかな」シャスタはつぶやいた。それと同時に、背後《はいご》にいたはずのネコがいなくなっていることに気づいて不安になった。けれども、シャスタは目も開けずにその場にじっと寝転《ねころ》がっていた。ここで起きあがって墳墓《ふんぼ》が林立《りんりつ》するばかりの寂《さび》しい風景《ふうけい》を眺《なが》めたら、ますます恐《おそ》ろしくなるだけだと思ったからだ。読者諸君《しょくん》がシーツを頭の上まで引っぱり上げてじっと寝たふりをするのと同じだ。しかし、またしても音が聞こえた。それは耳ざわりな甲高《かんだか》い鳴き声で、シャスタの背後《はいご》、砂漠《さばく》のほうから聞こえた。こうなっては、シャスタだって目を開けて起きあがらないわけにはいかなかった。

月が明るく輝《かがや》いていた。古代の王たちの墳墓——シャスタが思っていたよりはるかに近くて大きく見えた——が月光に照《て》らされてのっそりと灰色《はいいろ》に並《なら》んでいた。とんでもなく大きな人間が灰色の衣《ころも》を頭からすっぽりかぶって立っているような形に見えた。見知らぬ場所でひとりぼっちで夜を明かすときに近くにいてほしいと思えるような連《つ》れではない。しかし、音は墳墓のほうではなく、反対側《はんたいがわ》の砂漠のほうから聞こえたのだった。シャスタは墳墓に背《せ》を向け（あまりいい気分はしなかった）、どこまでも平らな砂漠に目をこらした。ふたたび野獣《やじゅう》の荒々《あらあら》しい叫《さけ》び声《ごえ》が響《ひび》いた。

「またライオンじゃないといいんだけど」シャスタは思った。しかし、いま聞こえたのは、フインやアラヴィスと出会った夜に聞いたライオンの声とはたしかにあまり似《に》ていなかった。実際《じっさい》、それはジャッカルの声だったのである。もちろん、シャスタにはそんなことはわからなかったし、たとえわかったとしても、ジャッカルでよかったとは思わなかっただろう。

動物の叫《さけ》び声《ごえ》はくりかえし響《ひび》いた。「何だかわかんないけど、一匹《ぴき》だけじゃないな」とシャスタは思った。「それに、だんだん近づいてくるぞ」

もしシャスタがきわめて真っ当な考えかたをする少年だったとしたら、墳墓《ふんぼ》のあいだを抜《ぬ》けて人家のある川の近くへ移動《いどう》しただろう。人家が近くにあれば、けものはまず近づかないからだ。しかし、シャスタは食屍鬼《しょくしき》が怖《こわ》かった。墳墓のあいだを通るということは、あの暗くぽっかりと開いた入口の前を通るということだ。そこから何か出てきたら、どうしよう？　くだらないと思うかもしれないが、シャスタは食屍鬼よりけもののほうがましだと思った。そんなことを考えているあいだにも鳴き声はどんどん近づいてきて、シャスタはやっぱり川のほうへ逃《に》げようかと思いはじめた。

　シャスタが逃《に》げ出《だ》そうとしたちょうどそのとき、シャスタと砂漠《さばく》のあいだに巨大《きょだい》な動物が躍《おど》り出《で》た。月の光が逆光《ぎゃっこう》になってシャスタには大きな黒い影《かげ》しか見えず、それが何なのかわからなかったが、とにかく、ものすごく大きくて毛むくじゃらな頭部を持ち、四本の足で歩くことだけはわかった。その動物はシャスタを気にするようすはなく、とつぜん立ち止まって頭を砂漠《さばく》のほうへ向けたと思ったら、墳墓《ふんぼ》を震《ふる》わせシャスタの足もとの砂《すな》を揺《ゆ》るがすほどの咆哮《ほうこう》を発した。野獣《やじゅう》どもの叫《さけ》び声《ごえ》はぴたりとやみ、あわてて走り去る足音が聞こえたような気がした。そのあと、巨大な動物はシャスタのほうへ鼻先を向けた。

「ライオンだ。わかってる、ライオンにちがいない」シャスタは思った。「もうだめだ。痛《いた》いのかな。ひとおもいにやってくれればいいんだけど。死んだあとって、どうなるんだろう？　うわあああぁ！　来たぁ！」シャスタは目を閉《と》じ、歯を食いしばった。

　しかし、鋭《するど》い牙《きば》や爪《つめ》が襲《おそ》いかかってくることはなく、足もとに何か温かいものがうずくまるのを感じただけだった。目を開けたシャスタの口から、こんな言葉がこぼれた。「あれ、思ったほど大きくないや！　半分くらいの大きさしかない。いや、ちがう、四分の一もないぞ。なんだ、さっきのネコじゃないか！　きっと、このネコが馬くらいの大きさになった夢《ゆめ》を見ただけだったんだ」

夢を見ていたのかどうかはともかく、いま足もとにうずくまって大きな緑色の目でまばたきもせずシャスタを見つめているのは、例《れい》のネコにちがいなかった。シャスタはそれまでこんなに大きなネコを見たことはなかったが、とにかくネコにはちがいなかった。

「なんだ、おまえだったのか」シャスタはあえぐような声で言った。「また会えて、すごくうれしいよ。ものすごく怖《こわ》い夢を見てたんだ」シャスタはすぐにまたネコに背《せ》中《なか》をくっつけて横になった。ネコのぬくもりがシャスタの全身に伝《つた》わった。

「ぼく、もう死ぬまで二度とネコに意地悪《いじわる》はしないよ」シャスタはなかばネコに向かって、なかば自分に向かって、つぶやくように言った。「ほんとはさ、一度だけネコに意地悪したことがあるんだ。飢《う》え死《じ》にしそうになってるボロボロの野良《のら》ネコに石を投げたんだ――おい！　やめろよ！」シャスタが声をあげたのは、ネコがふりかえってシャスタをひっかいたからだった。「かんべんしてくれよ」シャスタが言った。

「おまえ、なんか、人の言葉がわかるみたいだな」シャスタはふたたび眠《ねむ》りに落ちた。

翌朝《よくあさ》、目がさめたときにはすでにネコの姿《すがた》はなく、太陽が高く昇《のぼ》っていて、砂《すな》が熱《あつ》く灼《や》けていた。シャスタはひどくのどがかわき、からだを起こして目をごしごしこすった。砂漠《さばく》は目がくらみそうなほどに白く輝《かがや》き、背後《はいご》の街《まち》からざわめきが聞こえていたが、シャスタが寝《ね》ていたあたりはしんと静《しず》かで物音ひとつしなかった。太陽の光が目にはいらないように視線《しせん》を少し左すなわち西のほうへ向けると、砂漠のはるかかなたに山なみが見えた。くっきりと鮮明《せんめい》に、石を投げれば届《とど》きそうなくらいに近く見えた。なかでもひときわ高くて青い峰《みね》の先端《せんたん》が二つに分かれている山があった。あれがパイア山にちがいない、とシャスタは思った。

「ワタリガラスの話からすると、あれが目ざす方向だな。みんなと合流したあとですぐ出発できるように、いまのうちに印《しるし》をつけておこう」シャスタはまっすぐパイア山の方角に向けて足で砂に深い溝《みぞ》を彫《ほ》りつけた。

次にすべきことは、はっきりしていた。食べ物と飲み物を手に入れることだ。シャスタは墳墓《ふんぼ》のあいだを駆《か》け足《あし》で通《とお》り抜《ぬ》けて——いまではただの遺跡《いせき》にしか見えず、なんでこんなものが恐《おそ》ろしかったのだろう、と思った——川ぞいの畑地《はたち》まで行った。あたりには人影《ひとかげ》がちらほら見えたものの、それほど多くの人がいるわけではなかった。すでに数時間前に街《まち》の城門《じょうもん》が開いており、朝早くに街へはいっていく人の波は解消《かいしょう》していたからだ。おかげで、シャスタは何の苦もなくささやかな（ブリーの言葉によれば）「襲撃《しゅうげき》」を実行できた。果樹園《かじゅえん》の塀《へい》をのりこえて、オレンジ三個《こ》、メロン一個、イチジクを一、二個、それにザクロを一個取ってきたのだ。そのあと、シャスタは川岸まで下りていって、橋に近づきすぎないあたりで川の水を飲んだ。水が冷《つめ》たくてとても気もちよかったので、シャスタは暑苦しい汚《よご》れた服を脱《ぬ》ぎ捨《す》てて、川で泳いだ。生まれてからずっと海辺《うみべ》で育ったシャスタにとって、泳ぎは歩くのと同じくらいに自《し》然《ぜん》なことだった。水から上がったシャスタは草の上に寝《ね》ころんで、川ごしにタシュバーンの街を眺《なが》めた。すばらしく壮麗《そうれい》で活力に満《み》ちた輝《かがや》かしい街だ。しかし、その街で危険《きけん》な目にあったこともシャスタは思い出した。そしたら急に、自分が泳いでいるあいだに仲間《なかま》たちが墳墓《ふんぼ》に到着《とうちゃく》したかもしれない、そして自分を置《お》き去《ざ》りにして出発したかもしれない、と思えてきて、シャスタは大急ぎで服を着て全速力で墳墓の裏手《うらて》へ駆《か》けもどった。おかげで、着いたころにはまた汗《あせ》だくになってしまい、口もからからにかわいて、せっかくの水浴《すいよく》がむだになってしまった。

　ひとりぼっちで待つ時間は長いものだ。シャスタには一日が一〇〇時間にも感じられた。もちろん、考えなくてはならないことは山ほどあったが、それでも、一人ですわってただ考えているだけでは、時間はちっとも進まなかった。シャスタはきのう知りあったナルニア人たちのことをいろいろ考えた。とくに、コリンのことを考えた。ソファに横になって秘密《ひみつ》の計画をぜんぶ聞いていた少年がじつは本物のコリンではないと知ったとき、ナルニアの人たちはどう思っただろう？　あの感じのいい人たちから裏切《うらぎ》り者呼《ものよ》ばわりされるかと思うと、無念《むねん》だった。

　太陽がじりじりと昇《のぼ》っていき、中天に達《たっ》して、それからこんどはじりじりと西へ傾《かたむ》いていったが、誰《だれ》もやってこなかったし、何も起こらなかった。シャスタはますます不安《ふあん》になってきた。王の墓《はか》のところで合流しようと決めたとき、どのくらい待つかということは誰も言い出さず、したがって、それについては何も決まっていなかった。しかし、ここで一生ずっと待っているわけにはいかない！　すぐに夜がやってくるだろう。またきのうの夜と同じことが起こるかもしれない。シャスタの頭に一〇以《い》上《じょう》ものさまざまな案《あん》がうかんでは消えた。どれもお粗末《そまつ》なアイデアばかりで、けっきょく、シャスタは最悪《さいあく》の計画に落ち着いた。すなわち、暗くなるまで待ってから川にもどり、持てるだけたくさんのメロンを盗《ぬす》んで、朝のうちに砂《すな》に引いておいた線を目安にして一人でパイア山を目ざして出発する、という計画だった。それはとんでもない計画だったし、読者諸君《しょくん》のように砂漠《さばく》の旅の話を本でいろいろ読んだことがある人間ならば考えもしないような計画だった。しかし、シャスタは本を読んだことがなかった。

日暮《ひぐ》れ前に、あることが起こった。シャスタが王墓《おうぼ》の陰《かげ》に腰《こし》をおろしていたとき、ふと顔を上げると二頭の馬がやってくるのが見えたのだ。シャスタの胸《むね》が高鳴った。馬はブリーとフインだった。しかし、次の瞬間《しゅんかん》、シャスタはひどくがっかりした。アラヴィスの姿《すがた》がないのだ。馬を引いているのは見たことのない男で、上流家庭の奴隷《どれい》の中でも位《くらい》の高い奴隷らしく、立派《りっぱ》な服を着て、腰に刀を下げていた。ブリーとフインはもう荷馬《にうま》のようなかっこうはさせられておらず、きちんと鞍《くら》をつけ、手綱《たづな》もつけていた。これは、いったいどういうことなのだろう？「罠《わな》にちがいない」と、シャスタは思った。「誰《だれ》かがアラヴィスをつかまえて、拷問《ごうもん》して、ぜんぶ吐《は》かせたんだろう。相手は、ぼくが喜《よろこ》んで飛《と》び出《だ》していってブリーに話しかけるのを待ってるんだ。ぼくをつかまえようとして！　でも、ここで出ていかなかったら、みんなと合流するチャンスはこれっきりなくなるかもしれない。何が起こったんだろう？　それさえわかれば……」シャスタは王墓《おうぼ》の陰《かげ》に隠《かく》れて数分おきに馬たちを眺《なが》め、どうするのがいちばん安全なのだろうかと考えつづけた。

7　タシュバーンでのアラヴィス

アラヴィスの身に何が起こったかというと、こういうことだった。シャスタがナルニア人の一行《いっこう》に連《つ》れていかれ、二頭の馬たち（賢明《けんめい》にもひとことも発しなかった）とその場に取《と》り残《のこ》されたアラヴィスは、少しもあわてることなくブリーの端綱《はづな》を取り、二頭の馬を連れてじっとしていた。心臓《しんぞう》はどきどきしていたが、顔にはいっさい内心を見せないようにした。ナルニアの王族たちが通りすぎたあと、アラヴィスはふたたび先へ進もうとしたが、一歩も動かないうちに、すぐまた先払《さきばら》いの声が響《ひび》いた（「まったく邪魔《じゃま》くさい連中《れんちゅう》ね」とアラヴィスは舌打《したう》ちした）。「どけ、どけ、どけぃ！　タルキーナ・ラザラリーン様のお通りだ！」先払い役のすぐあとに刀を下げた四人の奴隷《どれい》が歩いてきた。そのすぐ後ろに四人でかつぐ輿《こし》が続《つづ》いた。輿は屋根つきで、絹《きぬ》のカーテンを揺《ゆ》らし、銀の鈴《すず》をチリンチリン鳴らし、通り一帯《いったい》に香水《こうすい》と花の香《かお》りをまき散《ち》らしながらやってきた。輿《こし》のあとには美しい衣装《いしょう》をまとった女奴隷《どれい》たちが続《つづ》き、そのあとに馬丁《ばてい》や使い走りや小姓《こしょう》[1]などが続いていた。ここで、アラヴィスは最初《さいしょ》の失敗《しっぱい》をおかした。

アラヴィスはラザラリーンをよく知っていた。いまの時代で言うならば、学校の同級生と同じくらい親しい間柄《あいだがら》で、しょっちゅう二人で同じ屋敷《やしき》に泊《と》まったり、いっしょにパーティーに出かけたりした仲《なか》だった。ラザラリーンはいまでは結婚《けっこん》してとても位《くらい》の高い女性《じょせい》になっていたので、どんなふうに変《か》わったのだろうと思って、アラヴィスは思わず行列を見上げてしまったのである。

それは大失敗だった。二人の目が合ったとたん、ラザラリーンが輿の上で身を起こし、大声をあげたのである。

「あらまぁ、アラヴィスじゃないの！　こんなところで何してるの？　あなたのこと、

1　貴人《きじん》に仕える年若い召使《めしつか》い。

お父様が――」

ためらっている暇《ひま》はなかった。アラヴィスは即座《そくざ》に馬たちから手を離《はな》し、輿《こし》の縁《ふち》に手をかけてラザラリーンの横に飛《と》び乗《の》り、声を殺《ころ》して強い口調で言った。

「黙《だま》って！　聞こえた？　黙ってちょうだい。わたしをかくまってほしいの。お付《つ》きの者たちにそう言って――」

「だって、あなたったらぁ――」ラザラリーンは、あいかわらずの大声でまたしゃべりはじめた（ラザラリーンは人目を引くことを少しも気にしなかった。というより、人目を引くことが大好《だいす》きだった）。

「わたしの言うとおりにしてってば！　でないと、二度と口きいてあげないわよ」アラヴィスは押《お》し殺《ころ》した声で親友を脅《おど》した。「お願い、頼《たの》むから早くしてよ、ラス。ものすごくだいじなことなの。あの二頭の馬をいっしょに連《つ》れてくるように家来《けらい》に言いつけて。それから、輿のカーテンをぜんぶ下ろして、どこかわたしが見つからずにすむ場所へ連れていって。とにかく、早く！」

「わかったわ、いいわよぉ」ラザラリーンはあいかわらず緊張感《きんちょうかん》のない声で答え、

YOUCHAN

「これ、そこの二人、タルキーナの馬を引いてきてちょうだい。それから、このあと家《うち》へやって」と奴隷《どれい》たちに言いつけた。「ねぇ、それにしても、あなたったら、こんな気もちのいい日なのに、ほんとにカーテンを下ろしちゃうの？　せっかく――」

しかし、アラヴィスはさっさと輿《こし》のカーテンを下ろしてしまい、ラザラリーンとアラヴィスの二人は香水《こうすい》の香《かお》りがたちこめる豪華《ごうか》で息苦しいテントのような空間に閉《と》じこもることになった。

「わたし、姿《すがた》を見られちゃ困《こま》るのよ」アラヴィスが言った。「父は、わたしがここにいることを知らないの。わたし、家から逃《に》げてきたの」

「あら、まあ！　なんてスリリングなお話なの」ラザラリーンが言った。「そのお話、ぜひぜひ残《のこ》らず聞かせてほしいわ。ねえ、ちょっと、あなた、あたしのドレスの上にすわってるんだけど。ちょっとどいてくれる？　そう、それでいいわ。これね、新しいドレスなの。どう、すてき？　これを作った仕立て屋っていうのがね――」

「ねえ、ラス、真剣《しんけん》に聞いてちょうだい」アラヴィスが言った。「わたしの父がどこにいるんですって？」

「あら、知らないの？」ラザラリーンが言った。「もちろん、この街《まち》よ。お父様はタシュバーンにいらっしゃるわ。きのう到着《とうちゃく》されて、あなたの居場所《いばしょ》をあちこちたずねまわっていらっしゃるわよ。それなのに、あなたとあたしがここにこうやっていっしょにいて、お父様がそのことをぜんぜんご存《ぞん》じないなんて、おもしろいわねえ！　あたし、こんなおもしろいお話は聞いたことがないわ！」そう言って、ラザラリーンはくすくす笑《わら》いだした。そういえばラザラリーンはむかしから笑ってばかりいる子だったっけ、とアラヴィスは思い出した。

「笑いごとじゃないのよ」アラヴィスは言った。「本気の真剣《しんけん》な話なんだから。ね、どこかにわたしを隠《かく》してもらえない？」

「そんなことぐらい、簡単《かんたん》よ」ラザラリーンが言った。「あたしの家《うち》へ行けばいいのよ。主人は留守《るす》だから、誰《だれ》もあなたの姿《すがた》を見る人はいないわ。ふう！　カーテンを下ろしちゃったら、何も楽しくないわね。あたし、民《たみ》を眺《なが》めるのが好《す》きなの。せっかく新しいドレスを着てきたのに、こんなふうに閉《と》じこもってしまったら、なんにもならないわ」

「さっき、わたしのこと大声で呼《よ》んだとき、誰《だれ》かに聞かれなかったか、心配だわ」アラヴィスが言った。

「そんなの、ぜんぜん平気よ」ラザラリーンが上《うわ》の空《そら》で返事をした。「それにしても、あなた、あたしのこの新しいドレスのことどう思うか、まだ何も言ってくれてないけど?」

「もうひとつ、だいじなことがあるの」アラヴィスが言った。「わたしが連《つ》れてた二頭の馬をくれぐれも大切に扱《あつか》うように、家来に言いつけてちょうだい。これも秘密《ひみつ》なんだけど、あの馬たちは〈もの言う馬〉なのよ、ナルニアの」

「あら、すてき!」ラザラリーンが言った。「ドキドキしちゃうわ! ねえ、アラヴィス、あなた、ナルニアから来た蛮族《ばんぞく》の女王をごらんになったこと? いま、タシュバーンにいらっしゃるのよ。聞くところでは、ラバダシュ王子がその女王に首ったけなんですって。ここ二週間くらい、とびっきり豪勢《ごうせい》なパーティーやけもの狩《が》りやいろんな行事が目白押《めじろお》しだったのよ。あたしとしては、その女王がそれほど美人だとは思えないんだけど。でも、ナルニアの男たちはすてきよ。おととい、川で舟遊《ふなあそ》びがあったんだけど、あたしが着ていったドレスはね——」

「あなたの家に見知らぬ人間が——それも物乞《ものご》いの子みたいなかっこうをしたのが——泊《と》まってるってこと、どうやったら人のうわさにならないようにできる？　わたしの父の耳にはいったら、困《こま》るのよ」

「だいじょうぶよ、あなた、そんなにごちゃごちゃ心配しなくても」ラザラリーンが言った。「すぐに、ちゃんとしたドレスを用意させるから。さ、着いたわ！」

かつぎ手たちが足を止め、輿《こし》が下ろされた。カーテンが開けられると、そこは中庭形式になっている庭園だった。少し前にシャスタが連《つ》れていかれた別《べつ》の屋敷《やしき》と似《に》たような造《つく》りだ。ラザラリーンはさっさと家にはいろうとしたが、見なれぬ客の来訪《らいほう》を奴《ど》隷《れい》たちに固《かた》く口止めしてほしいと、アラヴィスが小声で必死《ひっし》に頼《たの》んだ。

「あら、ごめんなさいね。あたしったら、すっかり忘《わす》れてたわ」ラザラリーンが言った。「これ、皆《みな》の者。そこの門番もです。きょうは誰《だれ》も家から出てはなりません。それと、このご令嬢《れいじょう》のことをしゃべった者を見つけたら、まず死ぬまで鞭《む》打《ちう》ちをして、それから生きたまま火あぶりにして、そのあと六週間のあいだ食事はパンと水だけしかあげませんからね。いいこと?」

ラザラリーンは口ではアラヴィスの話をぜひ聞きたいと言ったものの、実際《じっさい》にはそんな気はさらさらなさそうだった。他人の話を聞くよりも自分がしゃべりたい性格《せいかく》なのだ。ラザラリーンはアラヴィスを無理《むり》に説《と》きつけて時間をかけたぜいたくな風呂《ふろ》をつかわせ(カロールメンの風呂は有名だ)、アラヴィスを最高級《さいこうきゅう》のドレスで着飾《きかざ》らせたあと、ようやく話を聞く気になった。ドレス選びで大騒《おおさわ》ぎするラザラリーンを見ながら、アラヴィスは堪忍袋《かんにんぶくろ》の緒《お》が切れそうだった。いまにして思えば、ラザラリーンはむかしからそういう子だった。ドレスとパーティーとゴシップにしか興味《きょうみ》がないのだ。一方のアラヴィスは、弓矢や馬や犬や水泳のほうに興味が向いている子だった。これでは、たがいに相手の話がつまらないと思うのも無理はない。しかし、食事(ホイップクリームやゼリーや果物《くだもの》や氷菓子《こおりがし》のようなものばかりだった)のあと、ようやく二人は柱の並《なら》んだ美しい部屋に腰《こし》を落ち着け(しつけの悪いペットのサルがしょっちゅう飛《と》びまわっていなければもっと居心地《いごこち》がいいのに、とアラヴィスは思った)、ラザラリーンはアラヴィスが故郷《こきょう》を捨《す》てて逃《に》げてきた理由《りゆう》をたずねた。

アラヴィスが話し終わると、ラザラリーンはこう言った。「でもねぇ、あなた、なぜアホーシュタ・タルカーンと結婚《けっこん》しないの？　みんな、あの方のことをすばらしいと思っているのよ。あたしの主人なんて、あの方はこれからカロールメンで大出世なさるだろうって言ってるわ。このあいだアクサーサ様が亡くなったあと、宰相《さいしょう》になられたばかりだし。あなた、知らなかったの？」

「そんなこと、どうでもいいわ。わたし、あんなやつ、見るのもいやなの」アラヴィスが言った。

「でも、あなた、考えてもごらんなさいよ！　宮殿《きゅうでん》を三つもお持ちで、そのうちの一つはイルキーン湖のほとりにあるそれは美しい宮殿なのよ。真珠《しんじゅ》の首飾《くびかざ》りなんかロープを束《たば》ねたほどたくさん持っていらっしゃるっていうお話だし。お風呂《ふろ》はロバのミルクなんですって。それに、あたしにもしょっちゅう会えるようになるわよ？」

「真珠も宮殿も、わたし興味《きょうみ》ないから」アラヴィスが言った。

「あなたって、むかしから変《か》わった子だったわよね、アラヴィス」ラザラリーンが言った。「これ以上《いじょう》、いったい何がお望《のぞ》みなの？」

とはいえ、最後《さいご》にはラザラリーンもアラヴィスが本気だと納得《なっとく》し、逃走《とうそう》計画の相談に乗る気になってくれた。二頭の馬たちを北の城門《じょうもん》から出して王墓《おうぼ》のところまで連《つ》れていくのは、何の問題もなさそうだった。りっぱな身なりをした馬丁《ばてい》が軍馬《ぐんば》と婦人《ふじん》用《よう》の鞍《くら》をつけた馬を連れて川のほうへ下っていっても、誰《だれ》もとがめることはしないだろうし、ラザラリーンの屋敷《やしき》には馬丁はいくらでもいた。しかし、アラヴィス本人をどうするかについては、それほど簡単ではなかった。アラヴィスは、カーテンを下ろした輿《こし》で運んでもらったらどうか、という案《あん》を出したが、ラザラリーンが、輿は街《まち》の中だけでしか使わないものだから、そんなものに乗って街を出ようとすればどう見ても怪《あや》しまれるにちがいない、と反対した。

相談は長いあいだ続《つづ》いた（とくに、しょっちゅうラザラリーンの気が散《ち》るので）。しかし、ようやくラザラリーンが両手を打って、「そうよ、いい手があるわ。城門を通らずに街から出られる方法《ほうほう》が一つだけあるのよ」と言った。「ティズロック様（御《み》世《よ》とこしえに！）の宮殿《きゅうでん》のお庭が川岸まで続いていて、川に出られる小さな裏木戸《うらきど》があるの。もちろん、宮廷《きゅうてい》の人たち専用《せんよう》なんだけど、まあ、あたしは（ここでラザラリーンは忍《しの》び笑《わら》いをもらした）ほとんど宮廷の人間と同じようなものだから。ね、あなた、あたしのところへ来たのは、すごく運が良《よ》かったのよ。ティズロック様（御《み》世《よ》とこしえに！）って、とってもおやさしい方なの。あたし、宮殿《きゅうでん》にはほとんど毎《まい》晩《ばん》のようにおよばれしてるし、まあ、あたしにとっては第二のわが家みたいなものね。王子様や王女様たちとも、大の仲良《なかよ》しよ。ラバダシュ王子なんて、もう最高《さいこう》！　あこがれの的《まと》よ！　あたし、昼でも夜でもいつだって宮殿へ行って女官《にょかん》たちに会えるの。だから、暗くなってからあなたを連《つ》れて宮殿に忍《しの》びこむくらい、お茶の子よ。それで、あなたを裏木戸《うらきど》から外へ出してあげる、というわけ。裏木戸の外にはいつも小舟《こぶね》や何かがいくつもつないであるから。それに、もし見つかったとしても――」

「それこそ一巻《いっかん》の終わりよ」アラヴィスが言った。

「まあまあ、あなた、そんなに息巻《いきま》かなくても」ラザラリーンが言った。「あたしが言おうとしたのはね、もし見つかったとしても、きっとみんな、またあたしが少しばかり羽目《はめ》をはずしすぎたと思うだけでしょう、ってこと。あたし、羽目をはずすことにかけては有名だから。ね、聞いて、このあいだもね、めちゃくちゃおもしろいことがあったのよ――」

「わたしが言ったのは、わたしにとっては一巻《いっかん》の終わりだ、ってことよ」アラヴィスが少し語気を強めて言った。

「ああ……まあ、そうね……あなたの言ってること、わかるわよ。それじゃ、何か別《べつ》のもっといい方法《ほうほう》があって？」

アラヴィスはほかに方法を思いつかず、「ううん。危険《きけん》を冒《おか》してやるしかないわね。で、いつやるの？」と答えた。

「あら、今夜はだめよ」ラザラリーンが言った。「とにかく今夜はだめ。だって、大《だい》宴会《えんかい》があるんですもの。あたしもそろそろヘアメイクを始めてもらわないと。今夜はどこもかしこも明かりだらけになっちゃうし、それに、人もいっぱい来るから、無理《むり》ね。やるなら、あしたの夜かしらね」

アラヴィスにとってはうれしくない展開《てんかい》だったが、がまんするしかなかった。その日の午後は長く感じられたが、ラザラリーンが宴会に出かけていったあとは、ほっと一息つけた。というのも、アラヴィスは、しょっちゅう笑《わら》いころげてばかりいてドレスやパーティーや結婚《けっこん》や婚約《こんやく》やスキャンダルにしか興味《きょうみ》のないラザラリーンにほとほと嫌気《いやけ》がさしていたからだ。その日、アラヴィスは早めに床《とこ》についたが、寝《ね》るときだけは文句《もんく》なしに満《み》ち足《た》りた気分になった。枕《まくら》とシーツのありがたみをあらためて実感したのだ。

しかし、翌日《よくじつ》はなかなか時間が進まなかった。ラザラリーンはせっかく立てた計画を白紙にもどしたがり、アラヴィスに向かって、ナルニアは永遠《えいえん》に雪と氷に閉《と》ざされた国で悪魔《あくま》や魔《ま》法使《ほうつか》いが棲《す》みついているところだ、そんな場所へ行きたいなんて正気の沙汰《さた》とは思えない、とくりかえした。「しかも、農民《のうみん》の子と二人づれだなんて!」ラザラリーンは言った。「あなた、考えてごらんなさいよ！　みっともないじゃないの」そのことは、アラヴィスもさんざん考えた。けれども、いまではアラヴィスはラザラリーンの軽薄《けいはく》さにすっかり愛想《あいそ》をつかしており、初《はじ》めて、シャスタと旅をするほうがタシュバーンの華美《かび》な暮《く》らしよりよほど楽しいのではないかと思いはじめたところだった。だから、アラヴィスはこう答えた。「あなたは忘《わす》れてるみたいだけど、わたしだってナルニアへ行ったら、その男の子と同じように、ただの平民《へいみん》になるのよ。

それに、とにかく、わたし約束《やくそく》したんだもの」

「でもね、考えてみてよ」ラザラリーンはなかば涙声《なみだごえ》になっていた。「あなた、ふつうにしていれば、宰相《さいしょう》の奥様《おくさま》になれるのに！」アラヴィスは席《せき》をはずして、馬たちに声をかけに行った。

「あなたたち、日暮《ひぐ》れの少し前に、馬丁《ばてい》に連《つ》れられて王墓群《おうぼぐん》のところまで行くのよ。もう背中《せなか》に荷物をのせたりしないで、ちゃんと鞍《くら》と手綱《たづな》をつけてもらうの。フインの鞍嚢《あんのう》には食べ物を入れてもらって、ブリーの鞍嚢の後ろには水をいっぱい入れた革《かわ》袋《ぶくろ》をつけてもらうことになっています。馬丁には、橋を渡《わた》った先であなたたちにたっぷり水を飲ませるように言ってあるから」

「そしたらナルニアへ向かうんだね？　北へ！」ブリーが小さな声でささやいた。

「でも、もしシャスタが墓《はか》のところにいなかったら、どうする？」

「もちろん待つのよ」アラヴィスが言った。「あなたたち、厩舎《きゅうしゃ》でよくしてもらってた？」

「生まれてこのかた最高《さいこう》の待遇《たいぐう》だったよ」ブリーが言った。「ただし、おたくの友だちのあの笑《わら》ってばかりいるタルキーナのご主人が馬たちに最高級《さいこうきゅう》のオーツ麦を食わせるよう馬丁頭《ばていがしら》に金を渡《わた》してるんだとしたら、馬丁頭は餌代《えさだい》をピンハネしてると思うけどね」

アラヴィスとラザラリーンは柱のたくさん並《なら》んでいる部屋でいっしょに夕食をすませた。

それから二時間ばかりたったところで、二人は計画に着手した。アラヴィスは大家《たいけ》の高級な女奴隷《どれい》の服装《ふくそう》に着替《きが》え、顔にヴェールをかぶった。もし問いただされたら、ラザラリーンが王女に献上《けんじょう》する奴隷を連《つ》れていくところだと申し開きをすることになっていた。

二人は徒歩《とほ》で出かけ、ほんの数分で王宮の門に着いた。もちろん門の前には門番が立っていたが、上官《じょうかん》がラザラリーンと親しい顔見知りだったので、衛兵《えいへい》たちに気をつけをさせ、敬礼《けいれい》をして通してくれた。二人はまず〈黒大理石の間〉にはいった。部屋には宮廷《きゅうてい》に仕《つか》える役人や奴隷などいろいろな人たちがいたが、かえってそのおかげで人目を引かずにすんだ。二人は〈列柱《れっちゅう》の間〉に進んだ。そして、さらに〈彫像《ちょうぞう》

YOUCHAN

の間〉に進み、柱廊《ちゅうろう》を通り、〈玉座《ぎょくざ》の間〉に続《つづ》くみごとな打ち出し細工《ざいく》をほどこした銅《どう》の大扉《おおとびら》の前を通《とお》り過《す》ぎた。ランプのほの暗い光で見ただけだったが、何もかも言葉につくせないほど豪華《ごうか》な宮殿《きゅうでん》だった。

　ほどなく、二人は庭園が段々《だんだん》に下っていく造《つく》りになっている中庭に出た。中庭を下っていくとちゅうに、いまは使われなくなった宮殿の〈旧館《きゅうかん》〉があった。すでにあたりはすっかり暗くなり、二人がはいりこんだ〈旧館〉は迷路《めいろ》のような廊下《ろうか》が続いていて、ところどころの壁《かべ》に設《もう》けられたブラケットに松明《たいまつ》の火がともっているだけだった。通路が右と左に分かれるところでラザラリーンの足が止まった。

「行って、早く！」アラヴィスが小声でうながした。心臓《しんぞう》が早鐘《はやがね》のように打ち、いつどこで父親と鉢合《はちあ》わせするかわからないと思うと気があせってしかたなかった。

「どっちだったかしらねえ……」ラザラリーンがつぶやいた。「ここをどっちへ行くんだったか、よく思い出せないのよ。たぶん左だと思うんだけど。ええ、そうだわ、たぶん左よ。ね、これって、すごく楽しくない⁉」

　左側《ひだりがわ》はほとんど明かりのない通路で、少し進むと下り階段《かいだん》になった。

「こっちでだいじょうぶよ」ラザラリーンが言った。「もう、まちがいないわ。この階段《かいだん》、おぼえがあるもの」そのとき、はるか前方で明かりが揺《ゆ》れた。続《つづ》いて、角を曲がってくる二人の男の影《かげ》が見えた。長いろうそくを高くかかげ、後ずさりしながら歩いてくる。人が後ずさりして歩くのは、王を先導《せんどう》する場合と決まっている。ラザリーンがアラヴィスの腕《うで》をぎゅっとつかんだ。痛《いた》いほどきつい力で、よほどの恐怖《きょうふ》を感じたらしい。ティズロックとはごく親しいような口をきいていたくせに変《へん》だな、とアラヴィスは思った。しかし、そんなことを考えている余裕《よゆう》はなかった。ラザリーンはアラヴィスをせきたてて足音をたてないように階段の上までもどり、必死《ひっし》になって壁《かべ》を手探《てさぐ》りしていた。

「あ、ドアがあったわ」ラザラリーンが小声でささやいた。「早く!」

二人は部屋にはいり、そっとドアを閉《し》めた。中は真っ暗だった。息づかいから、ラザラリーンが恐怖のあまり取《と》り乱《みだ》しているのがわかった。

「タシュの神よ、守りたまえ!」ラザラリーンがつぶやいた。「この部屋にはいってきたら、どうしよう? 隠《かく》れる場所、あるかしら?」

足もとはふかふかのじゅうたんが敷《し》きこまれていた。二人は部屋の中を手探りで進み、ソファにぶつかった。

「この裏側《うらがわ》に伏《ふ》せましょ」ラザラリーンが半べそで言った。「ああ、こんなとこに来るんじゃなかったわ」

カーテンのかかった壁《かべ》とソファのあいだにわずかなすきまがあり、二人はそこに寝《ね》ころんだ。ラザラリーンのほうがいい場所を取り、全身をうまく隠《かく》すことができた。アラヴィスのほうは顔の上半分がソファの背後《はいご》からはみ出してしまい、もし明かりを持った人が部屋にはいってきてちょうどそちらへ目をやれば、見つかってしまいそうだった。もちろん、頭からヴェールをかぶっていたので、おでこや目がそのまま人目をひく心配はなかったが。アラヴィスは必死《ひっし》でラザラリーンを押《お》してもう少し場所を譲《ゆず》ってもらおうとしたが、ラザラリーンは動転していて自分のことしか考えられず、アラヴィスを押し返して足をつねった。二人は押し合いをあきらめて、じっと横になったまま動きを止めた。息がまだ少し乱《みだ》れていた。部屋は物音ひとつなく、自分たちの息づかいだけがやたらに大きく聞こえた。

ささやいた。「これでだいじょうぶかしら?」アラヴィスがやっと聞き取れるくらいの小さな声で

「ええ、だいじょうぶ……と思うわ」ラザラリーンが口を開いた。「ああ、でも、あたし、もうとても……」そのとき、恐《おそ》れていた音がした。ドアが開いたのだ。そして、明かりが部屋にはいってきた。アラヴィスは頭をソファの後ろにひっこめることができなかったので、すべてを見ることになった。

最初《さいしょ》に部屋にはいってきたのは、二人の奴隷《どれい》だった(アラヴィスが思ったとおり、極秘《ごくひ》の話をするときに使われる耳が聞こえず口のきけない奴隷たちだった)。奴隷たちはろうそくを捧《ささ》げ持ち、後ずさりしながら部屋にはいってきて、ソファの両側《りょうがわ》に分かれて立った。これはアラヴィスにとっては好都合《こうつごう》だった。奴隷が前にいればアラヴィスの頭は隠《かく》れて見えにくくなるし、アラヴィスは奴隷の足のあいだから部屋のようすが見えるからだ。続《つづ》いて部屋にはいってきたのは、ぶよぶよに太った年寄《としよ》りの男だった。先のとんがった奇妙《きみょう》な帽子《ぼうし》の形から、すぐにそれがティズロックだとわかった。ティズロックが身につけている数多くの宝石《ほうせき》のうち、いちばん値打《ねう》ちの低《ひく》い

ものでさえ、ナルニア貴族《きぞく》全員の衣装《いしょう》や武器《ぶき》を合わせたよりも高価《こうか》なものだろう。しかし、フリルやらプリーツやら玉飾《たまかざ》りやらボタンやら房飾《ふさかざ》りやら魔除《まよ》けのお守りやらで醜《みにく》く太った全身をごてごてと飾りたてたティズロックの姿《すがた》を見たアラヴィスは、ナルニアの服装《ふくそう》のほうが（少なくとも男性《だんせい》は）ずっとすてきだと思った。ティズロックに続《つづ》いて部屋にはいってきたのは背《せ》の高い若者《わかもの》で、羽根や宝石で飾りたてたターバンを頭に巻《ま》き、腰《こし》には象牙《ぞうげ》の鞘《さや》にはいった三日月刀を下げていた。ずいぶん興奮《こうふん》したようすで、目が血走り、白い歯がろうそくの明かりに猛々《たけだけ》しく光って見えた。最後《さいご》にはいってきたのはしなびた猫背《ねこぜ》の老人《ろうじん》で、その姿《すがた》を見てアラヴィスはぞっとした。それは新しく宰相《さいしょう》になったばかりのアラヴィスのいいなづけ、アホーシュタ・タルカーンだったのである。

三人が部屋にはいり、ドアが閉《と》じられると、ティズロックは満足《まんぞく》そうなため息をつきながらソファに腰《こし》をおろし、若者がティズロックの正面に立った。宰相は床《ゆか》に膝《ひざ》と肘《ひじ》をつけてはいつくばり、顔をじゅうたんにすりつけた。

8　ティズロックの宮殿《きゅうでん》で

「おお、わが父にして、わが眼《まなこ》の歓《よろこ》びよ」という決まり文句《もんく》で若者《わかもの》が口を開いたが、その言いかたはぞんざいで、とてもティズロックが「わが眼の歓び」であるようには聞こえなかった。「御世《みよ》がとこしえに続《つづ》きますように。されど父上、父上はわたくしを絶望《ぜつぼう》のどん底《ぞこ》に突《つ》き落《お》とされました。けさ、明け方にかの忌《い》まわしき蛮族《ばんぞく》どもの船が出航《しゅっこう》したと判明《はんめい》いたしましたとき、わたくしに船足の速いガレー船をお与《あた》えくださりましたならば、おそらく追いつくことができましたものを。それなのに、父上は、まず偵察《ていさつ》を出してナルニア船がより良《よ》い停泊《ていはく》地点を求《もと》めて岬《みさき》の反対側《はんたいがわ》に移《うつ》っただけではないか確《たし》かめよ、とおっしゃいました。それがために、いまとなっては、まる一日の遅《おく》れを取ってしまったのです。そしてナルニア人どもは逃走《とうそう》してしまいました。

わたくしの手の届かぬところへ！　まがいものの翡翠《ひすい》め、あの――」ここで、若者《わかもの》はスーザン女王を罵倒《ばとう》するありとあらゆる（ここに書き記《しる》すにたえぬ）言葉を並《なら》べたてた。言うまでもなく、この若者はラバダシュ王子であり、「まがいものの翡翠」とはナルニアのスーザン女王のことである。

「落ち着くのじゃ、おお、わが息子《むすこ》よ」ティズロックが口を開いた。「客人の出立《しゅったつ》によって残《のこ》されたる傷《きず》など、思慮分別《しりょふんべつ》ある主人の心をもってすれば容易《ようい》に癒《い》えるものであろう」

「しかし、父上、わたくしはあの女がほしいのです」王子は声を大きくした。「わたくしはあの女をなんとしても手に入れたいのです。あの女がわがものにならなければ、わたくしは死んでしまいます――不実《ふじつ》で尊大《そんだい》で腹黒《はらぐろ》いメス犬《いぬ》め！　あの女の美しさゆえに、わたくしは夜も眠《ねむ》れず、食べ物は風味を失《うしな》い、わが眼《まなこ》は暗く閉《と》ざされてしまいました。わたくしはあの蛮族《ばんぞく》の女王を手に入れなければ気がすまぬのです」

「優《すぐ》れた詩人の言葉に、こうございます」じゅうたんに顔をすりつけていた宰相《さいしょう》がほこりにまみれた顔を上げて、口を開いた。「若き恋《こい》の炎《ほのお》を消すには、理性《りせい》の深き泉《いずみ》より汲《く》み出《いだ》したる水をもってするにしかず、と」

この言葉は王子を怒《おこ》らせたようで、王子は「犬め！」と叫《さけ》んで宰相《さいしょう》の尻《しり》に何発か蹴《け》りを見舞《みま》った。「わたしに向かって詩人の言葉の引用など、いらぬ世話だ。朝から晩《ばん》まで、格言《かくげん》だの詩だの聞かされっぱなしで、耳にタコができるわ！」これを盗《ぬす》み見ていたアラヴィスが宰相に対して同情《どうじょう》のかけらほどでも感じたかといえば、とてもそうとは想像《そうぞう》しがたい。

ティズロックは長く沈黙《ちんもく》して考えにふけっているようすだったが、目の前で起こっていることにようやく気づき、いささかも感情《かんじょう》をまじえぬ口調で言った。

「息子《むすこ》よ、何はともあれ、長上《ちょうじょう》にして賢明《けんめい》なる宰相を蹴ることは差《さ》し控《ひか》えるように。価値《かち》ある宝石《ほうせき》が掃《は》きだめに埋《う》もれてもなお輝《かがや》きを失《うしな》わぬがごとく、重ねたる歳月《としつき》と分別《ふんべつ》は卑《いや》しきわが臣民《しんみん》においても尊《とうと》ばねばならぬものである。されば、蹴ることは差し控えるように。そして、そなたの要望《ようぼう》し建議《けんぎ》したき内容《ないよう》をここで申《もう》し述《の》べるがよい」

ラバダシュが答えた。「おお、父上よ、わたくしが要望し建議したきこととは、父上がただちに無敵《むてき》の軍隊《ぐんたい》を召集《しょうしゅう》なされて、呪《のろ》わしきうえにも呪わしいナルニアに侵《しん》攻《こう》し、かの地を火と剣《けん》によって討《う》ち滅《ほろ》ぼされたうえで、わが無限《むげん》の帝国《ていこく》に併合《へいごう》なさることでございます。ナルニアの上級王とそれに連《つら》なる血筋《ちすじ》の者は、スーザン女王を除《のぞ》き、皆殺《みなごろ》しにいたすべきでございます。スーザン女王は、わたくしの妻《つま》としなければなりませぬ。ただし、まず痛《いた》い目にあわせてから」

「よく聞くがよい、おお、わが息子《むすこ》よ」ティズロックが言った。「そなたがどのような言葉を並《なら》べようとも、わしはナルニアに戦《いくさ》をしかける考えは持たぬ」

ラバダシュ王子は歯ぎしりしながら言った。「おお、万々歳《ばんばんざい》にわたらせたもうティズロックよ、あなた様がわが父上でなかりせば、そのようなお言葉は臆病者《おくびょうもの》が口にするものと申し上げるところでございます」

「そして、そなたがわが息子でなかりせば、おお、血気《けっき》にはやりすぎるラバダシュよ」と父王が答えた。「そのような言葉を口にしたあかつきには、そなたの命は短く、死はじわじわと時間をかけて訪《おとず》れるものとなろう」（その感情《かんじょう》のかけらもない冷酷《れいこく》な声を聞いて、アラヴィスは血が凍《こお》る思いだった）。

「しかし、父上、何ゆえでございますか」王子がさきほどよりはるかに敬意《けいい》の感じられる口調でたずねた。「何ゆえ、ナルニアを征伐《せいばつ》するのに、それほど慎重《しんちょう》を期されるのでございましょう？　働《はたら》きの悪い奴隷《どれい》を吊《つ》るし首《くび》にしたり、乗りつぶした馬を犬に食わせるのと、さほど変《か》わりはないと存《ぞん》じますが？　ナルニアは、わが国における最《もっと》も小さき州の四分の一にも満《み》たぬ小国。千本の槍《やり》をもってすれば、五週間で征服《せいふく》できるでしょう。あのような国が存続《そんぞく》しておることは、わが帝国《ていこく》の裾野《すその》に見苦しい染《し》みがついておるに等しいと存じます」

「いかにも、そのとおりである」ティズロックが言った。「あれら蛮族《ばんぞく》の小国どもは、みずからを自由の国と称《しょう》しておるが、そのようなものは自堕落《じだらく》、無秩序《むちつじょ》、無益《むえき》と同《どう》義《ぎ》であり、神々に背《そむ》くもの、洞察《どうさつ》に優《すぐ》れたすべての人間にとって忌《い》まわしきものである」

「されば、何ゆえ、ナルニアごときをかくも長期にわたって野放しにしておくのでございますか？」

「お聞きくださいまし、おお、英明《えいめい》なる王子様」宰相《さいしょう》が口をはさんだ。「まことに畏《おそ》

YOUCHAN

れ多《おお》き父王様が誉《ほま》れ高《たか》くして終わりなき治世《ちせい》をお始めになられたその御年《おんとし》まで、ナルニアの国は雪と氷に閉《と》ざされ、しかも、きわめて強力な魔女《まじょ》によって支配《しはい》されておったのでございまする」

「そのようなことは承知《しょうち》しておるわ、おお、口数の過ぎる宰相《さいしょう》め」ラバダシュ王子が答えた。「だが、その魔女は死んだと聞く。そして雪と氷は消え、いまやナルニアは好《この》ましく豊《ゆた》かにして平らげるにふさわしい土地になっておる」

「しかして、おお、比類《ひるい》なき博識《はくしき》を誇《ほこ》られる王子様、かくなる変化《へんか》がナルニアの王と女王を自称《じしょう》する邪悪《じゃあく》なる人間どもの呪文《じゅもん》によって引き起こされたものであることは、疑《うたが》う余地《よち》もございませぬ」

「いや、わたしの考えるところでは、あれは星の配列の変化と自然《しぜん》の働《はたら》きがもたらしたものであろう」ラバダシュが言った。

「かくなる議論《ぎろん》は、学者に任《まか》せておけばよい。わしの思うところでは、あれほどまでに大それた変化および魔女が成敗《せいばい》されるほどのできごとは、強力な魔法《まほう》の力なくしてはありえぬこと。あの国は、そのようなことが起こりうる土地なのじゃ。あの国には人のごとくに言葉を話すけものの姿《すがた》をした悪魔《あくま》が棲《す》み、半人半獣《はんじんはんじゅう》の怪物《かいぶつ》が棲んでおる。広く聞きおよぶところによれば、ナルニアの上級王（神々にことごとく見放されんことを）の後《うし》ろ盾《だて》には、恐《おそ》ろしい性質《せいしつ》を持ち御《ぎょ》しがたい悪行《あくぎょう》を働《はたら》くライオンの姿をした悪魔《あくま》がついておるという話じゃ。それゆえ、ナルニア攻《ぜ》めは先が読みがたく、勝算がおぼつかぬ。わしは万が一の際《さい》に手を引けぬほど深くまで手を差《さ》し入《い》れるつもりはない」

「カロールメンはなんと幸いなる国でござりましょうや」宰相《さいしょう》がふたたびひょいと顔を上げて口をはさんだ。「神々のお恵《めぐ》みにより、かくも慎重《しんちょう》にして周到《しゅうとう》であらせられる大君様《おおぎみさま》をいただくことになりましたるは、まことに幸甚《こうじん》の至《いた》りでござります る！　されど、至正《しせい》にして至明《しめい》であらせられるティズロック様が仰《おお》せになられましたように、ナルニアのごとき美味なる獲物《えもの》を前にしてみすみす手をつかねざるを得《え》ぬとは、まことに嘆《なげ》かわしき次第《しだい》にござりまする。優《すぐ》れた詩人が申しましたように――」

しかし、ここで王子のつま先がじれったそうに動きはじめたのを見たアホーシュタは、急いで口をつぐんだ。

「いかにも。嘆《なげ》かわしいかぎりである」ティズロックが低《ひく》く静《しず》かな声で言った。「ナルニアがいまだに自由《じゆう》の国であることを思うにつけ、朝がめぐりくるごとにわが目に映《うつ》る太陽は暗く、夜がおとずれるごとにわが眠《ねむ》りは妨《さまた》げられる」

「おお、わが父上よ」ラバダシュが口を開いた。「父上がナルニア征服《せいふく》に手を伸《の》ばされ、その試《こころ》みが万万が一にも不幸《ふこう》にして達《たっ》せられぬ場合には無傷《むきず》のまま手を引くことのできる方法《ほうほう》をわたくしがお示《しめ》しできたといたしましたら、いかがなものでございましょう？」

「そのような方法を示すことができれば、おお、ラバダシュよ、そなたは息子《むすこ》たちの中で最高《さいこう》の地位《ちい》を得《え》るであろう」ティズロックが言った。

「それでは申し上げます、おお、父上。今宵《こよい》、この刻《こく》に、わたくしは精鋭《せいえい》二〇〇騎《き》のみを率《ひき》いて砂漠《さばく》を越《こ》えまする。さすれば、他者の目には、父上はわたくしの出陣《しゅつじん》をご存《ぞん》じないと映るはず。二日目の朝には、わたくしはアーケン国のアンヴァードにあるルーン王の居城《きょじょう》に到着《とうちゃく》できましょう。アーケン国とわが国は友好関係《ゆうこうかんけい》にございますゆえ、応戦《おうせん》の準備《じゅんび》はしておらぬはず。むこうが指一本動かす暇《ひま》もないうちに、わが軍《ぐん》はアンヴァード城《じょう》を落とせましょう。そのあと、わたくしはアンヴァードの背《はい》後《ご》にある峠《とうげ》を越えてナルニアにはいり、ケア・パラヴェル城へ向かいます。上級王はケア・パラヴェルにはおらぬはず。というのは、先日わたくしがケア・パラヴェルを辞《じ》したおりに、上級王はすでに北方の国境付近《こっきょうふきん》へ巨人征伐《きょじんせいばつ》に出かける準備《じゅんび》をしておったからでございます。わたくしの到着時《とうちゃくじ》には、おそらくケア・パラヴェルの城《じょう》門《もん》は開かれており、容易《ようい》に突破《とっぱ》できましょう。もちろん慎重《しんちょう》にも慎重を期し、礼節《れいせつ》を持って事に当たり、ナルニアの血をできるだけ流さぬようにいたします。そのあとは、スーザン女王を乗せた〈スプレンダー・ハイアライン号〉が入港するのを待つのみ。そして、女王が陸《おか》に上がるや否《いな》や、わたくしは逃《に》げた小鳥を捕《つか》まえ、鞍《くら》に放り上げて、一路アンヴァードにもどる、という考えでございます」

「されど、おお、息子《むすこ》よ」と、ティズロックが口を開いた。「女をさらう際《さい》に、エドマンド王かそなたのどちらかが命を落とすことにはならぬか?」

「むこうはほんの少人数でございましょう」ラバダシュが答えた。「わたくしは配下の者一〇名に命じてエドマンド王の武器《ぶき》を奪《うば》い、縛《しば》りあげさせるようにいたします。

エドマンド王の血を求《もと》めてやまぬわが憎悪《ぞうお》に燃《も》ゆる心は抑《おさ》えるようにいたしますゆえ、父上とナルニア上級王とのあいだに避《さ》けがたい戦《いくさ》の原因《げんいん》を生ずる懸念《けねん》はございませぬ」

「万が一〈スプレンダー・ハイアライン号〉のほうが先にナルニアに帰着《きちゃく》しておった場合には、どうするつもりか」

「この風では、それはありえぬことと考えまする、おお、父上よ」

「最後《さいご》にもう一つ聞くぞ、おお、才気《さいき》あふるる息子《むすこ》よ」ティズロックが言った。「この作戦《さくせん》により蛮族《ばんぞく》の女王を連《つ》れ帰《かえ》る手はずは明らかになったが、わしがナルニアを征《せい》服《ふく》する上でどう役に立つのかは、まだ聞いておらぬ」

「おお、父上よ、お聞きもらしあそばされたのですか。わたくしと配下の騎馬隊《きばたい》は弓から放たれた矢のごとくにナルニアを駆《か》け抜《ぬ》けてもどってまいりますが、アンヴァードはこれ以降《いこう》ずっとわが国のものになるのです。アンヴァードを握《にぎ》ることは、ナルニアへの入口に陣《じん》を敷《し》くに等しきこと。あとは、アンヴァードに駐屯《ちゅうとん》させる部隊《ぶたい》を徐々《じょじょ》に大きくしてまいればよろしいのです」

「ふむ。確《たし》かな思慮《しりょ》と見通しにもとづく話ではあるが、万が一これが失敗《しっぱい》に終わった場合、わしはどのようにして手を引くことができるのか」

「この一件《いっけん》は父上のあずかり知らぬこと、とおっしゃればよろしいのです。父上の御《み》心《こころ》にそむき、父上の祝福《しゅくふく》も得《え》ず、恋《こい》の激情《げきじょう》にわれを忘《わす》れ、若気《わかげ》の至《いた》りがひきおこしたこと、とおっしゃればよろしいのです」

「ナルニアの上級王が妹の女王を返せと要求《ようきゅう》してきたら、いかがいたす？」

「おお、父上よ、その点はご案《あん》じなきよう。そのようなことは起こりませぬ。女は気まぐれゆえにこの縁組《えんぐみ》を拒絶《きょぜつ》いたしましたが、上級王ピーターは思慮《しりょ》も分別《ふんべつ》もそなえたる男。わが王家と縁つづきになり、甥《おい》やその子孫《しそん》がカロールメンの王座《おうざ》に就《つ》くというこの上なき名誉《めいよ》と実利《じつり》を無《む》にするようなことは、いたしますまい」

「わが世が万々歳《ばんばんざい》にわたれば、そのような日が訪《おとず》れることはなかろう。言うまでもなく、それがそなたの望《のぞ》みでもあろうが」ティズロックはそれまでにも増《ま》して無感《むかん》情《じょう》な声で言い放った。

ぎこちない沈黙《ちんもく》のあと、ラバダシュ王子が口を開いた。「さらにまた、おお、父上よ、わが眼《まなこ》の歓《よろこ》びよ、こちらからスーザン女王が書いたように偽《いつわ》った手紙を送るのです。自分はラバダシュ王子を愛《あい》している、ナルニアにもどるつもりはない、という手紙を。女の気もちなど風見鶏《かざみどり》のごとくに変《か》わりやすいものであることは、つとに知られておりますゆえ。たとえ先方がその手紙を完全《かんぜん》には信用《しんよう》しなかったとしても、タシュバーンまで攻《せ》めこんできて女王を取り返そうとするとは思えませぬ」

「おお、英明《えいめい》なる宰相《さいしょう》よ」ティズロックが口を開いた。「この奇抜《きばつ》なる提案《ていあん》に関《かん》して、そちの考えを申《もう》し述《の》べてみよ」

「おお、万古不易《ばんこふえき》のティズロック様」アホーシュタが答えた。「父親が子に注ぐ愛情《あいじょう》は、わたくしめも知らぬものではございませぬ。父親にとって息子《むすこ》はざくろ石よりも貴重《きちょう》であるとも申します。しからば、こちらの高貴《こうき》なる王子様の御命《おいのち》にかかわりかねませぬ一件《いっけん》につきまして、心に思うことを自由《じゆう》に述べるなど、どうしてわたくしめごときにできましょう」

「かまわぬ、述べよ」ティズロックが言った。「わしの命《めい》に従《したが》わぬとあらば、少なくともわしの命に従った場合よりも危険《きけん》は大きいと覚悟《かくご》せよ」

「はは、仰《おお》せのままに」哀《あわ》れなアホーシュタは、うめくように声をしぼり出した。「それでは申し上げます、おお、理《り》に聡《さと》きことたぐいまれなるティズロック様。第一に、王子様にふりかかる危険《きけん》は、総《そう》じてさほど大きくはないと考えまする。と申しますのは、神々はあの蛮族《ばんぞく》どもに思慮分別《しりょふんべつ》の光をお与《あた》えにならなかったからでございます。それゆえ、あの蛮族どもの詩歌《しいか》は、われわれの詩歌のごとく優《すぐ》れたる警句《けいく》や有益《ゆうえき》なる金言《きんげん》にあふるるものではなく、恋《こい》と戦《いくさ》を歌ったものばかりなのでございます。したがいまして、かような常軌《じょうき》を逸《いっ》した企《くわだ》ては——あいたっ！——彼《かれ》らの目にはこの上なく崇高《すうこう》かつあっぱれなものと映《うつ》るはずでございまする」宰相《さいしょう》が「あいたっ！」と声をあげたのは、「常軌を逸した」という言葉のところでラバダシュ王子が尻《しり》を蹴《け》ったからである。

「蹴ることを差《さ》し控《ひか》えよ、おお、息子《むすこ》よ」ティズロックが言った。「そして、有能《ゆうのう》なる宰相よ、王子が蹴るのを控えようと控えまいと、そちは何としてもその雄弁《ゆうべん》を途切《とぎ》らせることがあってはならぬ。多少の不快《ふかい》など顔色ひとつ変《か》えることなく耐《た》えてこそ、威厳《いげん》と礼節《れいせつ》をわきまえた者と呼《よ》びうるのである」

「仰《おお》せのままに」と答えながら、宰相は身をくねらせて尻《しり》をラバダシュ王子のつま先から少し遠ざけた。「わたくしが思いまするに、このような……その……きわどい企《くわだ》てほど、かの蛮族《ばんぞく》どもの敬意《けいい》を勝ちうるか、さにあらずとも共感《きょうかん》を勝ちうるものはないと存《ぞん》じまする。なんとなれば、それが女性《じょせい》に対する恋情《れんじょう》より発したるものだからでござりまする。したがいまして、もし武運《ぶうん》つたなく王子様が敵《てき》の手に落ちたとしても、命を取られるようなことは、まずござりますまい。否《いな》、それどころか、女王を連《つ》れ去《さ》ることに失敗《しっぱい》したとしても、王子様の勇猛《ゆうもう》と情熱《じょうねつ》のきわみを目にした女王が心を動かすやもしれませぬ」

「よいところを突《つ》いたな、このおしゃべりジジイめ」ラバダシュが言った。「その見苦しい頭でどのようにして思いついたか知らぬが、しかし、なかなかよいところを突いておる」

「ご主人様のおほめのお言葉は、わが眼《まなこ》の光でござりまする」アホーシュタが言った。「第二に、おお、とこしえに世を統《す》べたもうべきティズロック様、神々のお力ぞえによってアンヴァード城《じょう》は王子様の御手中《ごしゅちゅう》に落ちる可能性《かのうせい》が大きいものと存じまする。さすれば、われらはナルニアの喉《のど》もとを押《お》さえたも同然《どうぜん》……」

　そのあと長い沈黙《ちんもく》があり、部屋があまりに静《しず》まりかえったので、アラヴィスとラザラリーンは恐《おそ》ろしくて息をすることもできなかった。やがて、ティズロックが口を開いた。

「行け、息子《むすこ》よ。そして、そなたが申したようにやってみるがよい。ただし、わしはいっさいの援助《えんじょ》も支持《しじ》もいたさぬ。そなたが殺《ころ》されたとしても、わしは仇《あだ》を討《う》たぬし、そなたが蛮族《ばんぞく》の獄《ごく》につながれることになったとしても、救《すく》い出《だ》しには行かぬ。さらに、成功《せいこう》にせよ失敗《しっぱい》にせよ、ナルニア貴族《きぞく》の血を一滴《いってき》たりともむだに流すことは許《ゆる》さぬ。それが原因《げんいん》で戦《いくさ》が始まるようなことになった場合には、わしの恩寵《おんちょう》がそなたに下ることは二度とないと心得《こころえ》よ。カロールメンにおけるそなたの地位《ちい》は、弟王子に継《つ》がせることとする。では、行け。すばやく、ひそやかに。武運《ぶうん》を祈《いの》る。そなたの剣《けん》と槍《やり》に、絶対《ぜったい》にして侵《おか》すべからざるタシュの神のご加護《かご》があらんことを」

「仰《おお》せのままに」と叫《さけ》ぶと、ラバダシュ王子は一瞬《いっしゅん》身をかがめて父王の両手にキスをし、部屋から走り出ていった。狭《せま》い場所に押《お》しこめられて苦しくなりはじめていたアラヴィスの切なる期待にもかかわらず、ティズロックと宰相《さいしょう》はそのまま部屋に残《のこ》った。

「おお、宰相よ」ティズロックが口を開いた。「今宵《こよい》われら三人がおこなった密談《みつだん》を、よもや知る者はあるまいな？」

「おお、大君様《おおぎみさま》」アホーシュタが答えた。「知る者のあろうはずがございませぬ。そのためにこそ、この〈旧館《きゅうかん》〉を使うことをご提案《ていあん》申し上げ、ティズロック様御《おん》みずからも比類《ひるい》なき叡智《えいち》に基《もと》づいてそれにご賛同《さんどう》あそばされたのでございまする。この〈旧館〉では、いまだかつて会議《かいぎ》の開かれたことはございませぬ。また、宮廷《きゅうてい》の人間が出入りすることもございませぬゆえ」

「よろしい」ティズロックが言った。「もし何者かがこのことを知ったならば、一時《いっとき》たりとも生かしておくわけにはゆかぬ。それから、おお、抜《ぬ》け目《め》なき宰相よ、そちもこのことは忘《わす》れるのじゃ。わしの胸中《きょうちゅう》からも、そちの胸中からも、王子の計画にかかわる一切《いっさい》を消し去ることといたす。王子はわしの知らぬ間に、わしの許《ゆる》しを得《え》ずして出陣《しゅつじん》した。どこへ向かったのかも、わしは知らぬ。激情《げきじょう》と軽率《けいそつ》と若者特有《わかものとくゆう》の反抗《はんこう》心《しん》ゆえに、かようなことと相成《あいな》った。アンヴァード城《じょう》が王子の手に落ちたと聞いて誰《だれ》よりも驚《おどろ》くのは、わしとそちである」

「仰《おお》せのままに」アホーシュタが言った。

「さればこそ、たとえ心の奥底《おくそこ》に秘《ひ》めたる思いであったとしても、わしを血も涙《なみだ》もない親と思うてはならぬ。わが長子《ちょうし》を命を落としかねぬ遠征《えんせい》に送り出した冷血《れいけつ》な親と思うてはならぬ。王子に好意《こうい》を抱《いだ》いておらぬそなたにとっては、むしろ好都合《こうつごう》と言うべきところであろうが。わしには見えておるのだぞ、そなたの心の奥底まで」

「おお、完全無欠《かんぜんむけつ》のティズロック様」宰相《さいしょう》が言った。「ティズロック様にくらべますれば、わたくしめの中では、王子様をお慕《した》い申し上げる気もちも、わたくしめの命をおしむ情《じょう》も、はたまたパンと水と日の光を欲《ほっ》する心でさえ、取るに足らぬものでござりまする」

「そなたの情は至高《しこう》であり、至当《しとう》である」ティズロックが言った。「わしもまた、わが王権《おうけん》の盤石《ばんじゃく》と威光《いこう》にくらべれば、そのようなものは取るに足らぬと考えておる。もし王子の企《たくら》みが成功《せいこう》すれば、われわれはアーケン国を手に入れ、おそらくその先のナルニア国も手に入れることになろう。もし失敗《しっぱい》すれば——それでも、わしにはあと一八人の息子《むすこ》がおる。ラバダシュは、王の長子《ちょうし》の例《れい》にもれず、このところ危険《きけん》な存在《そんざい》となりつつある。タシュバーンにおけるティズロックのうち、天寿《てんじゅ》をまっとうせずして崩御《ほうぎょ》した王は五人以上《いじょう》にのぼる。いずれも長子がいらぬ知恵《ちえ》をつけ、王座《おうざ》を待ちきれなくなった結果《けっか》である。ラバダシュも、この街《まち》にとどまって若き血をたぎらせておるよりも、国の外へ出て少し頭を冷《ひ》やすがよかろう。さて、おお、わが卓越《たくえつ》したる宰相《さいしょう》よ、わしは父親であるがゆえの心労《しんろう》がたたって、眠気《ねむけ》を催《もよお》してきた。わしの寝間《ねま》へ楽師《がくし》どもをよこしてくれ。それから、そちは、寝《ね》る前に、先ほど書いた第三位《い》の料理人《りょうりにん》に対する恩赦状《おんしゃじょう》を撤回《てっかい》しておくように。どうもやはり消化不良《しょうかふりょう》の明らかなるきざしを感じる」

「仰《おお》せのままに」宰相はそう言ったあと、四《よ》つん這《ば》いのままドアの前まで下がり、立ちあがって頭を下げ、部屋から出ていった。それでもまだティズロックが黙《だま》ったままソファにすわっているので、アラヴィスはティズロックが眠りこんでしまったのではないかと心配になりはじめたが、そのうちようやく、ソファをきしませ、ため息をもらしながら、ティズロックが巨体《きょたい》を揺《ゆ》らして立ちあがり、奴隷《どれい》たちに明かりを照《て》らして先導《せんどう》するよう合図して部屋から出ていった。ティズロックが出ていったあと、ドアが閉《し》まり、部屋がふたたび真っ暗になった。アラヴィスとラザラリーンは、ようやく自由《じゆう》に息ができるようになった。

9　砂漠《さばく》を越《こ》えて

「なんて恐《おそ》ろしいこと！　やだ、もう、なんて恐ろしいことなの！」ラザラリーンは泣《な》きべそをかいていた。「ねえ、あたし、怖《こわ》くて死んじゃいそう。ほら、からだじゅう震《ふる》えてるでしょ。ね、さわってみて」

「しっかりしてよ」そう言うアラヴィス自身も震えていた。「みんな〈新館〉にもどっていったから、この部屋を出れば、もうだいじょうぶよ。それにしても、ずいぶん時間がむだになったわ。いますぐ裏木戸《うらきど》のところまで連《つ》れていってちょうだい」

「あなた、よくそんなこと言えるわね」ラザラリーンが声をきしらせた。「あたし、何もできないわ。無理《むり》よ。神経《しんけい》がどうかなってしまって……。ぜんぜん無理。しばらくここで横になって休んで、それから帰りましょ」

「なんで帰るのよ？」アラヴィスが言った。

「もう、どうしてわかってくれないの？　あなたって、思いやりのない人ね」ラザラリーンは泣《な》きだした。しかし、こんなところで相手に情《なさ》けをかけている場合ではない、とアラヴィスは思った。

「ねえったら！　ちゃんと聞いてよ！」アラヴィスはラザラリーンの肩《かた》をつかんで乱《らん》暴《ぼう》に揺《ゆ》さぶった。「あと一回でも帰るなんて言ったら、わたしがどうすると思う？　それと、いますぐ裏木戸《うらきど》のところへ連《つ》れていってくれないのなら、わたしがどうするか知ってる？　通路に走り出て、大声を出してやるわ。そしたら、わたしたち二人ともつかまるわね」

「そんなことしたら、二人とも、こ、殺《ころ》されるわ！」ラザラリーンが言った。「さっきのティズロック様（御世《みよ》とこしえに！）のお言葉、聞いてなかったの？」

「聞いたわよ。わたし、アホーシュタと結婚《けっこん》させられるくらいなら、死んだほうがましだもの。さ、早く立って！」

「あなたって、ひどい人ね」ラザラリーンが言った。「あたしがこんなになってるのに！」

しかし、けっきょく、ラザラリーンはアラヴィスの言うとおりにするしかなかった。ラザラリーンは先頭に立ってさっきの階段《かいだん》を下り、別《べつ》の廊下《ろうか》を通って、ようやく建物《たてもの》の外に出た。そこはテラス状《じょう》の庭園が街《まち》の城壁《じょうへき》までずっと段々《だんだん》に下がっていく宮殿《きゅうでん》の庭で、月が明るく照《て》らしていた。冒険《ぼうけん》で残念《ざんねん》なのは、いちばん美しい場面にさしかかったときにはたいてい不安《ふあん》で心がいっぱいだったり必死《ひっし》で急いでいたりして、美しい風景《ふうけい》を心ゆくまで楽しめないことだ。アラヴィスも同じで、月に照らされた銀色の芝生《しばふ》も、静《しず》かに水音をたてている噴水《ふんすい》も、イトスギの長く黒い影《かげ》も、いつまでも忘《わす》れはしなかったものの、どれもぼんやりとしか記憶《きおく》に残《のこ》らなかった。

庭園のいちばん下の段まで来ると、城壁がのしかかるように高くそびえていた。ラザラリーンはわなわな震《ふる》えていて木戸《きど》のかんぬきをはずせなかったので、アラヴィスがはずした。そして、ようやく川に出ることができた。川面《かわも》に月の光が明るく反射《はんしゃ》し、小さな船着場には舟遊《ふなあそ》び用の小舟《こぶね》が二つ三つつないであった。

「さようなら」アラヴィスが言った。「ありがとう。無理《むり》を言ってごめんね。でも、わたし、どうしても逃《に》げたいの。わかって！」

「ああ、アラヴィス」ラザラリーンが言った。「考えなおす気はないの？　アホーシュタ様がどんなにりっぱな方か、見たでしょう？」

「りっぱな方⁉　あんなやつ、ただの見苦しいおべっか使いじゃないの。蹴《け》とばされりゃへつらうくせして、心の中ではしっかり根に持ってて、あのおぞましいティズロックに息子《むすこ》が死ぬかもしれない計略《けいりゃく》をそそのかして仕返ししてやろうとする男なのよ。ふん！　あんなやつと結婚《けっこん》するくらいなら、父の屋敷《やしき》で働《はたら》いてる皿洗《さらあら》いとでも結婚するほうが、よっぽどましよ」

「まあ、アラヴィス！　アラヴィスったら！　どうしてそんな恐《おそ》ろしいことが言えるの？　しかも、ティズロック様（御世《みよ》とこしえに！）のことまで。あの方がなさろうとすることは、何だって正しいことにちがいないのよ！」

「さようなら」アラヴィスが言った。「あなたのドレス、すてきだったわ。あなたのお屋敷も、すてきだった。きっと、あなた、すてきな一生を送れると思うわ――ただ、わたしにはそういうのは向いてないの。わたしが出たあと、そっと戸を閉《し》めてね」

アラヴィスは、ひしと抱《だ》きしめるラザラリーンの腕《うで》をほどき、小舟《こぶね》に乗りこんで、もやい綱《づな》をといた。すぐに、舟は流れの中ほどへ運ばれていった。頭上には大きな月がかかり、下を見れば、深い水底《みなそこ》にも月の影《かげ》が揺《ゆ》れていた。空気は涼《すず》しくさわやかで、むこう岸が近づいてきたところでホーホーとなくフクロウの声が響《ひび》いた。「ああ！このほうがずっといい気分だわ！」アラヴィスは思った。子どものころから広々とした田舎《いなか》で育ったアラヴィスにとっては、タシュバーンでの一分一秒が息の詰《つ》まりそうな時間だったのだ。

舟から川岸へ降《お》りたった場所は、真っ暗だった。川の堤防《ていぼう》が目の前にせり上がり、そのうえ木々が月の光をさえぎっていたからだ。アラヴィスはどうにかこうにかシャスタが通ったのと同じ道を見つけ、シャスタと同じように草地が終わって砂地《すなち》が始まる地点までやってきた。そして（これまたシャスタと同じように）左手のほうへ目をやると、黒々とした大きな墓《はか》がいくつも見えた。アラヴィスは勇敢《ゆうかん》な心の持ち主ではあったが、ここに来て、さすがにおじけづいた。もしみんながいなかったら、どうしよう？　食屍鬼《しょくしき》が出たら、どうしよう⁉　しかし、アラヴィスはまっすぐ顔を上げ、ついでに舌《した》もちょっと突《つ》き出《だ》して、王墓群《おうぼぐん》のほうへ進んでいった。

王墓群までたどりつく前に、ブリーとフインと馬丁《ばてい》の姿《すがた》が見えた。

「ごくろうさま。もう奥様《おくさま》のところへ帰ってよろしい」アラヴィスは馬丁に言いわたした（翌朝《よくあさ》に街《まち》の城門《じょうもん》が開くまで帰れないことを、すっかり忘《わす》れていた）。「はい、これは手間賃《てまちん》よ」

「仰《おお》せのままに」馬丁はそう答えると、あっという間にものすごい速さで街の方角へ走り去った。さっさと行きなさい、と声をかける必要《ひつよう》すらなかった。馬丁もまた、食屍鬼《しょくしき》のことを考えておびえていたのだ。

そのあと少しのあいだ、アラヴィスはふつうの馬たちを扱《あつか》うときと同じようにフインとブリーの鼻面《はなづら》にキスをし、首すじを優《やさ》しくたたいてねぎらってやった。

「お、シャスタが来たぞ！　ライオンに感謝《かんしゃ》！」ブリーが声をあげた。

アラヴィスが見まわすと、ブリーの言葉どおり、シャスタが近づいてくるところだった。馬丁が去っていくのを見て、隠《かく》れていた場所から急いで出てきたのだ。

「さあ、ぐずぐずしてる暇《ひま》はないわ」アラヴィスはラバダシュの急襲《きゅうしゅう》計画のことを手短《てみじか》にみんなに説明《せつめい》した。

「裏切《うらぎ》り者の犬め！」ブリーがたてがみを振《ふ》りたて、ひづめを踏《ふ》み鳴《な》らした。「友好国《ゆうこうこく》に対して、宣戦布告《せんせんふこく》もせずに攻《せ》めこむなんて！　だが、おれたちが連中《れんちゅう》をぎゃふんと言わせてやるさ。あいつらより先にむこうへ着くんだ」

「できるかしら？」アラヴィスがフインの鞍《くら》にひらりと飛《と》び乗《の》りながら言った。シャスタは、自分もあんなふうに乗れたらいいのに、と思った。

「ブルルゥ、フゥ！」ブリーが鼻を鳴らした。「さ、乗りなよ、シャスタ。できるとも！　出発からして、こっちのほうがずいぶん早いんだし」

「でも、ラバダシュもすぐに出発するって言ってたわ」アラヴィスが言った。

「人間はそういうものの言いかたをするけどね」ブリーが言った。「二〇〇頭の馬と二〇〇人の騎馬兵《きばへい》の飲み水を用意して、食糧《しょくりょう》を用意して、武器《ぶき》をそろえて、鞍をつけて、それでやっと出発できるんだ。すぐに出発なんてできるはずないさ。さて、と。どっちの方向へ行くんだ？　真北？」

「ううん」シャスタが言った。「そのことなら、ぼく、知ってるんだ。線を引いといたから。説明《せつめい》はあとでするよ。ブリーもフインも、もう少し左のほうへ寄《よ》ってみて。そう、この線！」

「いいか」ブリーが口を開いた。「馬が昼夜ぶっ続《つづ》けで駆《か》けつづけたなんてのは、話としては聞くかもしれんが、実際《じっさい》にはそんなことできやしないんだ。常歩《なみあし》と速歩《はやあし》と交《こう》互《ご》で行くしかない。ただし、速歩はかなりの速さで、常歩の時間はなるべく短くして。常歩のときは、あんたたち人間も降《お》りて歩いたらいい。それじゃ。準備《じゅんび》はいいかい、フイン？　出発だ。ナルニアへ！　北へ！」

初《はじ》めのうちは楽しい旅だった。日が暮《く》れてからすでにかなりの時間がたっていたので、砂《すな》は昼間にためこんだ熱《ねつ》をほぼ放出しつくしたあとで、空気は涼《すず》やかに澄《す》んで新《しん》鮮《せん》だった。明るい月の光が降《ふ》りそそぎ、見わたすかぎりどこまでも砂がきらめいて、鏡《かがみ》のように静《しず》かな海を進んでいるか、あるいは大きな銀盆《ぎんぼん》の上を歩いているような気がした。ブリーとフインのひづめの音のほかには、物音ひとつ聞こえなかった。ときどき馬から降りて歩く時間がなかったら、鞍《くら》の上で居眠《いねむ》りしてしまいそうだった。

こんな旅路が何時間も続いたような気がした。そのうちに月が沈《しず》み、そのあとは真《ま》っ暗闇《くらやみ》の中を何時間も進んだ。やがて、シャスタの目の前にあるブリーの首や頭の輪郭《りんかく》がそれまでより少しはっきり見えるようになってきた。そして、少しずつ、ほんとうに少しずつ、すべての方角に灰色《はいいろ》の平らな地面がはてしなく広がっているのが見えるようになってきた。何もかもがすっかり死《し》に絶《た》えたあとのような、そんな風景《ふうけい》だった。シャスタは疲《つか》れきっていた。からだが冷《ひ》えて、唇《くちびる》はかさかさに乾《かわ》いていた。耳に聞こえるのは、革《かわ》のきしむ音と、はみのカチャカチャ鳴る音と、ひづめの音だけ――それも硬《かた》い道路を歩くときのようなパッカパッカという音ではなく、乾いた砂《すな》を踏《ふ》むザッザッという音だった。

何時間も馬に揺《ゆ》られつづけたあと、ようやく、右手のはるか遠いところ、地平線のすぐ上あたりに、かすかに明るい灰色の長い線が見えはじめた。その灰色の線が赤色に変《か》わり、夜が明けはじめた。鳥のさえずりも聞こえない、音のない夜明けだった。シャスタは、いまでは馬から降《お》りて歩く時間を心待ちにしていた。寒くてしかたなかったのだ。

やがて太陽が顔を出し、一瞬《いっしゅん》にして何もかもが様変《さまが》わりした。灰色だった砂が黄色に変わり、ダイアモンドをちりばめたようにきらきら輝《かがや》いた。左手側《がわ》には、化け物のように長く伸《の》びたシャスタとフインとブリーとアラヴィスの影《かげ》が本人たちと同じ速さで砂《すな》の上を駆《か》けていた。はるか前方にそびえるパイア山の二つ並《なら》んだ頂《いただき》が太陽の光を浴《あ》びてきらめき、シャスタは自分たちが進路から少しはずれていることに気づいた。「もう少し左！　もう少し左！」シャスタは馬たちに声をかけた。何よりうれしかったのは、後ろをふりかえったときにタシュバーンがすでに遠く小さくなっていたことだった。王たちの墓《はか》は、ティズロックの宮殿《きゅうでん》があるぎざぎざした輪郭《りんかく》の小山のような街《まち》に飲みこまれて、すっかり見えなくなっていた。みんなの意気がおおいに上がった。

しかし、それも長くは続《つづ》かなかった。最初《さいしょ》に見たとき、タシュバーンはずいぶん遠くに見えたのだが、そのあとどれだけ進んでも、それ以上《いじょう》は遠くならなかったのだ。シャスタはふりかえるのをやめた。自分たちがちっとも進んでいないようで気がめいるばかりだったからだ。そのうちに、こんどは光が気になりはじめた。砂にぎらぎらと反射《はんしゃ》する光が目を射《い》るのだ。しかし、目を閉《と》じるわけにはいかない。無理《むり》にでも目を開けて、前方にそびえるパイア山を見ながら方角を指示《しじ》しなくてはならないのだ。次に襲《おそ》ってきたのは、暑さだった。初《はじ》めて砂漠《さばく》の暑さを意識《いしき》したのは、馬から降《お》りて歩こうとしたときだった。馬の背《せ》から滑《すべ》りおりて砂《すな》の上に立ったとき、砂からたちのぼる熱気《ねっき》が顔に吹《ふ》きつけて、まるでオーヴンを開けてのぞいたような感じがした。次に馬から降りたときは、もっとひどかった。三度目には、はだしの足の裏《うら》が砂に触《ふ》れた瞬間《しゅんかん》にシャスタは悲鳴をあげ、すぐさま片足《かたあし》をあぶみにかけ、もう一方の足でブリーの背《せ》によじのぼろうとした。

「ごめんよ、ブリー」シャスタはあえぎながら言った。「ぼく、歩けないよ。足がやけどしそうなんだもの」「そりゃ、そうだろう！」返事をするブリーも荒《あら》い息になっていた。「気がついてやるべきだったな。いいよ、乗っていきな。しかたない」

「そっちはいいよな」シャスタがフインの横を歩いているアラヴィスに声をかけた。「だって、靴《くつ》はいてるんだもん」

アラヴィスは何も言わず、つんと取りすました顔をしていた。本心は別《べつ》として、とにかくそんな表情《ひょうじょう》に見えた。

YOUCHAN

速歩《はやあし》になり、常歩《なみあし》になり、また速歩になり、はみがカチャカチャ鳴り、革《かわ》がキシキシきしみ、むせかえるような馬のにおいがたちのぼり、むせかえるような自分のにおいがたちのぼり、まばゆい光が目をつぶし、頭が痛《いた》み、そんな旅が延々《えんえん》と続《つづ》いた。何キロも、何キロも、何ひとつ変《か》わらず同じことのくりかえしだった。タシュバーンはいっこうに遠くならず、山々はいっこうに近くならなかった。同じことが永遠《えいえん》に続くように感じられた。はみがカチャカチャ鳴り、革がキシキシきしみ、むせかえる馬のにおいが鼻をつき、むせかえる自分のにおいが鼻をつき……。

もちろん、時間をなんとかやり過《す》ごそうとして、各自《かくじ》それぞれに工夫《くふう》はした。しかし、言うまでもなく、どれも効果《こうか》はなかった。みんな、飲み物のことは考えないようにしていた。タシュバーンの大邸宅《だいていたく》で飲んだ氷入りのシャーベット。暗い土の底《そこ》からかすかな音をたてて湧《わ》き出《だ》す澄《す》んだ泉《いずみ》の水。クリーミーだけれどクリーミーすぎない冷《つめ》たくて口当たりのなめらかなミルク。考えまいとすればするほど、頭の中に冷たい飲み物がうかんでくるのだった。

そのうちに、ようやく、景色《けしき》に変化《へんか》が見えた。長さが五〇メートル、高さが一〇メートル近くもある巨大《きょだい》な岩が砂漠《さばく》に突《つ》き出《で》ているところへやってきたのだ。すでに太陽が高く上がっていたので、たいして大きな日陰《ひかげ》はできていなかったが、それでも日陰があるにはあった。その小さな日陰に一行《いっこう》は身を寄《よ》せあい、食べ物を口に運び、わずかな水を飲んだ。馬に革《かわ》の水袋《みずぶくろ》から水を飲ませるのは簡単《かんたん》ではなかったが、ブリーもフインも唇《くちびる》を上手《じょうず》に使って水を飲んだ。満足《まんぞく》にはほど遠い食事で、会話さえなかった。馬たちは汗《あせ》のあとがまだらになり、荒《あら》い息をついていた。子どもたちの顔は青ざめていた。

ほんの短い休憩《きゅうけい》をとったあと、一行はふたたび歩きだした。さっきまでと同じ音、同じにおい、まぶしすぎる光も同じだった。しかし、やがて、影《かげ》が右手側《がわ》に落ちるようになりはじめた。そして影はどんどん長くなり、世界の東の果《は》てまで届《とど》くかと思うくらいに長くなった。ゆっくりと、ゆっくりと、太陽が西の地平に近づいていき、ようやく沈《しず》んでいった。ありがたいことに容赦《ようしゃ》なく目を射《い》るぎらぎらした光からは解放《かいほう》されたが、砂地《すなち》からたちのぼる熱気《ねっき》はあいかわらずだった。馬と子どもたちは四組の目を皿のようにして、ワタリガラスのサロウパッドが言っていた小さな谷の入口を探《さが》した。しかし、何キロ進んでも平らな砂地《すなち》が広がるばかりだった。日がすっかり暮《く》れ、空に星がまたたいても、馬たちが駆《か》ける重いひづめの音が続《つづ》き、子どもたちは鞍《くら》の上で揺《ゆ》られつづけ、みんなのどがかわいて疲《つか》れきって、みじめな気分だった。月が昇《のぼ》った。そのとき、ようやくシャスタが声をあげた。からからにかわききったのどから発せられた声は、動物が吠《ほ》えたような変《へん》な音だった。

「あそこだ!」

もうまちがいなかった。前方、一行《いっこう》の少し右手のほうに、ついに下り坂が見えた。両側《りょうがわ》に小山のような岩がそびえるあいだを下っていく小さな谷だ。馬たちは疲れすぎていて声も出さなかったが、言われたほうへ向きを変《か》え、数分後には小さな涸《か》れ谷《だに1》にはいっていった。初《はじ》めのうち、岩に囲《かこ》まれた谷底《たにぞこ》は風通しが悪くて蒸《む》し暑《あつ》く、月の光もろくに届《とど》かなくて、広々とした砂漠《さばく》を歩くほうがまだましなくらいだった。谷底の道はどんどん下っていって、両側の岩の絶壁《ぜっぺき》がますます高くせり上がっていった。そのうちに、植物が目につきはじめた。とげのあるサボテンのような植物や、指に刺《さ》さりそうに硬《かた》くて粗《あら》い雑草《ざっそう》ばかりだった。まもなく、ひづめの踏《ふ》む地面が砂地《すなち》ではなく、玉石や小石になった。谷は曲がりくねって続《つづ》き、カーブを曲がるたびに、みんなは水を求《もと》めて目をこらした。馬たちのがんばりも限界《げんかい》に近く、フインはよろめいたりあえいだりしてブリーから遅《おく》れはじめていた。全員がもうだめかもしれないと思いかけたころ、ようやく地面が少しぬかるみはじめ、それまでより柔《やわ》らかできめの細かい草のあいだをチョロチョロと水が流れているのが見えた。小さな水の流れは細いせせらぎになり、せせらぎは両側《りょうがわ》に草の生えた小川になり、小川はもう少し水量《すいりょう》のある川になり、ここにはとても書ききれないほどたくさんの落胆《らくたん》をくりかえしたあと、馬上で居眠《いねむ》りしかけていたシャスタはブリーが急に足を止めたのに気づいてハッと目をさまし、その瞬間《しゅんかん》に馬から滑《すべ》り落《お》ちた。見ると、すぐそばに小さな滝《たき》があり、川の水が流れこむ大きな水たまりができていた。二頭の馬たちは、すでに水たまりに鼻先を突っこんで水をごくごく飲んでいた。「うわーい！」と叫《さけ》んで、シャスタは水たまりに飛《と》びこんだ。水たまりはシャスタの膝《ひざ》くらいの深さだった。シャスタは身をかが

1　雨の降《ふ》らないときは水の流れていない谷のこと。

めて、流れ落ちる滝《たき》の水を頭からかぶった。おそらく、シャスタにとって人生で最高《さいこう》の瞬間《しゅんかん》だっただろう。

一〇分ほど水浴《みずあ》びを楽しんだところで、馬と子どもたち（二人ともほとんど全身ずぶぬれだった）は水から上がり、あらためて周囲《しゅうい》を見まわした。月が高く昇《のぼ》り、谷全体を明るく照《て》らしていた。川の両岸には柔《やわ》らかい草が生えていて、草むらの先は木々が生《お》いしげる斜面《しゃめん》になり、その先は高い崖《がけ》がそびえていた。ほの暗い下生えの中に香《かお》りのいい花をつけているものがあるのか、水場全体にさわやかで芳《かぐわ》しい香りがたちこめていた。そして、木立ちの暗く奥《おく》まったあたりから、シャスタが聞いたことのない鳥のさえずりが聞こえた――ナイチンゲールだ。

みんな疲《つか》れはてて、話す気力も食べる元気もなかった。馬たちは鞍《くら》をはずしてもらうのさえ待たず、そのまま横だおしになった。アラヴィスとシャスタも横になった。そんなふうにして一〇分ほどたったところで、よく気のつくフインがみんなに声をかけた。「ねえ、わたしたち、眠《ねむ》りこまないようにしないと。ラバダシュに先を越《こ》されてはいけないから」

「そうだな……」ブリーがひどく間のびした声で応《おう》じた。「眠《ねむ》っちゃ、いかん。少し休むだけだ」

シャスタは、いま自分が起き上がって何とかしなければ全員が眠りこんでしまうだろうと（そのときは）わかっていたし、その気もあった。実際《じっさい》、起き上がってまた歩きつづけようとみんなを説得《せっとく》するつもりだった。けれど、いまだけ少し……あとほんの……少しだけ……。

まもなく、月の光が降《ふ》りそそぎナイチンゲールがさえずる水場で、二頭の馬と二人の子どもたちはぐっすりと眠りこんでしまった。

最初《さいしょ》に目をさましたのはアラヴィスだった。太陽はすでに高く昇《のぼ》り、朝の涼《すず》しい時間はとうに過《す》ぎてしまっていた。「わたしがいけなかったんだわ！」飛《と》び起《お》きて、ほかのみんなを起こしてまわりながら、アラヴィスは自分を激《はげ》しく責《せ》めた。「馬たちは、一日じゅうあんなに走ったのだから、たとえ〈もの言う馬〉だとしたって起きていられないのはあたりまえ。それに、もちろん、あの子だって眠っちゃうのはしかたない。ちゃんとしたしつけを受けた人間じゃないんだから。だけど、わたしはちがう。もっとしっかりするべきだったわ」

アラヴィス以外《いがい》のみんなは、まだ寝《ね》ぼけてぼんやりしていた。

「やれやれ、ブルル、フゥ」ブリーが口を開いた。「鞍《くら》をつけたまま眠《ねむ》っちまったのかな？　もう二度とこういうことはしないように気をつけよう。からだがあちこち痛《いた》くてたまらん」

「起きて！　ねえ、起きてったら！」アラヴィスが言った。「午前中の時間がもう半分も過《す》ぎちゃったのよ。ぐずぐずしてる暇《ひま》はないわ」

「一口、二口、草ぐらい食わせてもらわないと」ブリーが言った。

「そんな時間はないわ」アラヴィスが言った。

「なんで、そんなに急ぐんだ？」ブリーが言った。「もう砂漠《さばく》は越《こ》えたんだろ？」

「でも、まだアーケン国には着いてないでしょ」アラヴィスが言った。「しかも、ラバダシュより先に着かなくちゃならないのよ」

「ああ、それね。だけど、こっちのほうが何キロも先を行ってんだろう？」ブリーが言った。「俺《おれ》たち、近道を通ってきたんじゃないのか？　シャスタ、おまえの友だちのワタリガラスの何とやらってのが、こっちのほうが近道だって言ったんじゃないのか？」

「近道だとは言わなかったよ」シャスタが答えた。「こっちのほうがいい道だ、って言っただけ。こっちに来れば川に出られるから、って。オアシスがタシュバーンから真北にあるとすれば、こっちのほうが遠回りになるかもしれない」

「とにかく、少し食わせてもらわないと、これ以上《いじょう》は無理《むり》だよ」ブリーが言った。

「くつわをはずしてくれよ、シャスタ」

「あのう……」フインが遠慮《えんりょ》がちに口をはさんだ。「わたしもブリーと同じ気持ちです。これ以上は無理だと感じています。でも、馬というものは、拍車《はくしゃ》などをつけた人間を背中《せなか》に乗せているときは、こんなふうに疲《つか》れていても、まだまだ走らされたりすることがよくあるのではないでしょうか？　そうやって走らされてみると、案外《あんがい》とがんばれるものなんです。だから、その――その、わたしたちも、もう少しがんばれるんじゃないかと思うんです。いまは自由《じゆう》な身分になったのだし。すべてはナルニアのためですから」

「あのね、お嬢《じょう》さん」ブリーが高飛車《たかびしゃ》な口調で応《おう》じた。「戦闘《せんとう》や強行軍《きょうこうぐん》のこととか、馬がどこまでがんばれるかとか、そういうことは俺《おれ》のほうがよく知ってると思いますけどね」

こんなふうに言われて、フインは黙《だま》ってしまった。血筋《ちすじ》の良《よ》い牝馬《ひんば》の典型《てんけい》で、フインも神経《しんけい》が細《こま》やかで優《やさ》しく、少し言われただけで気《け》おされてしまう性格《せいかく》だったのだ。実際《じっさい》には、フインの言ったとおりで、もしこの場面でブリーが背中《せなか》にタルカーンを乗せていたとしたら、まだあと数時間は強行軍に耐《た》えられたにちがいない。奴隷扱《どれいあつか》いされ、行動を強制《きょうせい》される習慣《しゅうかん》がもたらす最悪《さいあく》の結果《けっか》とは、他人から強制されないと自分の意志《いし》ではがんばれなくなってしまうことだ。

けっきょく、一行《いっこう》はブリーが草を食《は》み水を飲み終わるまで、待たざるをえなかった。もちろんフインと子どもたちも同じようにものを食べ、水を飲んだ。ようやく出発したときには、午前一一時近くになっていたはずだ。それでもなお、ブリーは前日にくらべるとずいぶんのんびりしていた。一行に先を急ぐよう促《うなが》しつづけたのは、二頭のうちでより体力がなく疲《つか》れていたフインのほうだった。

一行《いっこう》がたどった谷間は、茶色く冷《つめ》たい川の水が流れ、草や苔《こけ》が生え、野の花やシャクナゲが咲《さ》き乱《みだ》れて、それは心地《ここち》よく、できることならばゆっくり馬を進めたくなるような景色《けしき》だった。

10 南の国境《くにざかい》の仙人《せんにん》

谷間《たにあい》を数時間ほど下っていくと、あたりが開けて見晴らしのきく場所に出た。一行《いっこう》がたどってきた川は、この地点でもっと大きくて流れの急な川に合流していた。大きな川はシャスタたちの左側《ひだりがわ》から右側へ向かって、すなわち東へ向かって流れていた。この新しく出現《しゅつげん》した川のむこうには、なだらかな丘陵《きゅうりょう》が波打つように連《つら》なる穏《おだ》やかな景色《けしき》が広がり、それが北方の山脈《さんみゃく》まで続《つづ》いていた。右のほうへ視線《しせん》を転じると、岩だらけの高い峰《みね》がいくつもそびえており、そのうちの一つ二つは岩棚《いわだな》に雪が見えた。左のほうへ目をやると、マツの木におおわれた斜面《しゃめん》や切りたった崖《がけ》、狭《せま》く険《けわ》しい谷や山々の青い頂《いただき》が見わたすかぎり続いていた。パイア山は、もう見えなかった。まっすぐ前方に木々におおわれた山なみの落ちこんでいるところがあり、そこがアーケン国からナルニア国へはいる峠《とうげ》にちがいないと思われた。

「ブルゥ、フゥ、フゥ、北の国だ！　緑なす北の大地だ！」ブリーがいなないた。たしかに、なだらかな丘陵地帯《きゅうりょうちたい》は、南の国で育ったアラヴィスやシャスタが想像《そうぞう》したこともないほど豊《ゆた》かな緑におおわれていた。一行《いっこう》は意気揚々《いきようよう》と二つの川の合流地点へ近づいていった。

東へ流れていく川は、山脈《さんみゃく》の西の端《はし》にそびえる高い山々に源《みなもと》を発し、流れが速くて複雑《ふくざつ》で、あちこちに早瀬《はやせ》があり、泳いで渡《わた》ることは考えられなかった。しかし、川岸にそって川上や川下を探《さが》し歩いた結果《けっか》、歩いて渡れそうな浅瀬《あさせ》が見つかった。ごうごうと音をたてて岩にくだける水の流れと、馬のけづめ[1]に逆巻《さかま》く渦《うず》、水面からたちのぼる涼気《りょうき》と、目の前をすいすい横切るトンボの大群《たいぐん》を見て、シャスタは不思議《ふしぎ》な興奮《こうふん》にかられた。

「友よ、アーケン国に着いたぞ！」しぶきを跳《は》ねあげ水を蹴《け》たてながら北側《きたがわ》の川岸に

1　馬の足首のあたり、ひづめの上部後方。

のぼったブリーが誇《ほこ》らしげに宣言《せんげん》した。「いま渡《わた》った川は〈曲がり矢川〉だと思う」

「間に合うといいんだけど」フインがつぶやいた。

一行《いっこう》は、かなり急な丘《おか》の斜面《しゃめん》をゆっくりとジグザグに折《お》り返《かえ》しながらのぼりはじめた。あたり一帯《いったい》は広々とした田園のような風景《ふうけい》で、道もなく、家も見えなかった。木々が点々と生えていたが、森になるほど密生《みっせい》してはいない。ほとんど木の生えていない草原地帯《ちたい》で育ったシャスタは、こんなにたくさんの木を見たことがなかったし、どれが何という木なのかも知らなかった。読者諸君《しょくん》がその場にいたならば、オーク、ブナ、シラカバ、ナナカマド、クリなどの木を見分けられたことだろう。一行が進む足もとからウサギたちがあちらこちらへ跳《は》ねて散《ち》り、ダマジカの群《む》れが木々のあいだを縫《ぬ》って逃《に》げていった。

「すばらしいところね！」アラヴィスが言った。

最初《さいしょ》の尾根《おね》まで来たとき、シャスタは馬上から後方をふりかえって見た。タシュバーンは影《かげ》も形もなかった。一行が通ってきた緑色の狭《せま》い渓谷《けいこく》を別《べつ》にすれば、砂漠《さばく》が地平まで広がっているばかりだった。

「ねえ！」シャスタがとつぜん声をあげた。「あれ、何だろう？」

「何って、何が？」ブリーもそう言いながら後ろをふりかえった。フインとアラヴィスも同じようにふりかえった。

「あれ」シャスタが指さした。「煙《けむり》みたいに見えるんだけど。火事かな？」

「砂嵐《すなあらし》じゃないかな」ブリーが言った。

「砂が巻《ま》き上がるほどの風は吹《ふ》いてないけど」アラヴィスが言った。

「あ！」フインが声をあげた。「見て！　光るものが見えます。ほら！　あれは、かぶとです……それに、鎧《よろい》も。しかも、動いています。こちらへ向かっています」

「タシュの神にかけて！」アラヴィスが言った。「軍隊《ぐんたい》だわ。ラバダシュよ」

「そうだろうと思いました」フインが言った。「わたしが心配していたとおりです。急いで！　先にアンヴァードに着かなければ！」それだけ言うと、フインはさっと前を向き、北へ向かって全力疾走《ぜんりょくしっそう》を始めた。ブリーも頭をぐいとあげて、同じく全力疾走しはじめた。

「早く！　ブリー！　急いで！」アラヴィスが肩《かた》ごしに叫《さけ》んだ。

馬たちには苛酷《かこく》な疾走《しっそう》だった。一つ尾根《おね》を越《こ》すたびに谷があり、そのまた先に尾根があった。それに、だいたい正しい方向へ進んでいることはわかっていたが、アンヴァードまであとどれくらいの距離《きょり》があるのか、誰《だれ》も知らなかった。二つ目の尾根から、シャスタはふたたび後方をふりかえった。さっきは砂漠《さばく》のかなり遠いところに見えた砂《すな》けむりが、いまはアリの集団《しゅうだん》のように動く黒いかたまりとなり、〈曲がり矢川〉のむこう岸にまで迫《せま》っていた。川を渡《わた》れる浅瀬《あさせ》を探《さが》しているのにちがいない。

「川まで来てるぞ！」シャスタは必死《ひっし》になって叫んだ。

「早く！　急いで！」アラヴィスが叫んだ。「先にアンヴァードに着かなかったら、ここまで来た意味がないでしょ！　ギャロップよ、ブリー、全力で飛《と》ばすのよ。あんた、軍馬《ぐんば》なんでしょ！」

シャスタも同じことを口走りそうになったが、「かわいそうに、ブリーだって全力でがんばってるんだから」と思って口をつぐんでいた。たしかに、ブリーもフインも、自分たちでは限界《げんかい》だと思うところまでがんばっていた。しかし、それは正真正銘《しょうしんしょうめい》の限界まで力を出しきることとはちがう。ブリーはフインに追いつき、二頭はひづめの音をとどろかせながら並《なら》んで草原を疾走《しっそう》した。フインにはもうこれ以上《いじょう》の疾走は無《む》理《り》なように見えた。

そのとき背後《はいご》から声が聞こえ、みんながはっとした。それは一行《いっこう》が覚悟《かくご》していた音——ひづめの音や鎧《よろい》かぶとのガチャガチャ鳴る音にカロールメン兵《へい》の鬨《とき》の声が混《ま》じった音——ではなかった。しかし、シャスタは聞いた瞬間《しゅんかん》にわかった。月夜に初《はじ》めてアラヴィスやフインと出会ったときに聞いたのと同じ、低《ひく》くうなるようなけものの咆哮《ほうこう》だった。ブリーもすぐにわかった。ブリーは目を血走らせ、耳を後ろにぴたりと倒《たお》していた。そして、このとき初めて、ブリーはそれまで自分がほんとうの全力疾走をしていなかったことを自覚《じかく》した。シャスタも、すぐにその変化《へんか》を感じ取った。いま、シャスタとブリーは正真正銘《しょうしんしょうめい》の全力で疾走していた。数秒でブリーはフインを大きく引《ひ》き離《はな》した。

「なんてことだ」シャスタは思った。「ここまで来ればライオンには出会わずにすむと思ったのに！」

シャスタは肩《かた》ごしにふりかえった。状況《じょうきょう》はあきらかだった。巨大《きょだい》な黄褐色《おうかっしょく》の生き物が地を這《は》うような低《ひく》い姿勢《しせい》で追いかけてくる。見知らぬ犬が庭にはいりこんだのを見たネコが芝生《しばふ》の上を走って木にかけのぼろうとするときのような身のこなしだ。ライオンはみるみる迫《せま》ってくる。

シャスタはふたたび前方に目を転じた。行く手に何かが見えたが、それが何なのかを頭で理解《りかい》している余裕《よゆう》もなければ考えている余裕もなかった。行く手をはばむように立ちはだかっているのは、高さ三メートルほどのなめらかな緑の壁《かべ》だった。その壁の真ん中に門があり、扉《とびら》は開いていた。門の中央に背《せ》の高い男の人が立っていた。足首まで届《とど》く枯葉色《かれはいろ》のゆったりとした衣《ころも》を着て、足ははだしで、まっすぐな杖《つえ》に寄《よ》りかかって立っていた。長いあごひげは膝《ひざ》まで届きそうなくらいあった。シャスタはその光景《こうけい》を一瞬《いっしゅん》で見て取り、ふたたび後ろをふりかえった。ライオンはフインに追いつき、フインの後ろ足をねらって嚙《か》みつこうとしていた。泡《あわ》のような汗《あせ》をかき目を大きく見開いたフインの顔には絶望《ぜつぼう》の色がうかんでいた。

「止まって！」シャスタはブリーの耳もとでわめいた。「もどるんだ！　助けに行かないと！」

あとになってこの話をするとき、ブリーはいつも、あのときの声は聞こえなかったか理解《りかい》できなかったのだ、と弁明《べんめい》したものだった。ブリーは概《がい》して非常《ひじょう》に正直な馬だったから、この言葉をそのまま信《しん》じるしかないだろう。

シャスタはあぶみから足を抜《ぬ》き、両足をブリーの左側《ひだりがわ》に垂《た》らして、ほんの一瞬《いっしゅん》だけためらったあと、馬から飛《と》び降《お》りた。ものすごい痛《いた》みに一瞬息が止まりそうになったが、けがのことなど考える前に、シャスタはよろめく足取りでアラヴィスを助けに走った。こんなことをするのは生まれて初《はじ》めてだったし、なぜそんなことをする気になったのかシャスタ自身にもわからなかった。

世にも恐《おそ》ろしい馬の悲鳴がフインの口からもれた。アラヴィスはフインの首にかがみこんで、刀を抜こうとしているように見えた。そのアラヴィスとフインとライオンがひとかたまりになってシャスタに迫《せま》ってきた。そして、シャスタと鉢合《はちあ》わせする直前、ライオンが後ろ足で立ちあがり、ライオンとは思えないような大きさに伸《の》びあがって、右の前足でアラヴィスに一撃《いちげき》を見舞《みま》った。シャスタの目に、鋭《するど》い爪《つめ》をむき出した恐ろしい前足がはっきり見えた。アラヴィスは悲鳴をあげ、鞍《くら》の上でぐらりと

YOUCHAN

揺《ゆ》れた。ライオンはアラヴィスの背中《せなか》に爪《つめ》を立てたのだ。シャスタは恐怖《きょうふ》のあまりほとんどわれを忘《わす》れて、よろめく足取りで野獣《やじゅう》に向かっていった。手には何の武器《ぶき》もなく、棒《ぼう》きれ一本、石ころ一個《こ》さえ持っていなかった。シャスタはライオンに向かって、犬でも追《お》っ払《ぱら》うように「あっち行け！　あっち行け！」と、めったやたらに叫《さけ》んだ。シャスタの目の前に大きく開いたライオンの恐《おそ》ろしい口が迫《せま》ってきた。が、次の瞬間《しゅんかん》、驚《おどろ》いたことにライオンは後ろ足で立ったまま急に動きを止め、もんどり打って転げたあと、立ちあがって走り去った。

シャスタはライオンがそれであきらめたとは思わなかったので、くるりと向きを変《か》え、緑の壁《かべ》に開いている門に向かって走った。そのときになって初《はじ》めて、自分の目がさっきその門を見たことを思い出した。フインはよろめきながらほとんど気絶寸前《きぜつすんぜん》で門をはいっていくところだった。アラヴィスはまだ馬にまたがっていたが、その背中は血まみれだった。

「おはいり、わが娘《むすめ》よ。さあ、おはいり」長い衣《ころも》をまとったひげの老人《ろうじん》が声をかけ、続《つづ》いて、息を切らして走ってきたシャスタに向かって「おはいり、わが息子《むすこ》よ」と声をかけた。シャスタが飛《と》びこんだあと、背後《はいご》で門の閉《し》まる音がした。ひげの老人《ろうじん》は、すでに馬から降《お》りるアラヴィスに手を貸《か》しているところだった。

そこは広い円形の土地の周囲《しゅうい》に緑の芝《しば》でおおわれた高い土塀《どべい》をめぐらした場所だった。シャスタの目の前に池があり、水を満々《まんまん》とたたえた水面は鏡《かがみ》のようになめらかで、水位《すいい》は地面とぴったり同じ高さまであった。池の端《はし》には巨木《きょぼく》が立ち、葉をしげらせて池の水面を葉蔭《はかげ》ですっかりおおっていた。それはシャスタが見たこともない大きくて美しい木だった。池のむこうには石造《いしづく》りの低《ひく》い小屋があり、厚《あつ》い草ぶき屋根はたいそう古いものに見えた。メエメエと声がしたので、見ると、敷地《しきち》の反対側《はんたいがわ》に数頭のヤギがいた。平らな地面はどこもかしこもとても細くて柔《やわ》らかい草におおわれていた。

「あの……あの……あなたは……アーケン国のルーン王ですか?」シャスタはハアハアと荒《あら》い息をつきながらたずねた。

老人は首を横に振《ふ》り、静《しず》かな声で答えた。「いいや。わしは南の国境《くにざかい》の仙人《せんにん》じゃ。わが息子《むすこ》よ、ものを問うて時間をむだにしてはならぬ。わしの言葉に従《したが》いなさい。

この娘御《むすめご》は傷《きず》を負うておる。馬たちは疲《つか》れきっておる。ラバダシュの軍《ぐん》はいましも〈曲がり矢川〉を渡《わた》ろうとしておる。いま、おまえさんが一息《ひといき》の休みも取らずに駆《か》けつづければ、ルーン王への警告《けいこく》に間に合うじゃろう」

この言葉を聞いて、シャスタは心がくじけそうになった。もうこれ以上《いじょう》がんばる力など残《のこ》っていない気がしたからだ。どうして自分はこんなに苛酷《かこく》で不当《ふとう》な役目を負わされるのだろう、というやりきれない思いが心の中にめばえた。人は往々《おうおう》にして、良《よ》いことをすれば、その結果《けっか》としてさらなる努力《どりょく》とさらなる結果を求《もと》められるものだということを、シャスタはまだ学んでいなかったのだ。けれども、シャスタが口に出した言葉は、次のひとことだけだった。

「王はどこにおられるのですか?」

仙人《せんにん》はくるりと後ろを向き、杖《つえ》で方向を示《しめ》した。「見なさい。あそこにもう一つの門がある。おまえさんがはいってきた門の、ちょうど真向かいにあたる。あの門を開け、まっすぐに進みなさい。何があろうと、まっすぐに。平らな土地も、険《けわ》しい土地も。踏《ふ》みならされた道も、岩だらけの道も。乾《かわ》いた土地も、濡《ぬ》れた土地も。わしの仙《せん》術《じゅつ》によれば、おまえさんはまっすぐ前方へ進んだ先でルーン王を見出《みいだ》す、と出ておる。だが、走るのじゃ。とにかく走れ。走るのじゃ」

シャスタはうなずいて、北の門へ向かって走りだし、そのまま門の外へ姿《すがた》を消した。そのあと、仙人《せんにん》はそれまでずっと左腕《ひだりうで》を貸《か》して支《ささ》えていたアラヴィスのからだを抱《だ》きかかえるようにして小屋へ連《つ》れていった。仙人が小屋から出てきたのは、それからずいぶん時間がたったあとだった。

「さて、いとこたちよ」仙人は馬たちに声をかけた。「こんどはおまえさんたちの番だ」

馬たちの返事を待たずに――実際《じっさい》、馬たちはものも言えないほど疲《つか》れはてていた――仙人は馬たちのくつわや手綱《たづな》や鞍《くら》をはずしてやった。そして、王の厩舎《きゅうしゃ》を任《まか》された馬丁《ばてぃ》でさえこれほどうまくはできないだろうというほど念入《ねんい》りに馬たちにブラシをかけてやった。

「さあ、いとこたちよ。心配ごとはすべて忘《わす》れて、くつろぎなさい。ここには水もあるし、草もある。ほかのいとこ、すなわちヤギたちの乳《ちち》をしぼったら、おまえさんたちに温かいマッシュを作ってあげよう」[2]
「あのう」フインがようやく声をしぼり出した。「タルキーナは助かるでしょうか？ライオンに殺《ころ》されてしまったのでしょうか？」
「わしは仙術《せんじゅつ》によって、いま現在《げんざい》起こっておることは、おおかたわかる」仙人《せんにん》は笑《え》顔《がお》で答えた。「しかし、この先に起こることは、わしの知りうる範囲《はんい》ではない。したがって、男であろうが、女であろうが、けものであろうが、きょうのこの日が暮《く》れようとするとき、この世の生きとし生けるもののうち誰《だれ》が生きておるかは、わしにはわからぬ。だが、希望《きぼう》はある。あの娘御《むすめご》はあの年齢《とし》の娘御にふさわしいだけの歳月《としつき》を生きるじゃろう」
意識《いしき》がもどったとき、アラヴィスはうつ伏《ぶ》せに寝《ね》かされていた。そこはむき出しの石の壁《かべ》に囲《かこ》まれたがらんとした涼《すず》しい部屋で、低《ひく》いベッドは驚《おどろ》くほど柔《やわ》らかだった。アラヴィスは、なぜ自分がうつ伏せで寝かされているのか理解《りかい》できなかったが、寝返《ねがえ》

2　オートムギやフスマを煮《に》た粥状《かゆじょう》の飼料《しりょう》。

りを打とうとした瞬間《しゅんかん》、背中《せなか》全体に灼《や》けるような激痛《げきつう》が走り、何が起こったかを思い出し、そしてなぜこうして寝《ね》かされているのかを理解《りかい》した。ベッドはとてもふかふかした気もちのいい詰《つ》め物《もの》がしてあり、アラヴィスにはそれが何なのかわからなかった。というのも、マットレスは中にヒースが詰めてあり（ヒースはマットレスには最《さい》高《こう》の詰め物だ）、アラヴィスはヒースという植物を見たこともなければ聞いたこともなかったからである。

ドアが開いて、仙人《せんにん》が部屋にはいってきた。手に大きな木のボウルを持っている。そのボウルをそっと下に置《お》いたあと、仙人はアラヴィスの枕《まくら》もとへ来て声をかけた。

「気分はどうじゃな、わが娘《むすめ》よ？」

「背中《せなか》がひどく痛《いた》みます、仙人様」アラヴィスは答えた。「でも、それ以外《いがい》はどこも悪いところはありません」

仙人はアラヴィスの枕もとにひざまずき、アラヴィスの額《ひたい》に手を当て、そのあと脈《みゃく》を取った。

「熱《ねつ》はないようじゃ」仙人が言った。「これならだいじょうぶ、あすには起きられるじゃろう。しかし、いまはこれを飲んで休みなさい」

仙人《せんにん》は木のボウルを取りあげて、アラヴィスの口もとに近づけてやった。一口飲んだアラヴィスは、思わず顔をしかめた。ヤギの乳《ちち》は、慣《な》れるまではかなり強烈《きょうれつ》な味がするものだ。しかし、アラヴィスはひどくのどが渇《かわ》いていたので、ヤギの乳を飲みほした。すると、ずいぶん気分が良《よ》くなった。

「さあ、娘《むすめ》よ、眠《ねむ》くなったらいつでも眠るがよい」仙人が言った。「傷口《きずぐち》は洗《あら》い、手当をしておいた。痛《いた》みは鋭《するど》いかもしれぬが、鞭《むち》で打たれた切《き》り傷《きず》ていどのものだ。ずいぶん変《か》わったライオンだったらしい。ふつうならば、おまえさんを鞍《くら》から引きずり下ろして牙《きば》を立てるはずなのに、かぎ爪《づめ》で背中《せなか》を引っかいただけじゃった。一〇本の引っかき傷じゃ。痛いだろうが、傷は深くはないし、命にかかわるようなものではない」

「なるほど。わたしは運が良かったということですね」アラヴィスが言った。

「娘よ」仙人が言った。「わしは今年で百と九つの冬をこの世で過《す》ごしてきたが、いまだ運などというものに出会ったためしはない。今回のことには、わしの理解《りかい》を超《こ》えたものがある。しかし、わしらが知る必要《ひつよう》があることならば、いずれ明らかになろう」

「ラバダシュと二〇〇騎《き》の軍隊《ぐんたい》は、どうなったのでしょうか？」アラヴィスが聞いた。

「こちらの道は通らぬものとみえる」仙人《せんにん》は言った。「いまごろ、ここよりはるか東寄《よ》りの地点で川を渡《わた》れる場所を見つけたにちがいない。そこから一気にアンヴァードへ向かうつもりなのじゃろう」

「かわいそうなシャスタ！」アラヴィスが言った。「ずいぶん遠い道のりを走らなければならないのですか？　シャスタのほうが先に着くでしょうか？」

「望みはある」仙人は答えた。

アラヴィスはふたたびベッドにからだを横たえ（こんどは横向きに寝《ね》た）、「わたし、長いあいだ眠《ねむ》っていたのでしょうか？　ずいぶん暗くなってきたように見えますが」とたずねた。

仙人は、一つだけある北向きの窓《まど》から外を眺《なが》めて答えた。「これは夜の暗さではない。〈嵐《あらし》が峰《みね》〉から雲が下りてきておるのじゃ。ここでは、空が荒《あ》れるときは、きまってそちらから変化《へんか》がやってくる。今夜は霧《きり》が深くなりそうじゃな」

翌日《よくじつ》、アラヴィスは背中《せなか》の痛《いた》みを別《べつ》にすれば気分がとても良《よ》くなったので、朝食（ポリッジとクリームだった）[3]のあと、仙人《せんにん》から起きあがってもよいと言われた。もちろん、アラヴィスは何よりも先に馬たちに声をかけに行った。空はすっかり晴れわたり、緑の土塀《どべい》に囲《かこ》まれた土地は全体が大きな緑色のカップのように日の光に満《み》たされていた。そこは人里離《ひとざとはな》れ、静《しず》かで、心の安まる場所だった。

フインはすぐに駆《か》け寄《よ》ってきて、アラヴィスに馬流のキスをあびせた。おたがいにからだの具合をたずね、よく眠《ねむ》れたかと気づかいあったあと、アラヴィスは「ブリーはどこにいるの？」と聞いた。

「むこうにいます」フインが鼻先で丸い敷地《しきち》の反対側《はんたいがわ》を示《しめ》した。「できれば、あなたから何か言葉をかけてやっていただきたいのですが。どうも様子がおかしいんです。わたしにはひとことも話してくれないんです」

3　オートミールなど穀物《こくもつ》の挽《ひ》き割《わ》りを水やミルクで柔《やわ》らかく煮《に》た粥《かゆ》のようなもの。

　アラヴィスとフインは、のんびりと歩いて様子を見にいった。ブリーは顔を土塀《どべい》のほうへ向けたまま地面に伏《ふ》せていた。アラヴィスたちが近づいてくる足音が聞こえたはずなのに、ふりかえりもしなければ、言葉も発しなかった。

「おはよう、ブリー」アラヴィスが声をかけた。「気分はどう？」

　ブリーは口の中で何かつぶやいたが、誰《だれ》にも聞き取れなかった。

「シャスタはたぶんルーン王のところまで間に合っただろう、って仙人様《せんにんさま》が言っておられたわよ」アラヴィスが言葉を続《つづ》けた。「どうやら、これでわたしたちの苦労《くろう》も終わりみたいね。やっとナルニアへ行けるのよ、ブリー！」

「俺《おれ》はナルニアには帰れない」ブリーが低《ひく》い声で言った。

「どうしたの、ブリー？　ぐあいでも悪いの？」アラヴィスがたずねた。

　ブリーはようやくふりむいた。その顔には、馬でなければできない打ちひしがれた表情《ひょうじょう》がうかんでいた。

「俺はカロールメンにもどるんだ」ブリーが言った。

「何ですって？　それじゃ奴隷《どれい》に逆《ぎゃく》もどりじゃないの！」アラヴィスが言った。

「ああ」ブリーが答えた。「俺《おれ》には奴隷《どれい》の身分がふさわしいのさ。とてもナルニアの自由《じゆう》な馬たちに合わせる顔なんてないよ。牝馬《ひんば》と少女と少年がライオンに食われるかもしれないってときに、俺は一目散《いちもくさん》に逃《に》げたんだ。自分の命がおしくて」

「わたしたち、みんな、必死《ひっし》に走っただけです」フインが言った。

「シャスタはちがった！」ブリーが鼻を鳴らした。「少なくとも、あいつは逆《ぎゃく》の方向へ走った。正しい方向へ走ったんだ。それを思い出すと、俺は恥《は》ずかしくて身の置《お》きどころもない。自分のことを軍馬《ぐんば》と呼《よ》んで、百戦錬磨《ひゃくせんれんま》と大見得《おおみえ》を切っていた俺が、人間のガキに負けるなんて。あんな、まだほんの子どもの、子馬も同然《どうぜん》の、剣《けん》を握《にぎ》ったこともなけりゃ、ろくな育ちでもなくて、しつけも満足《まんぞく》に受けていないようなガキに！」

「わかるわ」アラヴィスが言った。「わたしも同じ気もちだもの。シャスタはりっぱだったわ。わたしもあんたと同じくらい情《なさ》けない人間よ、ブリー。わたし、ずっとシャスタをバカにしてた。あんたたちに会って以来《いらい》ずっと、シャスタを見下《みくだ》していた。それなのに、いまとなってみたら、シャスタがわたしたちの中でいちばんりっぱな人間だったんだから。でもね、わたし、思うの。カロールメンに帰るよりは、ここに残《のこ》ってごめんなさいって謝《あやま》ったほうがいい、って」

「おたくはそれでいいさ」ブリーが言った。「おたくは面目《めんぼく》をつぶすようなことはしてないから。だけど、俺《おれ》は何もかも失《うしな》っちまったんだ」

「わが良《よ》き馬よ」いつの間にか仙人《せんにん》がそばへ来ていた。朝露《あさつゆ》のおりた柔《やわ》らかい草の上をはだしで歩いてきたので、足音がしなかったのだ。「わがいとこよ。おまえさんが失ったのは、うぬぼれだけじゃ。いや、聞きなさい、わがいとこよ。そんなふうに耳を寝《ね》かせてたてがみを振《ふ》るものではない。さっきのように謙虚《けんきょ》な気もちになっておるのならば、道理に耳を傾《かたむ》けることも学ばねばならぬぞ。おまえさんはもの言わぬ哀《あわ》れな馬たちの中で生きてきたせいで、自分がりっぱな馬だと思い上がるようになったが、実際《じっさい》にはそれほどでもなかったということじゃ。もちろん、おまえさんは、あの馬たちにくらべれば勇敢《ゆうかん》だし、頭も良い。それはしかたのないことじゃ。しかし、だからといって、ナルニアでも特別《とくべつ》な馬でいられるということにはならぬ。だが、自分が何も特別な存在《そんざい》ではないという自覚《じかく》を持っておるかぎり、まあだいたい、おまえさんはまともな馬として生きていけるじゃろうと、わしは思うよ。さて、おまえさんも、そちらの四本足のいとこも、台所の戸口へおいで。マッシュがまだ半分残《のこ》っておるよ」

11　気味の悪い道連《みちづ》れ

門から走り出たシャスタの行く手には、草やヒースの生えた斜面《しゃめん》がせり上がり、その先は木立ちになっていた。いまはもう何も考えることもなく、計画も必要《ひつよう》なかった。とにかく走ること。それだけで精一杯《せいいっぱい》だった。手足はぶるぶる震《ふる》え、脇腹《わきばら》が猛烈《もうれつ》に痛《いた》みはじめていたし、汗《あせ》がたえず落ちてきて目にはいり、前が見にくく、目がひりひり痛んだ。足もともふらついて、何度も浮石《うきいし》を踏《ふ》んで足首をくじきそうになった。

木々はそれまでとはちがってうっそうと生《お》いしげり、少し開けた場所にはシダ類《るい》が密生《みっせい》していた。太陽は雲に隠《かく》れたが、いっこうに涼《すず》しくならなかった。どうやらどんよりと蒸《む》し暑《あつ》い日になりそうで、いつもの倍も多くのハエやカゲロウが飛《と》びまわっていた。シャスタの顔にも虫がたかったが、それを払《はら》う手間さえおしかった。とにかく、走らなければ――。

そのときとつぜん、角笛《つのぶえ》の音が聞こえた。それはタシュバーンで聞いた人を驚《おどろ》かすような強烈《きょうれつ》な音ではなく、「ティロ・トット・ホー！」と聞こえる楽しげな音色《ねいろ》だった。まもなく、シャスタは森の中の開けた場所に出た。目の前にたくさんの人たちがいた。

少なくとも、シャスタの目には、たくさんの人たちに見えた。実際《じっさい》には、一五ないし二〇人ほどの貴族《きぞく》たちで、みな緑色の狩猟服《しゅりょうふく》を着て、馬に乗っていた。馬にまたがっている者もいれば、馬の横に立っている者もいた。中央に、誰《だれ》かの騎乗《きじょう》を手伝《てつだ》うためにあぶみを押《お》さえている者がいた。あぶみに足をかけようとしているのは、このうえなく陽気な表情《ひょうじょう》で頬《ほお》がリンゴのように赤く、きらきら輝《かがや》く瞳《ひとみ》をした太った王様だった。

シャスタの姿《すがた》を認《みと》めたとたん、王様は馬に乗ろうとしていたことなどすっかり忘《わす》れてしまったようで、顔を輝かせ両腕《りょううで》を大きく開いてシャスタを迎《むか》え、胸《むね》の底《そこ》から響《ひび》くような深く堂々《どうどう》とした声で言った。

「コリン！　わが息子《むすこ》よ！　なんと、徒歩《とほ》でまいったのか。しかも、そんなボロを着て。いったい——」

「ちがうんです」シャスタは息を切らしながら、首を横に振った。「ぼく、コリン王子じゃないんです。ぼく……ぼく……そっくりに見えることは知ってますけど……王子様にはタシュバーンでお目にかかりました……よろしく、と……」

王様は、顔にただならぬ表情《ひょうじょう》を浮《う》かべてシャスタを見つめた。

「あの、ルーン王……様……ですか？」シャスタはあえぎあえぎ言った。そして、相手の返事を待たずに、こう続《つづ》けた。「王様……逃《に》げてください……アンヴァードへ……城門《じょうもん》を閉《し》めて……敵《てき》が来ます……ラバダシュが二〇〇騎《き》を連《つ》れて」

「少年よ、それは確《たし》かな話なのか？」別《べつ》の貴族《きぞく》がたずねた。

「この目で見たんです」シャスタは言った。「見たんです。タシュバーンからずっと競走《きょうそう》してきたんです」

「徒歩で？」さっきの貴族が疑《うたが》わしげに眉《まゆ》をつりあげた。

「馬で……仙人《せんにん》のとこにいます」シャスタが言った。

「もう十分だ、ダーリン卿《きょう》」ルーン王が言った。「顔を見れば、真実を語っておることはわかる。行くぞ、おのおのがた。この少年に替《か》え馬《うま》を用意せよ。友よ、早駆《はやが》けはできるな？」

答えるかわりに、シャスタは引かれてきた馬のあぶみに足をかけ、ひらりとまたがった。ここ何週間ものあいだ、ブリーを相手にさんざん練習を積《つ》んできただけあって、最初《さいしょ》の晩《ばん》にブリーに乗ろうとして干《ほ》し草《くさ》の山によじ登ろうとしているみたいだとからかわれたころの動作とは見ちがえるほどの乗りっぷりだった。

うれしいことに、ダーリン卿がルーン王に言上《ごんじょう》する声がシャスタの耳に聞こえてきた。「陛下《へいか》、この少年はみごとな乗りかたが身についております。高貴《こうき》な血筋《ちすじ》にまちがいございません」

「その血筋が問題なのじゃ」王はそう言って、ふたたび灰色《はいいろ》の瞳《ひとみ》でシャスタをじっと見つめた。そのまなざしには何かを問いかけるような、何かをひたすら乞《こ》い願《ねが》うような色があった。

しかし、一行《いっこう》はすでに速いキャンターで走りだしていた。シャスタの乗りっぷりは文句《もんく》ないものだったが、悲しいかな、シャスタは手綱《たづな》の使いかたを知らなかった。ブリーに乗っているあいだ、一度も手綱を使ったことがなかったからだ。シャスタはそっと横目でほかの乗り手たちの手綱さばきを盗《ぬす》み見て（ちょうど、わたしたちがパーティーでどのナイフやフォークを使えばいいか迷《まよ》ったときに周囲《しゅうい》の人々の手もとをそっと見るのと同じだ）要領《ようりょう》をおぼえようとした。とはいっても、シャスタはあえて馬に指示《しじ》を出そうとはしなかった。自然《しぜん》とほかの馬たちについていくだろうと思ったのだ。シャスタがあてがわれた馬はもちろん普通《ふつう》の馬で、〈もの言う馬〉ではなかったが、背中《せなか》にまたがった見知らぬ少年が鞭《むち》も持っていなければ靴《くつ》に拍車《はくしゃ》もつけておらず、手綱の扱《あつか》いにまるっきり慣《な》れていないということを感じとるだけの知恵《ちえ》はそなえていた。そんなわけで、シャスタはすぐに行列の最後尾《さいこうび》をついていく羽目《はめ》になった。

それでも、初《はじ》めのうち、シャスタの馬はけっこうなスピードで走っていた。いまはもう顔にハエがたかることもなく、頬《ほお》をなでる風が爽快《そうかい》だった。肩《かた》で息をしていた呼《こ》吸《きゅう》も楽になったし、ルーン王に急を知らせるという任務《にんむ》もぶじに果《は》たした。タシュバーンに着いて以来初《いらいはじ》めて（もう、はるかむかしのことのように思えた！）、シャスタは楽しく感じる余裕《よゆう》が出てきた。

山頂《さんちょう》がどれくらい近くに見えるようになっただろうと思って、シャスタは上のほうを眺《なが》めてみた。しかし、残念《ざんねん》ながら何も見えず、ぼんやりとした灰色《はいいろ》のかたまりがこちらへ押《お》し寄《よ》せてくるのが見えただけだった。山地を知らないシャスタは驚《おどろ》いた。

「あれは雲なのか」シャスタは思った。「雲が下りてきてるんだ。ふーん、そうなのか。こういう高いところまで来ると、実際《じっさい》には空にいるのと同じなんだな。雲の中がどうなってるのか、これから見えるんだ。楽しみだな！　ずっと見たいと思ってたんだ」シャスタのはるか左手やや後方に太陽が沈《しず》もうとしていた。

一行《いっこう》は起伏《きふく》の多い山道にさしかかり、かなりのスピードで馬を駆《か》けさせていた。シャスタの馬はあいかわらず最後尾《さいこうび》を走っていた。一度か二度、道が曲がる地点にさしかかったとき（道の両側《りょうがわ》にはうっそうとした森が続《つづ》いていた）、シャスタは一、二秒のあいだ前を行く馬たちを見失《みうしな》った。

そのうちに、一行は霧《きり》の中につっこんでいった。というより、霧が流れてきて一行を飲みこんだと言ってもいい。どこもかしこも灰色一色《はいいろ》になった。シャスタは雲の中がこれほど寒く湿《しめ》っているものだとは知らなかった。それに、とても暗かった。灰色の世界は恐《おそ》ろしいくらいの速さでぐんぐん暗くなっていった。

隊列《たいれつ》の先頭がときどき角笛《つのぶえ》を鳴らして合図してくれていたが、角笛が鳴るたびに音がだんだん遠くなっていくのがわかった。シャスタのところからはもう前を行く者たちの背中《せなか》がまったく見えなくなったが、次のカーブを曲がればすぐにまた見えるようになるだろうと思っていた。ところが、道を曲がっても、前を行く者たちの姿《すがた》は見えなかった。というより、周囲《しゅうい》がまったく何も見えなくなっていた。馬は歩きはじめてしまった。「行けよ、こら、行けったら！」シャスタは馬に声をかけた。そのとき、角笛が聞こえた。やっと耳に届《とど》くほどのかすかな音だった。ブリーはいつもシャスタにかかとを外に向けて乗るように、と言っていた。だから、かかとで馬の脇腹《わきばら》を押《お》すと何かたいへんなことが起こるんだろうな、とシャスタは思っていた。こうなったら、それを試《ため》してみるしかない。「いいか、こら」シャスタは馬に話しかけた。

「ちゃんと走らないと、どうなるかわかってんのか？　かかとでおまえを蹴《け》とばしちゃうぞ。うそじゃないからな」しかし、馬はいっこうに脅威《きょうい》を感じていないようだった。そこで、シャスタは鞍《くら》の上でしっかりと両膝《りょうひざ》を締《し》め、歯を食いしばり、左右のかかとで思いきり馬の脇腹《わきばら》に蹴《け》りを入れた。

で、どうなったかというと、馬は五、六歩ばかり速歩《はやあし》のような走りかたをしてみせたあと、すぐにまた常歩《なみあし》にもどってしまった。あたりはすっかり暗くなり、角笛《つのぶえ》の音ももう聞こえなくなった。耳に聞こえてくるのは、木々の枝先《えださき》からたえまなくしたたり落ちる水滴《すいてき》の音だけだった。

「まあいいや、歩きでも、そのうちどっかには着くだろう」シャスタは思った。「ラバダシュの軍隊《ぐんたい》と出くわさなけりゃいいんだけど」

そんな調子で、ずいぶん長いあいだ、シャスタの馬はあいかわらずの常歩で進んでいった。シャスタはだんだん馬に愛想《あいそ》がつき、腹《はら》もすいてきた。

やがて、道路が二股《ふたまた》に分かれているところにやってきた。どっちがアンヴァードに続《つづ》く道なのだろうかと考えていたとき、後方から音が聞こえてきて、シャスタはハッとした。それは速歩で駆《か》けてくるひづめの音だった。「ラバダシュだ！」シャスタは思った。ラバダシュがどっちの道を取るのか、わかるはずもない。「でも、とにかくどっちかによければ、ラバダシュがちがうほうの道を通るかもしれない。ここにいたんじゃ、連中《れんちゅう》につかまっちゃうだけだ」シャスタは馬から降《お》り、馬を引いて大急ぎで右側《みぎがわ》の道にはいった。

騎兵隊《きへいたい》の足音はぐんぐん近づいてきて、一、二分のうちに道が二股《ふたまた》に分かれるところまで来たのがわかった。シャスタは息をひそめて、騎兵隊がどちらの道を取るか、うかがっていた。

「止まれ！」と低《ひく》い声がした。続《つづ》いて馬たちのたてる物音が聞こえた——荒《あら》い鼻息、ひづめで地面を打つ音、くつわを噛《か》む音、乗り手が馬の首すじをたたいてねぎらう音。そして、ふたたび声が響《ひび》いた。

「聞け、皆《みな》の者。ここからアンヴァード城《じょう》まで、残りわずか二〇〇メートルである。命令《めいれい》をいまいちど確認《かくにん》せよ。あすの夜明けまでにはナルニアに到達《とうたつ》できる予定であるが、殺害《さつがい》はできるかぎり避《さ》けるように。今回の作戦《さくせん》においては、ナルニア人の血の一《いっ》滴《てき》はおまえたちの血五リットルに相当するものと思え。ただし、これは今回の作戦にかぎってのことである。いずれ、神々の思《おぼ》し召《め》しにより、存分《ぞんぶん》に戦《たたか》える日が来るであろう。そのときには、ケア・パラヴェルから〈西の荒《あ》れ野《の》〉に至《いた》るまで、一人《いちにん》たりとも残《のこ》さず殲滅《せんめつ》するがよい。だが、わが軍《ぐん》はまだナルニア領内《りょうない》にはいってはおらぬ。ここアーケン国においては、話は別《べつ》だ。ルーン王の城《しろ》を襲撃《しゅうげき》するにあたっては、スピードがすべてである。皆《みな》の者、全力でかかれ。一時間以内《いない》に城を落とすのだ。城が落ちたら、すべておまえたちのものとするがよい。わたしは一つとして戦利品《せんりひん》を手にするつもりはない。城内《じょうない》で見つけた蛮族《ばんぞく》の男どもは、皆殺《みなごろ》しにせよ。きのう生まれた赤子であっても、容赦《ようしゃ》なく殺せ。それ以外《いがい》は、すべておまえたちの好《す》きなように分配してよい。女、黄金《こがね》、宝石《ほうせき》、武器《ぶき》、酒、すべて好きにするがよい。城門《じょうもん》で二の足を踏《ふ》むような者は火あぶりの刑《けい》に処《しょ》すから、そのつもりでかかれ。絶対《ぜったい》にして侵《おか》すべからざるタシュの御名《みな》において――進め！」

盛大《せいだい》なひづめの音を響《ひび》かせて隊列《たいれつ》が動きだし、シャスタはようやく一息つくことができた。ラバダシュの軍はシャスタとは別の道を進んでいった。

目の前を通っていく隊列は、シャスタにはずいぶん長く感じられた。朝からずっと

「二〇〇騎《き》の軍隊《ぐんたい》」と言葉ではくりかえしていたものの、それが実際《じっさい》にどのくらいの規模《きぼ》のものなのか、シャスタはわかっていなかったのである。しかし、そのうちにようやく騎馬隊《きばたい》の音が遠のき、ふたたび木々の枝先《えださき》からしたたる水滴《すいてき》の音に囲《かこ》まれて、シャスタは一人ぼっちになった。

これでアンヴァードへ行く道はわかったが、もちろん、そっちへ向かうわけにはいかなかった。そんなことをすれば、ラバダシュの軍《ぐん》につっこむだけだ。「ぼく、どうすればいいんだろう?」シャスタは考えたが、とりあえず馬にまたがり、どこかで小屋でも見つけて休ませてもらい何か食べさせてもらえればいいや、と思いながら、自分が選《えら》んだ右側《みぎがわ》の道を進みはじめた。もちろん、アラヴィスやブリーやフインがいる仙人《せんにん》のところへもどることも考えなかったわけではないが、それは無理《むり》だった。いまでは方角がまるっきりわからなくなっていたのだ。

「どっちにしても、この道だってどこかには通じてるわけだから」シャスタはつぶやいた。

しかし、問題は、道がどこに通じているかであった。シャスタがたどりはじめた道はどんどん木立ちが深くなり、ますます暗くなって、木《こ》の葉《は》からしたたる水滴《すいてき》が繁《しげ》くなり、空気がぐんぐん冷《ひ》えてきた。そして、身を切るように冷《つめ》たい風が霧《きり》を吹《ふ》きつけてきて、そのくせ奇妙《きみょう》なことに、どれだけ風が吹いても霧が晴れないのだった。山地の気候《きこう》に慣《な》れている人間ならば、この状況《じょうきょう》を見て自分がとても標高《ひょうこう》の高い地点、おそらく峠《とうげ》にさしかかっているのだとわかったかもしれないが、シャスタは山については何ひとつ知識《ちしき》がなかった。

「ひとつだけまちがいないのは、この世にぼくほど運の悪い人間はいないってことだ」と、シャスタはつぶやいた。「ほかのみんなはうまくいくのに、ぼくだけ、なんでだろう？　ナルニアの貴族《きぞく》の人たちはぶじにタシュバーンから脱出《だっしゅつ》できたのに、ぼくだけ置《お》いてきぼりにされた。アラヴィスとブリーとフインはあの仙人《せんにん》のところでゆっくり休んでいるのに、ぼくだけ使いに出された。ルーン王と家来《けらい》の人たちはぶじにお城《しろ》に着いてラバダシュが襲《おそ》ってくるより前に門を閉《し》めることができたのに、ぼくだけ取《と》り残《のこ》された」

ひどく疲《つか》れていたのとお腹《なか》がすいていたことで、シャスタはわが身が哀《あわ》れに思えてきて、涙《なみだ》が頬《ほお》を伝《つた》った。

そんな思いを吹《ふ》き飛《と》ばしたのは、だしぬけに襲《おそ》ってきた恐怖《きょうふ》だった。シャスタは、誰《だれ》か、あるいは何かが自分と並《なら》んで歩いていることに気づいたのだ。あたりは真っ暗な闇《やみ》で、目をこらしても何も見えなかった。そのもの（あるいは人）はとても忍《しの》びやかに動いていたので、シャスタにはほとんど足音さえ聞こえなかった。聞こえたのは、息づかいだった。となりを歩いている目に見えない何者かは、とても深い息づかいをしていた。きっとものすごく大きな生き物なのだろう、とシャスタは思った。いつからその息づかいが聞こえていたのか、シャスタにはわからなかった。気づいたら、何者かがとなりで息をしていたのだ。それは恐《おそ》ろしいショックだった。

北の国々には巨人《きょじん》がいるという話をずっとむかしに聞いたことをシャスタは急に思い出し、恐怖に唇《くちびる》をかみしめた。しかし、とんでもなく恐ろしい状況《じょうきょう》におちいったおかげで、頬を流れていた涙は止まった。

となりを歩くもの（人でないとすれば）はほとんど物音をたてなかったので、シャスタは、これが気のせいであってくれればいい、と思いはじめた。うん、きっと気のせいにちがいない――そう思いはじめたところへ、となりの暗闇《くらやみ》から深く長いため息が聞こえた。やっぱり気のせいではなかったのだ！　とにかく、シャスタは温かいため息が自分の凍《こご》えた左手に吹《ふ》きかかったのを感じた。

もし、いま乗っている馬が思いどおりに動いてくれるなら――というより、シャスタが馬を思いどおりに操《あやつ》れるのならば――シャスタはいちかばちかで馬に全力疾走《ぜんりょくしっそう》させて相手を引《ひ》き離《はな》そうとしたことだろう。けれども、この馬を全速力で走らせることなどできないのはわかっていたので、シャスタは常歩《なみあし》のまま進んでいった。目に見えぬ旅の連《つ》れは、あいかわらずシャスタと並《なら》んで歩き、となりで息をしていた。とう
とう、シャスタは沈黙《ちんもく》に耐《た》えきれなくなった。

「おまえは何者なんだ？」シャスタはささやくような小さな声で言った。

「あなたが話すのをずっと待っていた者だ」と答えが返ってきた。それは大きな声ではなかったが、堂々《どうどう》とした低《ひく》い声だった。

「おまえは……おまえは巨人《きょじん》なのか？」シャスタが聞いた。

「そう呼《よ》んでくれてもかまわないが、わたしはあなたがたが『巨人』と呼ぶ生き物と

YOUCHAN

はちがう」と〈堂々《どうどう》たる声〉が答えた。

「ぼくにはおまえの姿《すがた》が見えない」シャスタは懸命《けんめい》に目をこらしたあと、そう言った。そう言いながら、もっと恐《おそ》ろしい考えが頭をかすめたので、シャスタはほとんど悲鳴のような声をあげた。「まさか、死んだ……幽霊《ゆうれい》じゃないよね？　頼《たの》むから、どっかへ行ってよ。ぼくが何をしたって言うんだ？　ああ、ぼくは何て運の悪い人間なんだ！」

ふたたびシャスタの手と顔に温かい息が吹《ふ》きかけられた。となりを歩くものが言った。「どうかな？　これは幽霊の息ではないだろう？　あなたが心に抱《いだ》いている悲しみを話してみなさい」

シャスタは吹きかけられた息の温かさに少し安心し、自分の身の上を語った。ほんとうの父親と母親が誰《だれ》なのか知らないこと。漁師《りょうし》に厳《きび》しく育てられたこと。その漁師のもとから逃《に》げ出《だ》したこと。ライオンに追われて命からがら海を泳いで渡《わた》ったこと。タシュバーンの街《まち》でたくさん危険《きけん》な目にあったこと。王墓《おうぼ》のそばで一夜を明かしたこと。砂漠《さばく》のけものたちに吼《ほ》えられたこと。砂漠の旅で暑さと渇《かわ》きに苦しんだこと。もう少しで目的地《もくてきち》に着くというところでまたライオンに追われてアラヴィスが傷《きず》を負ったこと。それと、ずいぶん長いあいだ何も食べていないこと……。

「あなたを不運《ふうん》だとは思わない」〈堂々《どうどう》たる声〉が言った。

「あんなにたくさんのライオンに出くわしたのに、運が悪くないって言うの？」シャスタが言った。

「ライオンは一頭だけだ」〈声〉が言った。

「何言ってんの？　いま話したばかりだろ、最初《さいしょ》の晩《ばん》、少なくとも二頭のライオンがいた、って。それに――」

「ライオンは一頭だけだ。ただし、そのライオンは足が速かったのだ」

「どうして、そんなことわかるのさ？」

「わたしがそのライオンだからだ」シャスタは口を開いたまま言葉を失っていた。〈声〉は続《つづ》けた。「あなたを追いかけてアラヴィスと合流させたライオンは、わたしだ。死者の家のそばであなたに寄《よ》り添《そ》ったネコは、わたしだ。あなたが眠《ねむ》っていたあいだ、ジャッカルを遠ざけておいたライオンは、わたしだ。あなたがルーン王への知らせに間に合うよう馬たちに最後《さいご》の一キロで恐怖《きょうふ》を与《あた》えて新たなる力を発揮《はっき》させたライオンは、わたしだ。そして、あなたはおぼえていないだろうが、死に瀕《ひん》した赤子の乗る小舟《こぶね》を岸まで押《お》していき、夜中に眠《ねむ》れずに海辺《うみべ》にすわっていた男の手に委《ゆだ》ねたライオンも、このわたしだ」

「じゃあ、アラヴィスを傷《きず》つけたのも?」

「わたしだ」

「いったい何のために?」

「子よ」〈声〉が答えた。「わたしはあなたに向かってあなたのことを語るのであり、彼女《かのじょ》のことを語るのではない。わたしはその人自身にかかわることのみを語る」

「あんた、何者?」シャスタが聞いた。

「わたし自身である」低《ひく》く深い〈声〉が大地を揺《ゆ》るがして響《ひび》いた。さらにもう一度、「わたし自身である」という声が大きく朗々《ろうろう》と響いた。そして、三度目に発せられた「わたし自身である」という声はこのうえなく優《やさ》しいささやきであり、ほとんど聞き取れないくらいひそやかな声であったにもかかわらず、まるで周囲《しゅうい》の木々が葉ずれの音をたてたように四方八方からシャスタを包《つつ》みこんだ。シャスタはもう〈声〉を恐《おそ》れていなかった。自分を食《く》い殺《ころ》すものの声だとも思わなかったし、幽霊《ゆうれい》の声だとも思わなかった。かわりに、それまでとはちがう新しいおののきが全身を震《ふる》わせていた。にもかかわらず、歓《よろこ》びに満《み》ちた気もちだった。霧《きり》が黒から灰色《はいいろ》に変《か》わり、灰色から白へと変わりはじめていた。そうした変化《へんか》はすでに少し前から起こっていたにちがいないのだが、となりを歩く存在《そんざい》と言葉をかわしているあいだ、シャスタはほかのことには何ひとつ気づかなかったのだ。いま、自分を包む白い霧が白い輝《かがや》きに変わるのを見て、シャスタはまばたきを始めた。どこか先のほうで鳥のさえずる声がした。ようやく夜が明けはじめたのだ。自分が乗っている馬のたてがみや耳や頭がはっきりと見えるようになってきた。左のほうから金色の光が差《さ》していた。太陽の光だろう、とシャスタは思った。

左のほうへ目をやると、並《なら》んで歩いているのは、馬よりも背《せ》の高いライオンだった。馬はライオンを恐れていないようだった。あるいは、見えていないのかもしれなかった。金色の光を放っているのは、ライオンだった。それは見たこともないほど恐ろしく、そして美しい生き物だった。

　さいわいなことにシャスタはカロールメンの南のはずれで育ったので、ライオンの形をしてあらわれるナルニアの恐《おそ》ろしい悪魔《あくま》についてタシュバーンでささやかれている話は耳にしたことがなかった。もちろん、偉大《いだい》なるライオンであり、大海のかなたにあらせられる大帝《たいてい》の息子《むすこ》であり、ナルニアのあらゆる上級王の上に君臨《くんりん》する王たるアスランについて、真実《しんじつ》も何ひとつ知らなかった。けれども、ライオンの顔を一目見たとたん、シャスタは鞍《くら》から滑《すべ》り落《お》ち、ライオンの足もとにしゃがみこんだ。ひとことも言葉を発することはできなかったが、言葉を発したいとも思わず、その必要《ひつよう》もないとわかっていた。

　すべての王を統《す》べる〈至高《しこう》の王〉がシャスタのほうへ身をかがめた。シャスタの目の前にたてがみが迫《せま》り、たてがみのあたりにただよう不思議《ふしぎ》で荘厳《そうごん》な香《かお》りがシャスタを包《つつ》んだ。ライオンはシャスタの額《ひたい》を舌《した》で舐《な》めた。シャスタは顔を上げた。すると、ライオンと目が合った。その瞬間《しゅんかん》、霧《きり》のおぼろげな輝《かがや》きとライオンのすさまじい輝きとが混《ま》じりあってまばゆいばかりの光の渦《うず》となり、ひとまとまりになったと思ったら、すっと消えた。シャスタと馬は草の生えた丘《おか》の斜面《しゃめん》に取《と》り残《のこ》され、頭の上には青い空が広がっていた。どこかで小鳥のさえずる声がした。

12　ナルニアでのシャスタ

「あれはぜんぶ夢《ゆめ》だったのだろうか?」シャスタは考えた。しかし、夢であるはずはなかった。目の前の草むらに大きなライオンの右前足の跡《あと》が深々と残《のこ》っていたからだ。これほどの足跡を残す動物はどんなに重いのだろうと考えるだけで、息が止まりそうだった。しかし、足跡の大きさよりもっと驚《おどろ》くべきことがあった。シャスタが見つめるその目の前で、足跡の底《そこ》にすでに水がたまりはじめていたのだ。そして、見る間に水は足跡の縁《ふち》までいっぱいにもりあがり、やがてあふれ出て小さな流れとなり、草むらを流れはじめた。

シャスタはかがんで心ゆくまで水を飲み、水に顔をひたし、頭から水をかぶった。とても冷《つめ》たくガラスのように澄《す》みきった水で、それだけでずいぶん元気が出た。そのあと、シャスタは立ちあがり、耳にはいった水を振《ふ》り落《お》とし、濡《ぬ》れた髪《かみ》を額《ひたい》からかきあげた。そして、あたりのようすを見まわした。

まだ朝の早い時刻《じこく》のようだった。太陽が顔を出したばかりで、右手の方角に低《ひく》く連《つら》なる森のかなたに朝日が見えた。シャスタが目にしているのは、それまで見たこともない風景《ふうけい》だった。緑濃《こ》い渓谷《けいこく》のあちらこちらに森や林があり、木々のあいだから北西の方向へ曲がりくねって続《つづ》く川の流れがきらきらと光って見えた。谷を越《こ》したむこう側《がわ》も高く険《けわ》しい岩場になっていたが、前の日に見た山々ほど高くはなかった。シャスタには、だんだんと自分のいる場所がわかってきた。ふりかえって背後《はいご》を見ると、自分が立っている斜面《しゃめん》は、はるかに高い山々の連《つら》なりを下ってきたところだった。

「なるほど」シャスタはつぶやいた。「この大きな山脈《さんみゃく》がアーケン国とナルニアの国《こっ》境《きょう》なんだな。きのう、ぼくはこの山脈のむこう側にいた、ってことだ。夜のあいだに峠《とうげ》を越えたんだ。運が良《よ》かったな！　いや、運じゃなくて、あのライオンのおかげか。これで、いま、ぼくはナルニアにいることになるんだ」

シャスタは馬のほうをふりかえり、鞍《くら》やくつわや手綱《たづな》をはずしてやった。「おまえ、最低《さいてい》の馬だけどな」と言いながら。馬のほうはシャスタの言葉などまったく意に介《かい》さず、すぐに草を食《は》みはじめた。馬はシャスタをなめてかかっているようだった。

「ああ、ぼくも草が食べられたらいいのに！」シャスタは思った。「いまからアンヴァードにもどっても、しょうがないし。いまごろ城攻《しろぜ》めの真《ま》っ最中《さいちゅう》だろうから。ここから谷をもっと下っていって、何か食べるものを探《さが》そう」

シャスタは谷を下りはじめた。夜露《よつゆ》に濡《ぬ》れた草が、はだしの足にひどく冷《つめ》たく感じられた。やがて、シャスタは森にさしかかった。森の中にけもの道があり、その道をたどって何分も進まないうちに、ゼイゼイとしわがれた声が話しかけてきた。

「おはよう、おとなりさん」

誰《だれ》が声をかけてきたのかと、シャスタはきょろきょろ周囲《しゅうい》を見まわした。すると、黒っぽい顔をしたとげだらけの生き物が木のあいだから姿《すがた》をあらわした。それは人にしては小さいけれど、ハリネズミにしてはものすごく大きい生き物で、でもやはりハリネズミだった。

「おはよう」シャスタは返事をした。「だけど、ぼく、おとなりさんじゃないんだよ。

ここに来たのは、初《はじ》めてで」

「ほぉ?」ハリネズミが聞き返した。

「ぼく、山を越《こ》えてきたんだ。アーケン国から。わかる?」

「ああ、アーケン国ね」ハリネズミが言った。「そりゃ、えらく遠いところの話だ。あたしゃ一度も行ったことがなくてね」

「それと、あと、誰《だれ》かに伝《つた》えたほうがいいと思うんだけど」シャスタは言った。「残《ざん》忍《にん》なカロールメン軍《ぐん》がいま、まさにいま、アンヴァードを攻撃中《こうげきちゅう》なんだ」

「まさか!」ハリネズミが言った。「考えてもごらんなさいよ。カロールメン国は何百キロも何千キロも遠く離《はな》れたところにあるって話じゃないですか。この世の果《は》ての。しかも、大きな大きな砂《すな》の海を越した先にあるって話だし」

「そっちが考えてるほど遠くじゃないんだよ」シャスタは言った。「とにかく、アンヴァードが攻撃されてるんだ。何とかしたほうがいいんじゃないの? 上級王に知らせるとか」

「たしかに、たしかに。何かすべきだろうね」ハリネズミが言った。「だけどさ、あたしゃこれから一日ぐっすり眠《ねむ》りに帰るところだし。おや、おとなりさん！」

最後《さいご》の挨拶《あいさつ》は、ビスケット色をしたものすごく大きなウサギに向けられたものだった。ウサギはけもの道のそばのどこかからひょいと顔をのぞかせたところだった。ハリネズミはただちにウサギに向かってシャスタから聞いた話をくりかえした。それがたいへんなニュースであるという点について、そして誰《だれ》かがこのことを誰かに伝《つた》えて何か手を打つべきであろうという点について、ウサギもハリネズミとまったく同じ意見だった。

そんなふうにして、話が広まっていった。数分ごとに新しい生き物が姿《すがた》を見せた。頭上の枝《えだ》から声をかけてくる者もいれば、足もとの地面に掘《ほ》った小さな穴《あな》から姿をあらわす者もいた。そのうちに、評定《ひょうじょう》に加《くわ》わった面々はウサギ五匹《ひき》、リス一匹、カササギ二羽《わ》、ヤギの足をしたフォーンが一人、ネズミ一匹になった。全員が同時に口を開き、全員がハリネズミと同じ意見だった。じつのところ、白い魔女《まじょ》の支配《しはい》とナルニアの冬が終わり、上級王ピーターがケア・パラヴェルにて国を治《おさ》めるようになって以《い》来《らい》、ナルニアの森の生き物たちは安全で幸福な生活に慣《な》れてしまって、いささか緊《きん》張感《ちょうかん》を欠《か》いていたのだった。

しかし、ようやく、小さな森の中でも少し気のきいた者たちが姿《すがた》を見せた。一人は赤ドワーフ族の者で、ダッフルという名前だった。もう一人はうるんだ大きな目をした美しく気品のある雄《お》ジカで、脇腹《わきばら》にまだら模様《もよう》があり、二本の指ではさめば折《お》れそうなくらいに細くしなやかな足をしていた。

「何だと！」聞いたとたんにドワーフが大声をあげた。「そうだとするならば、こんなところでのんびり立ち話をしておる場合ではなかろうが！　アンヴァードに敵《てき》の襲撃《しゅうげき》だと？　すぐにケア・パラヴェルに知らせねば！　軍《ぐん》を召集《しょうしゅう》せねば！　ナルニアはルーン王を助けに向かわねばならん！」

「はぁ」ハリネズミが言った。「けど、上級王はケア・パラヴェルにはおられんでしょ。巨人征伐《きょじんせいばつ》のために北へ向かって出陣《しゅつじん》されたんだから。そうだ、巨人といえば、皆《みな》さん、おもしろい話がありましてね――」

「使いは誰《だれ》が行く？」ハリネズミのおしゃべりをさえぎって、ドワーフが声をあげた。

「わしよりも足の速い者は？」

「足の速さなら、わたしです」雄《お》ジカが言った。「使者の口上《こうじょう》は？　カロールメン軍の人数は？」

「二〇〇人。率《ひき》いるのはラバダシュ王子。それから――」

ぜんぶを聞く前に雄ジカはすでに四本の足を宙《ちゅう》に浮《う》かせて走りだしており、お尻《しり》の白い毛が遠くの木立ちのあいだへ消えていった。

「どこへ行くつもりかね」ウサギが言った。「上級王はケア・パラヴェルにはおられないのに」

「ルーシー女王がおられるさ」ダッフルが言った。「それに……あれ！　この人間、どうしたんだ？　顔が土気色《つちけいろ》になってるぞ。えらく弱ってるじゃないか。きっと、腹《はら》ぺこなんだろう。お若《わか》いの、最後《さいご》に食事したのは、いつだった？」

「きのうの朝」シャスタは弱々しい声で答えた。

「それはいかん。家《うち》へおいでなさい」ドワーフは言うが早いか太くて短い腕《うで》をシャスタの腰《こし》に回して支《ささ》えた。「森の皆《みな》さんよ、誰《だれ》も気がつかなんだとは面目《めんぼく》ないことだ。さ、お若い方、わたしといっしょにおいでなさい。朝食をさしあげよう！　おしゃべりしておる場合ではないわ」

大騒《おおさわ》ぎして自分の至《いた》らなさを責《せ》めながら、ドワーフはシャスタを抱《かか》えるようにして支《ささ》え、森のさらに奥《おく》に向かって斜面《しゃめん》をけっこうなスピードで下っていった。このときのシャスタには長すぎて体力的《たいりょくてき》につらい距離《きょり》だったが、足がガクガク震《ふる》えはじめたころ、二人は森を抜《ぬ》けて丘《おか》の中腹《ちゅうふく》の開けた場所に出た。そこには小さな家が建《た》っていて、煙突《えんとつ》から煙《けむり》が出ており、ドアは開いていた。戸口まで来たところでダッフルが声をかけた。

「よう、きょうだい！　朝食にお客さんだ」

すぐに、家の中からジュージューという炒《いた》め物《もの》の音と、すばらしくおいしそうなにおいが漂《ただよ》ってきた。シャスタにとっては初《はじ》めて嗅《か》ぐにおいだったが、読者諸君《しょくん》にはおなじみのにおいだと思う。それはベーコンと卵《たまご》とマッシュルームをフライパンで炒めるにおいだった。

「頭に気をつけて」と警告《けいこく》したダッフルの声は一瞬《いっしゅん》遅《おそ》すぎて、シャスタはおでこを戸口の横木に思いっきりぶつけた。「さて、さて」ドワーフが続《つづ》けた。「おすわりなさい。テーブルが低《ひく》すぎると思うが、腰《こし》かけも低すぎるから、ちょうどいいだろう。そう、それでいい。さあ、ポリッジを召《め》し上《あ》がれ。ここにクリームもあるし、ほら、スプーンもある」

シャスタがポリッジを食べおわるころには、ドワーフの二人のきょうだい（名前は片方《かたほう》がロギン、もう一方がブリックルサムだった）がベーコンと卵《たまご》とマッシュルームの炒《いた》め物《もの》をテーブルにのせ、コーヒーポットや熱々《あつあつ》のミルクやトーストなどもテーブルに並《なら》んだ。

どれもカロールメンで食べていたものとはまるでちがう料理《りょうり》で、シャスタには目をみはるものばかりだった。スライスした茶色い食べ物が何かさえ、シャスタは知らなかった。トーストというものを見たことがなかったのだ。ドワーフたちがトーストに塗《ぬ》りつけている黄色くて柔《やわ》らかいものが何なのかも、シャスタは知らなかった。カロールメンではバターではなく油が使われていたからだ。それに、ドワーフたちの家も、暗くて魚のにおいのしみついたアルシーシュの小屋とはおおいにちがったし、柱がたくさん並んでじゅうたんが敷《し》いてあったタシュバーンの大邸宅《だいていたく》の広間ともおおい

YOUCHAN

にちがっていた。ドワーフの家は天井《てんじょう》がすごく低《ひく》く、何もかもが木でできていて、壁《かべ》にはかっこう時計がかかり、テーブルには赤と白のチェックのテーブルクロスがかかっていて、野の花が花びんに活《い》けられ、厚《あつ》いガラスのはまった窓《まど》には小さなカーテンがかかっていた。ドワーフ用のカップや皿やナイフやフォークを使って食事をするのは、ちょっと手間がかかった。ドワーフ用の料理《りょうり》は一杯《いっぱい》の量《りょう》がとても少なかったのだ。でも、おかわりは何度でもできたし、シャスタの皿やカップには空《から》になるたびに料理が盛《も》りつけられた。ドワーフたちもしょっちゅう「バターを回してくれ」とか「コーヒーおかわり」とか「マッシュルームをもう少しほしいな」とか「卵《たまご》をあと一個《こ》か二個ぐらい焼《や》こうか？」などと声をかけあっていた。そして、お腹《なか》いっぱい食べたところで、三人のドワーフはくじ引きをして皿洗《さらあら》いの当番を決めた。運悪くくじに当たったのはロギンだった。ダッフルとブリックルサムはシャスタを連《つ》れて外に出て、小屋の壁ぞいに作りつけてあるベンチに腰《こし》をおろした。三人は足を投げ出して満足《まんぞく》の長いため息をつき、二人のドワーフたちはパイプに火をつけた。草におりていた朝露《あさつゆ》はすっかり乾《かわ》き、太陽の光が暖《あたた》かかった。そよ風が吹《ふ》いていなかったら、暑いくらいだっただろう。

「さて、旅のお方よ」ダッフルが口を開いた。「このあたりの地形をお見せしよう。ここからはナルニアの南部をほぼぜんぶ見わたすことができる。この景色《けしき》は、わたしらの自慢《じまん》でね。左手のほうを見てもらうと、そこの丘《おか》を越《こ》してむこうが〈西の山脈《さんみゃく》〉になっている。それから、右手の少し遠いところに見える丸っこい丘は、〈石舞台《いしぶたい》の丘〉と呼ばれている。それから――」

そのとき、ダッフルの言葉をさえぎるようにシャスタのいびきが聞こえはじめた。夜どおし寝《ね》ないで馬に乗ってきたのと、すばらしい朝食でお腹《なか》がいっぱいになったのとで、シャスタはぐっすり眠《ねむ》りこんでしまったのだった。親切なドワーフたちは、それに気づくと、シャスタを起こさないようたがいに手で合図をしあい、小声でさかんにささやきあったり、うなずきあったり、ベンチから立ちあがって足音を忍《しの》ばせて歩きまわったりしたので、シャスタがこれほど疲《つか》れていなければ目をさましてしまったことだろう。

シャスタはほぼ一日じゅうぐっすり眠りつづけ、夕食の時間になって目をさました。

ドワーフの家のベッドはどれもシャスタには小さすぎたが、ドワーフたちは床《ゆか》にヒースを敷《し》きつめてりっぱなベッドを作ってくれたので、シャスタは夜のあいだ寝返《ねがえ》りも打たず夢《ゆめ》も見ないで眠《ねむ》った。翌朝《よくあさ》、みんながちょうど朝食を食べおわったとき、外で威勢《いせい》のいい音が高く鳴《な》り響《ひび》いた。

「ラッパの音だ!」ドワーフたちが声をあげ、みんな家の外へ走り出た。

ふたたびラッパの音が鳴り響いた。シャスタには初《はじ》めて聞く音だった。タシュバーンで聞いた角笛《つのぶえ》のような強烈《きょうれつ》で重々しい音でもなければ、ルーン王の狩《か》りの角笛のように楽しげで陽気な音色《ねいろ》ともちがい、鋭《するど》く澄《す》んだ勇《いさ》ましい響きだった。音は東の森のほうから聞こえてきて、まもなくラッパの音に混《ま》じって馬のひづめの音も聞こえだした。と思ったら、隊列《たいれつ》の先頭が見えてきた。

先頭はペリダン卿《きょう》で、鹿毛《かげ》[1]の馬にまたがり、ナルニアの大きな軍旗《ぐんき》を掲《かか》げていた。緑色の地に赤いライオンの紋章《もんしょう》だ。シャスタは顔を見てすぐにペリダン卿だとわ

1　馬の毛色。鹿《しか》に似《に》た赤っぽい褐色《かっしょく》。

かった。続《つづ》いて、三人が馬を並《なら》べて進んできた。二人は大きな軍馬《ぐんば》にまたがり、もう一人はポニーにまたがっていた。軍馬を駆《か》っているのはエドマンド王と、もう一人はとても陽気な表情《ひょうじょう》をした金髪《きんぱつ》の貴婦人《きふじん》で、貴婦人は頭にかぶとをつけ、鎖《くさり》かたびらの鎧《よろい》に身をかため、肩《かた》に弓をはき、腰《こし》に矢のいっぱい詰《つ》まった矢筒《やづつ》を下げていた（「ルーシー女王だ」と、ダッフルが小声で教えてくれた）。ポニーに乗っているのはコリンだった。その三人に続いて、本隊《ほんたい》が進んできた。ふつうの馬にまたがった兵士《へいし》たち、〈もの言う馬〉（戦《いくさ》のときなどナルニアの一大事には、〈もの言う馬〉も人を乗せることを厭《いと》わなかった）にまたがった兵士たち、ケンタウロス[2]たち、百戦錬磨《ひゃくせんれんま》のクマたち、大きな〈もの言う犬〉たち、そして最後尾《さいこうび》は六人の巨人《きょじん》たち。ナルニアには良《よ》い巨人族がいるのだ。この巨人たちはナルニアの味方なのだと思っても、初《はじ》めのうち、シャスタは巨人たちをまともに見ることさえできなかった。簡単《かんたん》には慣《な》れることのできない感覚《かんかく》というものもあるのだ。

王と女王が小屋の前までやってきて、ドワーフたちが深くおじぎをしはじめたところで、エドマンド王が全隊に声をかけた。

「友たちよ！　しばらく休憩《きゅうけい》を取り、軽食の時間としよう！」すぐに、兵士《へいし》たちが馬から降《お》りる音や雑嚢《ざつのう》[3]を開く音や会話の声であたりがざわつくと同時に、コリンがシャスタに駆《か》け寄《よ》り、両手を取って声をあげた。

「驚《おどろ》いたなぁ！　こんなところで会えるなんて！　それじゃ、うまく逃《に》げ出《だ》せたんだね？　よかった！　これからおもしろくなるところなんだよ。運が良《よ》かったね！　きのうの朝ケア・パラヴェルの港に船が着いたとたんに雄《お》ジカのチャーヴィーがやってきて、アンヴァードが襲撃《しゅうげき》を受けてるって知らせを届《とど》けてくれたんだ。ねえ、これから――」

「殿下《でんか》、お友だちですかな？」馬から降りたエドマンド王がたずねた。

「陛下《へいか》、おわかりになりませんか？」コリンが言った。「例《れい》の、ぼくとそっくりの子です、タシュバーンで陛下がぼくとまちがわれた――」

2　ギリシア神話に登場する上半身が人間で下半身が馬の怪物《かいぶつ》。
3　食糧《しょくりょう》などを入れておくかばん。

「あら、ほんとうにそっくりね」ルーシー女王が声をあげた。「まるで双子《ふたご》のようじゃないの。驚《おどろ》いたわ」

「陛下《へいか》、お願《ねが》いです、お聞きください」シャスタはエドマンド王に話しかけた。「ぼくは裏切《うらぎ》り者《もの》ではありません。ほんとうに、裏切り者なんかじゃないんです。なりゆきで計画を聞いてしまっただけで。でも、ぼく、敵《てき》になんかひとことだって話すつもりはありませんでした」

「少年よ、いまとなれば、そなたが裏切り者でないことは明白だ」エドマンド王がシャスタの頭に手を置《お》いて言った。「しかし、そのような誤解《ごかい》を受けたくなければ、今後は他人の話を聞かぬようにすることだ。まあ、よろしい」

そのあとしばらくのあいだ、大勢《おおぜい》の兵《へい》たちががやがやと話をしたり動きまわったりして、シャスタはコリンとエドマンド王とルーシー女王の姿《すがた》を見失《みうしな》った。しかし、コリンは騒動《そうどう》を起こさずにおとなしくしているような少年ではなかった。まもなく、エドマンド王の大きな声が聞こえてきた。

「ライオンのたてがみにかけて！　いいかげんになさい！　殿下《でんか》には反省《はんせい》ということ

がないのですか？　まったく、殿下《でんか》には軍隊《ぐんたい》を束《たば》にしたよりも手がかかる！　スズメバチの連隊《れんたい》でも指揮《しき》するほうが、よほど楽というものだ」

シャスタは人垣《ひとがき》のあいだを縫《ぬ》って前へ進んでいった。見ると、エドマンド王がすごく怒《おこ》った顔をしていて、コリンのほうはいくらかばつの悪そうな顔をしていて、見かけたことのないドワーフが一人、顔をしかめて地面にすわりこんでおり、フォーンが二人がかりでドワーフの鎧《よろい》かぶとを脱《ぬ》がそうとしているところだった。

「例《れい》の薬酒《やくしゅ》を持っていたら、すぐに治《なお》してあげられるんだけど」と、ルーシー女王が言っていた。「でも、上級王が、あれはふつうの戦《いくさ》などに持ち歩くものではない、いよいよというときのために大切に取っておかなくてはいけない、とおっしゃるから」

ことの次第《しだい》を説明《せつめい》しよう。コリンがシャスタと話しだしたとたん、一人のドワーフがコリンのひじをぐいっと引《ひ》っ張《ぱ》った。ソーンバットという名のドワーフの軍人《ぐんじん》だった。

「なんだよ、ソーンバット？」コリンが言った。

「殿下、ちょっとこちらへ」ソーンバットはコリンを脇《わき》へ連《つ》れていって、こう言った。

「本日の行軍《こうぐん》で、わが軍は峠《とうげ》を越《こ》え、殿下の父君がおられるお城《しろ》に向かうことになっております。日暮《ひぐ》れ前に一戦《ひといくさ》あるかもしれませぬ」

「わかってるよ」コリンは言った。「すごいじゃないか！」

「すごいかどうかは別《べつ》として」ソーンバットが言った。「殿下《でんか》が戦《たたか》いに巻《ま》きこまれぬよう見張《みは》っておるように、とエドマンド王からきつく命令《めいれい》をたまわっております。殿下は戦いをご覧《らん》になるだけです。それだけでも、殿下のような年少者には特別扱《とくべつあつか》いなのでございますぞ」

「冗談《じょうだん》じゃないよ！」コリンが声をはりあげた。「ぼくは戦いに参加《さんか》するんだ、きまってるじゃないか！ ルーシー女王だって射手《いて》に加わられるんだろ？」

「女王は女王、殿下とは別です」ソーンバットが言った。「殿下はわたくしの責任《せきにん》です。わたくしが良《よ》いと申し上げるまで、殿下がご自分のポニーをわたくしのポニーより首の半分たりとも前へは出さぬと本気で王子にふさわしいお言葉をもって約束《やくそく》してくださるか、さもなくば――これは陛下《へいか》のお言葉ですが――殿下とわたくしは囚人《しゅうじん》のごとく手首を縛《しば》りあってつないでおくしかございませぬ」

「縛ったりするなら、おまえなんか殴《なぐ》り倒《たお》してやる」コリンが言った。

「やれるものなら、やってごらんなさい」ドワーフが応《おう》じた。

コリンのような少年を挑発《ちょうはつ》するには、そのひとことで十分《じゅうぶん》だった。あっという間にコリンとドワーフの取っ組み合いが始まった。コリンのほうが腕《うで》の長さや背《せ》の高さでは勝《まさ》っていたものの、ドワーフも年上で力が強かったので、五分五分のけんかになるはずだったのだが、足場の悪い斜面《しゃめん》だったこともあり、意外なことで勝負がついてしまった。ソーンバットが運悪く浮石《うきいし》を踏《ふ》んでうつ伏《ぶ》せに倒《たお》れてしまい、起き上がろうとしたら、くるぶしを捻挫《ねんざ》していることがわかったのだ。ひどい捻挫で、少なくとも二週間は痛《いた》くて歩くこともできなければ馬に乗ることもできないだろう、というほどのけがだった。

「殿下《でんか》、自分が何をしたか、ごらんなさい」エドマンド王が言った。「これから戦《いくさ》というときに、わが軍《ぐん》は腕《うで》のたつ兵士《へいし》を一人失《うしな》ったのですぞ」

「かわりにぼくが戦《たたか》います」コリンが言った。

「ふん」エドマンド王が鼻であしらった。「殿下の勇気《ゆうき》を疑《うたが》う者はいないが、戦場《いくさば》においては子どもなど足手まといになるだけだ」

ちょうどそのとき、王は何か用事で呼《よ》ばれてその場をはずし、コリンはドワーフにいさぎよく謝《あやま》ったあと、シャスタのところへ駆《か》けてきて小声でささやいた。

「早く！　ポニーが一頭余《あま》ったし、ドワーフの鎧《よろい》かぶともある。誰《だれ》も気づかないうちに着ちゃえよ」

「何のために？」シャスタが聞いた。

「何のためって、戦《いくさ》でいっしょに戦《たたか》うためさ！　戦いたくないの？」

「え……まぁ……もちろん」とは言ってみたものの、シャスタはそんなことになろうとは思ってもみなかったので、背骨《せぼね》のあたりがチクチクと不安《ふあん》でうずきだした。

「そう、それを頭からかぶるんだ」コリンが指図《さしず》した。「あと、剣帯《けんたい》つけて。ただし、ぼくらは列《れつ》のいちばん後ろのほうに黙《だま》ってこっそりついていくんだ。いったん戦が始まっちゃえば、みんなぼくらのことなんか見張《みは》ってる暇《ひま》はなくなるから」

13　アンヴァードの戦《たたか》い

一一時ごろになって進軍《しんぐん》が再開《さいかい》され、ナルニア軍は山並《やまな》みを左手に見ながら西へ馬を進めた。コリンとシャスタは隊列《たいれつ》のいちばん後ろ、巨人《きょじん》たちのすぐあとについて進んでいった。ルーシー女王とエドマンド王とペリダン卿《きょう》は作戦《さくせん》を話しあうのに忙《いそが》しく、一度だけルーシー女王が「あのいたずら殿下《でんか》はどこ？」と言ったが、エドマンド王は「前線には姿《すがた》が見えぬ。それだけでも上等だ。放《ほう》っておきなさい」と答えただけだった。

シャスタはそれまでの冒険《ぼうけん》をコリンに語って聞かせ、自分は馬の乗りかたを馬から教わったので手綱《たづな》の使いかたを知らないのだ、と打ち明けた。そこでコリンがシャスタに手綱の使いかたを教え、タシュバーンからひそかに船で帰還《きかん》したときの話も語って聞かせた。

「それで、スーザン女王は？」

「ケア・パラヴェルに残《のこ》られた」コリンが答えた。「スーザン女王はルーシー女王とはちがうんだ。ルーシー女王は男まさりっていうか、とにかく男の子に負けないくらい強いんだけど、スーザン女王はもっとふつうの大人の女の人って感じなんだ。だから戦《いくさ》には行かないんだよ。弓の腕《うで》は超一流《ちょういちりゅう》なんだけどね」

一行《いっこう》が進んでいく丘《おか》の中腹《ちゅうふく》の道はだんだん細くなり、右手に落ちこむ谷はぐんぐん深くなっていった。そして、とうとう一列に並《なら》んで崖《がけ》っぷちをたどるような細い道にさしかかった。そうとは知らず自分は前の夜にこの同じ道をたどったのだと考えて、シャスタは恐《おそ》ろしさに身震《みぶる》いした。「でも、もちろん、ぼくはちっとも危《あぶ》なくなんかなかったんだ。だってライオンがぼくの左側《ひだりがわ》を歩いていてくれたから。ずっとぼくと崖のあいだを歩いていてくれたんだ」とシャスタは思った。

やがて道は左に折《お》れて崖から離《はな》れ、南へ向かった。両側は深い森になり、峠《とうげ》に向かって険《けわ》しい上り坂が続《つづ》いた。峠からは、あたりが開けていればすばらしい景色《けしき》が眺《なが》められるのだろうが、こんなに深い森の中では何も見えなかった。ただ、ときどき、木々の梢《こずえ》の上にそそりたつ巨大《きょだい》な岩肌《いわはだ》が見え、青く高い空にワシが一羽か二羽《わ》、大きな輪《わ》を描《えが》いて飛《と》んでいるのが見えるだけだった。

「ワシは戦《いくさ》のにおいをかぎつけるんだ」コリンが空を指さして言った。「そのうち餌《えさ》にありつけると知っているのさ」

シャスタはそれを聞いてぞっとした。

峠《とうげ》を過《す》ぎてかなり下ったあたりで森が開け、そこから青くかすんだアーケン国全体が眺《なが》められた。シャスタは、その先にちらりと砂漠《さばく》が見えるような気もした。しかし、日没《にちぼつ》まであと二時間ばかりを残す西日が目にはいって、景色《けしき》をはっきりと見ることはできなかった。

この地点でナルニア軍《ぐん》はいったん停止《ていし》し、横一線に展開《てんかい》して、陣形《じんけい》を大きく組み直した。獰猛《どうもう》な顔つきをした〈もの言うけもの〉たち（シャスタはそれまで気づかなかったが、ヒョウやピューマなどネコ科の猛獣《もうじゅう》が大半を占《し》めていた）の分隊《ぶんたい》はうなり声をあげながら足音もたてずに左翼《さよく》に整列した。右翼《うよく》を任《まか》された巨人《きょじん》たちは、守備《しゅび》位置《いち》につく前にいったん地面にすわりこみ、背負《せお》っていた荷物を下ろした。シャスタが見ると、巨人《きょじん》たちが背中《せなか》から下ろして足にはこうとしているのは重そうなスパイクのついた長靴《ながぐつ》で、靴の深さは巨人たちの膝《ひざ》あたりまであった。恐《おそ》ろしげな長靴をはいたあと、巨人たちは巨大《きょだい》な棍棒《こんぼう》を斜《なな》めにかついで守備位置《しゅびいち》についた。ルーシー女王をはじめとする射手《いて》は後方に控《ひか》えて、弓のしなり具合を確《たし》かめ、ビーンビーンと弦《げん》を鳴らしていた。あたりを見まわすと、馬の腹帯《はらおび》をきつく締《し》めなおす者あり、かぶとをつける者あり、剣《けん》を抜《ぬ》く者あり、マントを地面に投《な》げ捨《す》てる者ありで、話し声はほとんどなく、戦《たたか》いを前にした緊張感《きんちょうかん》がみなぎっていた。「もうだめだ。どうしよう。たいへんなことになったぞ」と、シャスタは思っていた。そのとき、前方のどこか遠いところから音が聞こえてきた。大勢《おおぜい》の男たちの叫《さけ》び声《ごえ》と、規則的《きそくてき》なズシン、ズシン、という重い響《ひび》きだった。

「破城槌《はじょうつい》[1]だ」コリンがささやいた。「城門《じょうもん》を打《う》ち破《やぶ》ろうとしてる」

コリンでさえ、いまは真剣《しんけん》な表情《ひょうじょう》になっていた。

「エドマンド王は、どうしてさっさと突撃命令《とつげきめいれい》を出さないんだろう?」コリンが言った。「こんなふうに待ってるのは、耐《た》えられないよ。寒いし」

　シャスタはうなずきながら、内心ひどくおびえているのが顔に出なければいいが、と思っていた。

　ついに進軍《しんぐん》ラッパが鳴った！　全軍《ぜんぐん》が速歩《はやあし》で動きだした。軍旗《ぐんき》が風にはためく。低《ひく》い尾根《おね》を越《こ》えると、一気に視界《しかい》が開けた。眼下《がんか》に塔《とう》をたくさん備《そな》えた小さな城《しろ》が見えた。こちら側《がわ》に向いて城門《じょうもん》が見える。残念《ざんねん》ながら濠《ほり》はないが、城門はもちろん固《かた》く閉《と》ざされ、落とし格子《ごうし》2も下りている。城壁《じょうへき》のところどころに白い小さな点のように見えるのは、城《しろ》を守る兵士《へいし》たちの顔だ。下のほうへ視線《しせん》を転じると、五〇人ほどのカロールメン兵が馬を降《お》り、大きな丸太《まるた》を門にくりかえしぶつけている。このとき、一瞬《いっしゅん》にして戦況《せんきょう》が変《か》わった。ラバダシュ軍の主力は馬から降りていましも城門に攻《せ》めかかろうとしていたが、そこへナルニア軍が尾根《おね》から駆《か》けおりてきたのである。カ

1　丸太状《まるたじょう》のもので突《つ》いて城門を破壊《はかい》する兵器《へいき》。
2　城門の防衛《ぼうえい》を強化するため、城門の溝《みぞ》にはめこんで上下に動かして開閉《かいへい》するように作った木製《もくせい》や金属製《きんぞくせい》の格子戸。

ロールメン軍《ぐん》がよく訓練《くんれん》された兵《へい》たちであったことは疑《うたが》いない。シャスタの目には、敵兵《てきへい》たちがあっという間に馬にまたがり、ぐるりと向きを変《か》えてナルニア軍を迎《むか》え撃《う》とうとするのが見えた。

ナルニア軍が敵《てき》に向かって疾走《しっそう》しはじめた。二つの軍のあいだの距離《きょり》がどんどん縮《ちぢ》まっていく。両軍の動きがますます速くなる。全員が剣《けん》を抜《ぬ》き、盾《たて》を鼻まで引き上げ、祈《いの》りの言葉をとなえ、歯をくいしばった。シャスタは恐《おそ》ろしくて縮みあがっていたが、そのとき急に頭にうかんだ言葉があった。「ここでおじけづいたら、おまえは一生どんな戦《たたか》いでもおじけづくことになるぞ。いまやるしかないんだ」

敵と味方が入《い》り乱《みだ》れての戦いが始まると、シャスタには何が起こっているのかさっぱり理解《りかい》できなくなった。恐ろしい混乱《こんらん》に巻《ま》きこまれ、身の毛もよだつような音が聞こえるばかりで、手にしていた剣はあっという間に払《はら》い落《お》とされてしまった。しかも、どうしたわけか馬の手綱《たづな》がもつれてしまい、気がついたときには馬の背《せ》から滑《すべ》り落《お》ちそうになっていた。そのとき、槍《やり》がまっすぐ自分をねらって突《つ》き出《だ》され、それを避《さ》けようとして身をかがめたとたん、シャスタは馬から転げ落ち、左手のこぶしを誰《だれ》かの鎧《よろい》にしたたかに打ちつけて——

しかし、シャスタの視点《してん》から見た戦《たたか》いをここに記してみても、あまり意味はないだろう。シャスタは戦《いくさ》というものをほとんど理解《りかい》していなかったし、その中における自分の役割《やくわり》もわかっていなかったのだから。読者諸君《しょくん》に戦いの様相《ようそう》を説明《せつめい》するには、戦場《せんじょう》から何キロも離《はな》れた〈南の国境《くにざかい》の仙人《せんにん》〉のところへ案内《あんない》するのがよさそうだ。仙人は池の縁《ふち》に腰《こし》をおろし、枝《えだ》を広げた大樹《たいじゅ》の下で鏡《かがみ》のような水面をのぞきこんでいた。そばにはブリーとフインとアラヴィスもいた。

仙人は、この池をのぞきこんで、緑の土塀《どべい》の外の世界で起こっている事件《じけん》を知ることができた。鏡のような池は、そのときどきにさまざまな場所で起こっていることを映《うつ》して見せた。タシュバーンよりはるかに南の街《まち》の通りで起こっていることも、遠く離れた〈七《なな》つ島諸島《じましょとう》〉のレッドヘイヴン[3]に入港しようとしている船のことも、あるいは〈街灯《がいとう》の荒《あ》れ地《ち》〉とテルマール[4]のあいだにある西の森林地帯《ちたい》で追いはぎや野獣《やじゅう》が

3　Redhaven。赤い港、の意味。

悪さを働《はたら》いているようすも、すべてがこの池に映《うつ》るのだった。この日、仙人《せんにん》はほとんど池のそばから離《はな》れず、食べることも飲むことも忘《わす》れて、アーケン国で起こりつつある大事件《だいじけん》を見守っていた。アラヴィスと馬たちも、池をのぞきこんだ。みんな、その池が魔法《まほう》の池だということはわかった。池の水面には木の葉《こ　は》や空は映っておらず、池の深いところでぼんやりと色のついた影《かげ》がゆらゆら揺《ゆ》れていた。とはいっても、アラヴィスや馬たちには何かはっきりとした形が見えるわけではなかった。だが、仙人にははっきりとした映像《えいぞう》が見えているらしく、それを次から次へと語って聞かせてくれた。シャスタが初《はじ》めての戦《いくさ》へおもむく少し前、仙人はこんなふうに話しはじめた。

「ワシが見えるぞ。一羽《わ》、二羽、三羽。〈嵐《あらし》が峰《みね》〉の山あいを輪《わ》を描《えが》くように飛《と》んでおる。そのうちの一羽は、戦《たたか》いが迫《せま》っておるときにしか姿《すがた》を見せぬワシの長老《ちょうろう》じゃ。その長老ワシがアンヴァードのほうをうかがったり、かと思うと東の〈嵐が峰〉の裏側《うらがわ》へ舞《ま》いもどったりしておる。ほほう……わかったぞ。ラバダシュの軍勢《ぐんぜい》が一日じゅうせっせと何をやっておったかが、ようやくわかった。大きな木を切《き》り倒《たお》して、枝《えだ》を払《はら》って、それを森から運び出そうとしておるわい。破城槌《はじょうつい》に使おうというのじゃな。前の晩《ばん》の突撃《とつげき》が失敗《しっぱい》したので、作戦変更《さくせんへんこう》というわけか。はしごを作らせたほうが賢《かしこ》いのに、気の短いラバダシュはそんな時間のかかることは待てぬとみえる。愚《おろ》か者《もの》め！　最初《さいしょ》の攻撃《こうげき》が失敗した時点でさっさとタシュバーンへもどるべきだったのじゃ。ラバダシュの作戦はすばやさと敵《てき》の不意《ふい》を突《つ》くところが肝《きも》であったのに。お、破城槌《はじょうつい》を門の前まで運んできたな。ルーン王の軍勢が城壁《じょうへき》からさかんに射《い》かけておる。カロールメンの兵《へい》が五人倒《たお》れた。だが、そう次々には倒れぬわ。盾《たて》を頭の上に構《かま》えて防御《ぼうぎょ》しておるからな。ラバダシュが号令《ごうれい》をかけたぞ。近くに見えるのは、ラバダシュが最《もっと》も信頼《しんらい》を寄《よ》せておる東部諸州《しょしゅう》の勇猛《ゆうもう》なタルカーンたちじゃな。顔が見える。トーマント城《じょう》のコラーディンがおる。アズルーがおる。クラマッシュと唇《くちびる》のねじれたイルガマスもおる。それから、真《ま》っ赤《か》なヒゲをした背《せ》の高いタルカーンも──」

「ライオンのたてがみにかけて！　そりゃ、俺《おれ》の主人だったアンラーディンだ」とブリーが言った。

4　『ナルニア国物語』では、カロールメン国に属《ぞく》する無法地帯《むほうちたい》という設定《せってい》。

「しーっ」アラヴィスがブリーを制《せい》した。

「破城槌《はじょうつい》の攻撃《こうげき》が始まったぞ。影《かげ》だけでなく音も聞けたなら、さぞ恐《おそ》ろしく大きな音が響《ひび》いておることじゃろう！　次から次へと打ちつけておる。あれでは、どんな門もそう長くはもつまい。おや、待てよ！〈嵐《あらし》が峰《みね》〉のあたりで鳥たちが驚《おどろ》いていっせいに飛《と》びたったぞ。かなりの数だ。いや、待て……まだ見えぬ……ああ！　やっと見えた。東の尾根《おね》全体が騎《き》兵《へい》で黒くなっておる。風が吹《ふ》いて軍旗《ぐんき》が広がるとわかるのだが。もう尾根を越《こ》えたぞ……どこの軍勢《ぐんぜい》か知らんが。ああ、わかった！　軍旗が見えた。ナルニア、ナルニアじゃ！　赤いライオンじゃ。ものすごい勢《いきお》いで丘《おか》を駆《か》けおりてくる。エドマンド王の姿《すがた》が見えるぞ。後方の射手《いて》の中には女人《にょにん》の姿も見える。おお！」

「何ですの？」フインが息を詰《つ》めて聞いた。

「ネコどもが左翼《さよく》から突進《とっしん》していく」

「ネコ？」アラヴィスが聞きなおした。

「大ネコのことじゃ、ヒョウとかそういう類《たぐい》の」仙人《せんにん》がじれったそうに言った。「ほ

う、ほう、なるほど。ネコどもが回りこんで、兵隊《へいたい》を乗せておらぬ馬たちを襲《おそ》ってお
る。なかなかうまい作戦《さくせん》じゃ。カロールメンの馬どもは、すでに恐怖《きょうふ》で半狂乱《はんきょうらん》に
なっておるわ。おお、ネコどもが馬に襲いかかった。しかし、ラバダシュのほうも一
〇〇人の騎兵《きへい》を鞍上《あんじょう》にもどして戦線《せんせん》を立て直したようじゃ。ナルニア軍《ぐん》を迎《むか》え撃《う》と
うとしておる。両軍《りょうぐん》の距離《きょり》はわずか一〇〇メートル……あと五〇メートル……。エ
ドマンド王の姿《すがた》が見えるぞ。ペリダン卿《きょう》も。おや、ナルニア軍の戦線に、まだほん
の小さな子どもが二人混《ま》じっておる。あんな子どもを戦《いくさ》に加わらせるとは、王は何
を考えておられるのか。あと一〇メートル……ぶつかった！　ナルニアの右翼《うよく》におる
巨人《きょじん》どもは、めざましい活躍《かつやく》ぶりじゃ……だが、一人倒《たお》れた……目を射貫《いぬ》かれたよう
じゃな。中央は混戦《こんせん》じゃ。左翼《さよく》にまた何か見えるぞ。あ、また、あの二人の子どもた
ちだ。何と！　一人はコリン王子だ。もう一人も、そっくり同じ顔をしておる。おう、
シャスタではないか。コリンは一人前の戦《たたか》いぶりだ。カロールメン兵《へい》を殺《ころ》した。お、
中央のほうも見えてきたぞ。ラバダシュとエドマンド王が斬《き》り結《むす》ぼうとしたが、あい
だにほかの兵どもが入《い》り乱《みだ》れて、離《はな》れてしまった——」

YOUTHAN

「シャスタはどうなりました？」アラヴィスがたずねた。

「あ、馬鹿者《ばかもの》！」仙人《せんにん》がうめくような声をあげた。「無鉄砲《むてっぽう》な馬鹿者よ。あの子は戦《いくさ》のことなど何ひとつわかっておらん。盾《たて》の使いかたも知らぬようじゃ。脇《わき》の守りがまるっきりなっとらん。剣《けん》の使いかたもわかっておらんようじゃな。おっと、やっと思い出したか。めったやたらに振《ふ》り回《まわ》しておるわ……おお、もう少しで自分の乗っておるポニーの首を切り落とすところじゃった。気をつけんと、そのうちほんとうに切り落としてしまうぞ。あ、剣が打《う》ち払《はら》われた。あんな子どもを戦場《せんじょう》に出すなど、人殺《ひとごろ》しも同然《どうぜん》じゃ。あれでは五分ともたぬぞ。身をかがめよ、馬鹿者……あ、落ちた」

「殺されたの？」三つの声があわててたずねた。

「はて、どうかな」仙人が言った。「ネコどもは任務《にんむ》を終えたようじゃ。乗り手のない馬たちは、みんな死んだか逃走《とうそう》した。もう、カロールメン兵《へい》はあの馬たちに乗って退却《たいきゃく》することはできぬぞ。さあ、ネコどもが主戦場《しゅせんじょう》へもどってきた。破城槌《はじょうつい》を使う兵士《へいし》どもに襲《おそ》いかかっておる。破城槌が落ちた。おお、いいぞ、いいぞ！　城門《じょうもん》が内側《うちがわ》から開こうとしておる。いよいよ出撃《しゅつげき》じゃな。先頭の三人が出てきたぞ。真ん中がルーン王で、兄弟のダールとダーリンが両脇《りょうわき》を固《かた》めておる。その後ろにトランとシャーとコールと弟のコーリンが見える。一〇人……二〇人……三〇人近く出てきたぞ。カロールメン軍《ぐん》が押《お》しこまれて、後退《こうたい》しておる。エドマンド王はみごとな刀さばきじゃ。いまちょうど、コラーディンの首をはねた。カロールメン兵《へい》が次々に武《ぶ》器《き》を捨《す》てて森のほうへ逃《に》げていく。残《のこ》っておる者たちも、追いつめられた。右から巨《きょ》人《じん》どもが迫《せま》ってくるし、左からはネコどもが迫ってくるし、背後《はいご》からはルーン王の突《とつ》撃隊《げきたい》が襲《おそ》ってくる。カロールメン兵はもうほんの一握《ひとにぎ》りになってしまった。背中《せなか》合わせで戦《たたか》っておるわ。ブリーよ、おまえの主人だったタルカーンも倒《たお》されたぞ。ルーン王とアズルーが組み打ちじゃ。ルーン王のほうが形勢有利《けいせいゆうり》と見た……ああ、王が攻《せ》めこんでおる……王の勝ちじゃ。アズルーは倒れた。エドマンド王も倒れたぞ……いや、立ちあがった。いま、ラバダシュと戦っておる。ちょうど城門《じょうもん》の前じゃ。カロールメン兵が何人か降参《こうさん》した。ダーリン卿《きょう》がイルガマスを討《う》ち取《と》った。ラバダシュはどうなったのか、よくわからんな。死んだのかな？　城壁《じょうへき》にもたれておるようにに見えるが、よくわからん。クラマッシュとエドマンド王がまだ戦っておるが、ほかの場所では戦《たたか》いは終わったようじゃな。おお、クラマッシュが降参《こうさん》した。これで戦いは終わりじゃ。カロールメンの完敗《かんぱい》じゃな」

馬から落ちたとき、シャスタはもうだめだと観念《かんねん》した。しかし、馬というものは、たとえ戦場《せんじょう》にあっても、めったに人間を踏《ふ》みつけたりはしない生き物だ。一〇分あまりの生きた心地《ここち》もしない時間が過《す》ぎたあと、シャスタは急にあたりを走りまわる馬のひづめが見えなくなったことに気づいた。それに、音も(あちこちでまだいろいろな物音がしていたが)もう戦いの血なまぐさい物音ではなくなっていた。シャスタは上半身を起こし、あたりを見まわした。戦《いくさ》のことをほとんど知らないシャスタでさえ、アーケン国とナルニア国の側《がわ》が勝利《しょうり》したということはわかった。生《い》き残《のこ》ったカロールメン兵《へい》は全員が捕虜《ほりょ》になり、城門《じょうもん》は広く開け放たれ、破城槌《はじょうつい》をはさんでルーン王とエドマンド王が握手《あくしゅ》を交《か》わしていた。二人を取《と》り囲《かこ》む貴族《きぞく》や戦士《せんし》たちのあいだから息を切らし興奮《こうふん》した口調ながら明るい声の会話が聞こえた。そのときとつぜん、みんなが大笑《おおわら》いしはじめた。

シャスタはからだがあちこち痛《いた》んだが、立ちあがって、みんなが何を笑っているのか見に走っていった。シャスタの目に映《うつ》ったのは、ずいぶんと奇妙《きみょう》な光景《こうけい》だった。ラバダシュがぶざまにも城壁《じょうへき》からぶら下がっていたのだ。両足は地面から五、六〇センチほど浮いており、ラバダシュは両足でめったやたらに空《くう》を蹴《け》っていた。鎖《くさり》かたびらはどういうわけか上にぐいと引っぱられ、脇《わき》の下がおそろしくきゅうくつそうで、身頃《みごろ》が顔の真ん中あたりまで持ち上がっていた。実際《じっさい》、ちょっと小さすぎるシャツを無理《むり》やり着ようとしてとちゅうでつっかえてしまった人のように見えた。あとになって明らかになったことを総合《そうごう》すると（ご想像《そうぞう》どおり、この話は何日も人々のあいだでくりかえし話題にされた）、どうやらこういうことだったらしい。戦《たたか》いが始まってまだ間もない時点で、巨人《きょじん》の一人がスパイクのついた長靴《ながぐつ》でラバダシュを踏《ふ》みつぶそうとして失敗《しっぱい》に終わった。失敗というのは、つまり、巨人としてはラバダシュを踏みつぶすという目的《もくてき》が果《は》たせなかったという意味《いみ》なのだが、かと言って、まったく無《む》意味《いみ》な攻撃《こうげき》でもなかった。というのは、スパイクの一本がラバダシュの鎖かたびらに引っかかり、ちょうどわたしたちのシャツがかぎ裂《ざ》きになるのと同じように鎖かたびらが破《やぶ》れたのだ。そんなわけで、城門《じょうもん》前でエドマンド王と渡《わた》りあう段《だん》になったとき、

YOUCHAN

ラバダシュの鎖《くさり》かたびらの背中《せなか》には穴《あな》があいていたのである。エドマンドに押《お》しこまれて徐々《じょじょ》に城壁《じょうへき》のほうへ後退《こうたい》していったラバダシュは、そこにあった乗馬台に飛《と》び乗《の》り、一段高いところからエドマンドに向かって刀を振《ふ》り下《お》ろして戦《たたか》った。ところが、乗馬台の上に立ったラバダシュはほかの兵士《へいし》たちより頭一つ上に出てしまったため、ナルニアの射手《いて》からかっこうの標的《ひょうてき》にされてしまい、けっきょく台から飛《と》び下《お》りることにしたのだが、その際《さい》に自分を勇猛《ゆうもう》で恐《おそ》ろしい存在《そんざい》に見せようと考えて、「タシュの雷《いかずち》、天より下る！」と大音声《だいおんじょう》で見得《みえ》を切りながらジャンプした（たしかに、その瞬間《しゅんかん》、ラバダシュは勇猛で恐ろしく見えないこともなかった）。ところが、目の前は押《お》し寄《よ》せた兵士《へいし》たちでいっぱいで下りる場所がなく、ラバダシュは横っとびにジャンプせざるをえなかった。そのとき、まるでねらいすましたかのような偶然《ぐうぜん》で、鎖かたびらの背中の裂け目が城壁のフック（むかしはこのフックに輪《わ》がついていて、馬をつないでおけるようになっていた）に引っかかった。そういうわけで、ラバダシュは洗濯物《せんたくもの》を干《ほ》したようなかっこうで城壁にぶら下がってしまい、みんなの笑《わら》いものになったのである。

「下ろせ、エドマンド」ラバダシュは吼《ほ》えまくった。「王ならば王らしく、わたしを下ろして堂々《どうどう》と戦《たたか》え。それができぬような腰抜《こしぬ》けならば、さっさとわたしを殺《ころ》せ」

「おお、よかろう」エドマンド王が応《おう》じかけたところへ、ルーン王が口をはさんだ。

「はばかりながら、陛下《へいか》、それはお待ちくださいませ」ルーン王がエドマンド王に言った。そしてラバダシュのほうへ向きなおり、こう言った。「殿下《でんか》、その申し出が一週間前であったならば、エドマンド王の領地《りょうち》内には上級王からいちばん小さな〈もの言うネズミ〉にいたるまで、その申し出を拒《こば》む者は一人《いちにん》たりともおりませぬ、とお答えいたしたところです。だが、わがアンヴァード城《じょう》に対して平時《へいじ》において宣《せん》戦布告《ふこく》もなしに攻撃《こうげき》をしかけたとあらば、もはや殿下は騎士《きし》の名には値《あたい》せぬもの。ひきょうな裏切《うらぎ》り者《もの》に過《す》ぎませぬ。名誉《めいよ》を重んじる人間と剣《けん》を交《まじ》える資格《しかく》はない。死《し》刑執行人《けいしっこうにん》の鞭《むち》を受けるが相当と考えまする。さあ、そいつを下ろして縛《しば》りあげ、連《つ》れていきなさい。追って沙汰《さた》をいたす」

強者《つわもの》たちがラバダシュの手から剣をもぎ取り、城《しろ》の中へ運びこんだ。ラバダシュは大声で叫《さけ》び、脅《おど》し文句《もんく》やののしりの言葉を吐《は》き、はては泣《な》きわめきながら運ばれていった。ラバダシュとしては拷問《ごうもん》ならばまだしも、笑《わら》いものにされるのは耐《た》えがたいことだったのだ。タシュバーンでは、ラバダシュを笑う者など一人もいなかった。

ちょうどそのとき、コリンがシャスタに駆《か》け寄《よ》って手を取り、ルーン王のところへ引《ひ》っ張《ぱ》っていった。「いましたよ、父上、いましたよ」コリンが大声で言った。

「おう、おまえか。ようやくもどってきたな」ルーン王がぶっきらぼうな口調でコリン王子に話しかけた。「言いつけにそむいて、戦《たたか》いにまぎれこんでおったそうではないか。父を心配させて、なんという親不孝者《おやふこうもの》だ！　おまえのような若造《わかぞう》は、手に剣《けん》を持つよりも、鞭《むち》で尻《しり》を打たれるほうが似合《にあ》っておるわ！　ふむ！」けれども、ルーン王が息子《むすこ》をたいへん誇《ほこ》らしく思っていることは、当のコリンを含《ふく》めてその場に居《い》あわせた全員がわかっていた。

「お叱《しか》りなされますな、陛下《へいか》」ダーリン卿《きょう》が声をかけた。「陛下のご気性《きしょう》を受けついでおらなければ、陛下のお子ではありませぬ。怖《こわ》いもの知らずとは逆《ぎゃく》の性質《せいしつ》をとがめなければならぬとあらば、陛下はもっとお嘆《なげ》きあそばすことになりましょうぞ」

「やれやれ」ルーン王がぼやいた。「今回は見のがすこととするか。それよりも――」

それに続《つづ》いて起こったことは、シャスタにとって人生最大《さいだい》の驚《おどろ》きだった。ルーン王がシャスタをひしと抱《だ》きあげ、両頰《りょうほお》にキスをしたのだ。そのあと、王はシャスタを地面に立たせて、こう言った。「ここに立ってみなさい、二人とも。そして、皆《みな》に見てもらうのだ。顔を上げなさい。さあ、おのおのがた、二人をよく見てくだされ。疑《うたが》う者はおるかな？」

シャスタには、なぜ人々が自分とコリンを見つめているのか、そして何の歓声《かんせい》が上がっているのか、さっぱりわからなかった。

14 ブリーが賢《かしこ》い馬になったわけ

さて、アラヴィスと馬たちの話にもどろう。池をのぞいていた仙人《せんにん》の説明《せつめい》によれば、シャスタは殺《ころ》されずにすみ、けがもたいしたことはなさそうだった。シャスタが立ちあがった場面や、ルーン王から愛情《あいじょう》たっぷりの歓迎《かんげい》を受けるようすが見えたからだ。ただし、仙人には映像《えいぞう》が見えるだけで音は聞こえないので、人々がどのような話をしているのかはわからず、戦《たたか》いが終わって会話が始まったあとは、もう池を眺《なが》める意味がなくなった。

翌朝《よくあさ》、仙人がまだ家の中にいるあいだに、アラヴィスと馬たちはこれからどうするかを話しあった。

「ここでの暮《く》らしは、もうけっこうです」フインが言った。「仙人様はわたしたちにとてもよくしてくださるし、そのことにはたいへん感謝《かんしゃ》しておりますけれど、一日じゅう食べてばかりでからだを動かさないので、ペットのポニーみたいに太ってしまいそうです。そろそろナルニアへ向かいましょう」

「まあまあ、お嬢《じょう》さん、なにもきょうでなくてもいいでしょう」ブリーが言った。「そんなに急がなくても。いずれそのうちに、ということでいかがかな？」

「まずシャスタに会って、お別《わか》れを言わなくちゃ。それと、謝《あやま》らなくちゃならないし」アラヴィスが言った。

「おっしゃるとおりです！」ブリーがおおいに熱《ねっ》をこめて言った。「俺《おれ》もいま、それを言おうと思ってたところですよ」

「それはそのとおりですけれど」フインが言った。「シャスタは、いまアンヴァードにいるはずです。だから、アンヴァードでシャスタのところに寄《よ》ってお別れを言えばいいと思います。ナルニアへ行くならば、アンヴァードはちょうど通り道でしょう？なぜ、すぐに出発しないのですか？　わたしたち、みんな、ナルニアへ行こうとしていたのではありませんか？」

「そうね」アラヴィスが言った。ナルニアに着いたらどうしようかと考えて、アラヴィスは少し心細い気分になりはじめていた。

「もちろん、もちろんですとも」ブリーがあわてて言った。「でも、そう急ぐこともないんじゃないか、って言ってるんですよ。わかんないかなぁ」

「わかりませんわ」フインが言った。「あなたは、なぜ行きたくないのですか？」

「それは、ブルゥ、フゥ……」ブリーはぼそぼそと口の中でつぶやいた。「それは、その……故郷《くに》へ帰るというのは、まあ、言ってみれば、一世一代《いっせいちだい》の晴《は》れ舞台《ぶたい》なわけじゃないですか。社交界にもどるというか……それも、超上流《ちょうじょうりゅう》の社交界に。だから、印象《いんしょう》が大切なわけで……。その、俺《おれ》たち、まだベストの状態《じょうたい》にもどってないし」

フインが馬流の大笑《おおわら》いを始めた。「しっぽのことを気にしてるのね、ブリー！やっとわかりました。しっぽが伸《の》びるまで帰りたくないんですね！　ナルニアでしっぽを長く伸ばしたスタイルが流行《はや》っているのかどうかもわからないのに。ブリー、あなたって、ほんと、タシュバーンで会ったタルキーナに負けないくらい見栄《みえ》っぱりなんですね！」

「あんたってバカよ、ブリー」アラヴィスが言った。

「ライオンのたてがみにかけて、タルキーナ、俺《おれ》はバカなんかじゃないです」ブリーが憤然《ふんぜん》として言い返した。「自分や仲間《なかま》の馬たちのためを思ってのことです。それだけですよ」

「ねえ、ブリー」しっぽの長さにはたいして関心《かんしん》のないアラヴィスが言った。「ずっと前から聞きたいと思ってたんだけど。あんた、いつも何か誓《ちか》って言うときに『ライオンの名にかけて』とか『ライオンのたてがみにかけて』とか言うけど、どうしてなの？　あんた、ライオンが大嫌《だいきら》いなんじゃないの？」

「ええ、大嫌いですとも」ブリーが答えた。「でも、俺が『ライオンの名にかけて』って言うときは、もちろんそれはアスランのことであって、ナルニアを解放《かいほう》した偉大《いだい》なアスラン、魔女《まじょ》と冬を打《う》ち倒《たお》したアスランのことを言ってるんです。ナルニアの民《たみ》は誰《だれ》でもみんなアスランの名にかけて誓いますよ」

「でも、アスランはライオンなんじゃないの？」

「とんでもない、ちがいますよ」ブリーはびっくりしたような声を出した。

「タシュバーンでは、いつも、アスランはライオンだって聞いてたけど？」アラヴィスが追及《ついきゅう》した。「だって、ライオンじゃないのなら、どうしてライオンって呼《よ》ぶの？」

「まあ、タルキーナの年齢《とし》じゃ、まだわかんないでしょうけどね」ブリーが言った。「俺《おれ》だって、ナルニアを離《はな》れたときはまだほんの子馬だったから、自分でもよくわかってないんですよ」

（このとき、ブリーは緑の土塀《どべい》を背《せ》にして立っていて、アラヴィスとフインはブリーと向かいあう位置《いち》に立っていた。ブリーは偉《えら》そうな口ぶりでなかば目を閉《と》じてしゃべっていたので、フインとアラヴィスの表情《ひょうじょう》が一変《いっぺん》したのに気づかなかった。しかし、フインとアラヴィスが口をぽかんとあけて目をまん丸にしたのには、理由《わけ》があった。得意《とくい》そうにしゃべっているブリーの背後《はいご》で、巨大《きょだい》なライオンが外から緑の土塀にすっと飛《と》び乗《の》ったのを見たからだ。ライオンといっても、そのライオンは二人が見たことのあるふつうのライオンにくらべるとはるかに輝《かがや》かしい黄色で、体格《たいかく》も大きく、美しさも恐《おそ》ろしさも格別《かくべつ》だった。ライオンはすぐさま塀《へい》の内側《うちがわ》に下りたち、背後《はいご》から足音もたてずにブリーに近づいてきた。フインとアラヴィスは凍《こお》りついたように固《かた》まってしまって、物音ひとつたてることができなかった。）

「言うまでもありませんがね」ブリーはしゃべりつづけていた。「みんながアスランをライオンと呼《よ》ぶときは、要《よう》するにライオンと同じくらい強いとか、敵《てき》に対して言う場合はもちろんライオンと同じくらい獰猛《どうもう》だという意味なんでね。ま、だいたい、そんなようなことですよ。アスランが本物のライオンだなんて考えるのがいかにバカげてるかってことぐらい、アラヴィス、きみのように小さな子にもわかると思うけどね。第一、それじゃ失礼《しつれい》でしょうよ。もしほんとうにライオンだったら、俺《おれ》たちと同じ〈けもの〉ってことになっちゃうんですよ？　まったく！」（ここでブリーは笑《わら》いだした）「ライオンだったら、四本足で歩くってことになるでしょう？　それに、しっぽがあって……ひげも生えてて……ぎゃっ！　うぉー、フゥフゥ！　助けて！」

この悲鳴は、ブリーが「ひげ」と言った瞬間《しゅんかん》にアスランのひげが実際《じっさい》にブリーの耳をくすぐったからだった。ブリーは矢のような速さで逃《に》げだし、反対側《はんたいがわ》の土塀《どべい》のきわまで走って、そこでふりむいた。土塀《どべい》が高すぎて飛《と》び越《こ》せず、逃《に》げ場《ば》を失《うしな》ったのだ。アラヴィスとフインも後ずさりを始めた。張《は》りつめた沈黙《ちんもく》の一瞬《いっしゅん》があった。

そのとき、全身ぶるぶる震《ふる》えていたフインが小さく奇妙《きみょう》ないななきを発して、ライオンに駆《か》け寄《よ》った。

「お願《ねが》いです」フインが言った。「あなたはとても美しい方です。よろしければ、どうぞ、わたしを食べてください。ほかの誰《だれ》かに食べられるくらいなら、あなたに食べられたほうがずっとましです」

「親愛《しんあい》なる娘《むすめ》よ」アスランがヒクヒク震えているフインのビロードのような鼻先にライオン流のキスをしてやりながら言った。「あなたが遠からずしてわたしのもとへ来るであろうことは、わかっていた。あなたに歓《よろこ》びがあるように」

そのあと、アスランは顔を上げ、もう少し大きな声で呼《よ》びかけた。

「さあ、ブリー、哀《あわ》れなプライド高き臆病者《おくびょうもの》よ、こちらへ来なさい。もっとそばへ、息子《むすこ》よ。ためらわなくともよい。わたしに触《ふ》れてみなさい。わたしのにおいを嗅《か》いでみなさい。ほら、わたしには足が四本ある。しっぽもある。ひげも生えている。わたしは正真正銘《しょうしんしょうめい》の〈けもの〉なのだ」

「アスラン様」ブリーは震《ふる》える声で言った。「わたしはとんでもない愚《おろ》か者《もの》でした」

「若《わか》いうちにそのことに気づく馬は、さいわいである。人もまた同じだ。そばへ来なさい、わが娘《むすめ》アラヴィスよ。見るがいい！　わたしのかぎ爪《づめ》は出ていない。今回は引《ひ》き裂《さ》かれる心配はない」

「今回は、とおっしゃいますと？」アラヴィスがたずねた。

「あなたを傷《きず》つけたのは、わたしだったのだ」アスランが言った。「あなたが旅のあいだに見たライオンは、すべてわたしだったのだ。わたしがなぜあなたの背中《せなか》を切り裂いたか、わかるか？」

「いいえ、わかりません」

「裂けた傷には、裂けた傷を。痛《いた》みには、痛みを。血には、血を。あなたの背中につけた傷は、あなたに薬で眠《ねむ》らされた奴隷娘《どれいむすめ》が背中に受けた鞭《むち》の傷と同じものだ。それがどのような痛みであったか、あなたは知る必要《ひつよう》があった」

「わかりました。あの……」

「かまわぬ。質問《しつもん》を続《つづ》けなさい」アスランが言った。

「わたしのせいで、奴隷《どれい》の娘《むすめ》は今後もつらい目にあうのでしょうか？」

「わが子よ」アスランが言った。「わたしはあなたに対してあなたの話をする。奴隷娘の話ではない。誰《だれ》もみな、自分にかかわる話のみを聞くのである」そう言ったあと、アスランは首を振《ふ》り、もっと明るい声を出した。

「楽しくやりなさい、小さき者たちよ。わたしたちは、すぐにまた会うことになろう。しかし、その前に、もう一人あなたがたを訪《たず》ねてくる人がいる」それだけ言うと、アスランはひとっ飛《と》びで土塀《どべい》に飛《と》び上《あ》がり、視界《しかい》から消えた。

不思議《ふしぎ》なことに、アスランが姿《すがた》を消したあと、アラヴィスも二頭の馬たちもアスランについて話しあおうという気がまったく起きず、てんでんばらばらに草地の静《しず》かな場所を選《えら》んで、考えにふけりながら歩きまわっていた。

三〇分ほどたったころ、二頭の馬たちは仙人《せんにん》に呼《よ》ばれて家の裏手《うらて》へ行き、おいしい食べ物にありついた。アラヴィスはあいかわらず考えにふけりながら歩きまわっていたが、そのとき、門の外でラッパの鋭《するど》い音が響《ひび》いた。

「どなた?」アラヴィスが問うた。

「アーケン国のコル王子殿下《でんか》にございます」外から声がした。

アラヴィスは扉《とびら》のかんぬきをはずして門を開け、少し脇《わき》によけて訪問者《ほうもんしゃ》を通した。最初《さいしょ》にハルバード[1]を手にした兵士《へいし》が二人はいってきて、入口の両脇に立った。続《つづ》いて、軍使《ぐんし》とラッパ手《しゅ》がはいってきた。

「アーケン国のコル王子殿下におかれましては、アラヴィス姫《ひめ》とのご面会をお望《のぞ》みでいらっしゃいます」と軍使が告《つ》げた。そのあと、軍使とラッパ手が両脇に下がって頭《こうべ》を垂《た》れ、兵士たちが敬礼《けいれい》する中を、王子がはいってきた。供《とも》の者たちは全員が門の外に出て、扉が閉《し》まった。

王子は頭を下げてあいさつをしたが、それは王子にしてはずいぶんとぎこちない身のこなしだった。アラヴィスも膝《ひざ》を折《お》るカロールメン式のおじぎ(わたしたちの世界

1　鉾槍《ほこやり》または槍斧《やりおの》。槍の先に斧頭、その反対側《がわ》に突起《とっき》(ピック)が取《と》り付《つ》けられた武器《ぶき》で、敵《てき》を斬《き》る、突く、引っかけるなど、さまざまな使いかたができる。

のおじぎとはまったく異《こと》なる）をしたが、こちらはみごとな身のこなしだった。言うまでもなく、小さいころからしつけられてきた成果《せいか》だ。あいさつをしたあと、アラヴィスは顔を上げ、王子という人がどんな人物なのか見た。

アラヴィスの目の前に立っているのは、なんでもないふつうの少年だった。頭に何もかぶっておらず、金髪《きんぱつ》に針金《はりがね》と同じくらい細い金のヘアバンドをつけているだけだった。はおっている上着《うわぎ》は白いキャンブリック地で、ハンカチと同じくらい薄手《うすで》なので、下に重ねているチュニックの鮮《あざ》やかな赤い色がすけて見えた。エナメル塗《ぬ》りの剣《けん》のつかに添《そ》えた左手には、包帯《ほうたい》が巻《ま》かれていた。

アラヴィスは、あらためて相手の顔を見なおし、息をのんだ。「驚《おどろ》いた！　シャスタじゃないの！」

とたんにシャスタは真《ま》っ赤《か》な顔になり、早口で言《い》い訳《わけ》を始めた。「あのさ、アラヴィス、わかってほしいんだけどさ、ぼく、こんなかっこうをして（ラッパ手《しゅ》とかいろいろついてきちゃって）自分をえらく見せようとしてるわけじゃないし、前とちがう人間だって見せびらかそうとしてるとか、そういうんじゃないんだよ。ぼく、前の

YOUCHAN

古い服のほうがずっとよかったんだけど、焼《や》き捨《す》てられちゃって、父上が言うには——」

「父上？　あなたの？」アラヴィスが聞いた。

「どうもルーン王がぼくの父上らしいんだ」シャスタが言った。「考えてみりゃ、わかったはずなんだけど。コリンとぼく、そっくりなんだもの。ぼくたち、双子《ふたご》だったんだよ。あ、それから、ぼくの名前、シャスタじゃなくて、コルっていうんだ」

「コルのほうがシャスタよりすてきだわ」アラヴィスが言った。

「アーケン国じゃ、兄弟の名前はそういうふうにつけるんだって」と、シャスタ（ではなくて、これからはコル王子と呼《よ》ばなければならない）が説明《せつめい》した。「ダールとダーリンとか、コールとコーリンとか、そういうふうに」

「シャスタ——じゃなくて、コル」アラヴィスが言った。「ちょっと黙《だま》ってて。わたし、いますぐ言わなくちゃいけないことがあるの。わたし、いやな人間だったわ、ごめんなさい。でも、わたし、あなたが王子だってことがわかるより前に、心を入《い》れ替《か》えたの。ほんとよ。あなたがもどってきてライオンと対決したときに」

「あのライオン、きみを殺《ころ》すつもりはなかったんだよ」コルが言った。

「知ってる」アラヴィスがうなずいた。二人とも、おたがい相手がアスランの正体を知ったのだとわかって、少しのあいだ厳粛《げんしゅく》な気もちで言葉を失《うしな》っていた。

そのとき急にアラヴィスがコルの手に巻《ま》いた包帯《ほうたい》のことを思い出して、口を開いた。

「ねえ！　忘《わす》れてた！　戦《いくさ》に行ったんでしょ？　これ、そのときの傷《きず》？」

「なに、ほんのかすり傷だ」コルは初《はじ》めて王子らしい口調で答えた。が、すぐに大笑《おおわら》いして、こう付《つ》け加《くわ》えた。「正直に言うとさ、こんなの、名誉《めいよ》の負傷《ふしょう》でもなんでもないんだよ！　ちょっとすりむいただけ。それも、ろくに戦場《いくさば》にも近づかないうちに。みっともない話さ！」

「だけど、戦場にはいたんでしょ？」アラヴィスが言った。「すごい体験《たいけん》だった？」

「想像《そうぞう》したのとは、ぜんぜんちがってたよ」コルが言った。

「ああ、それから、シャ――じゃなくて、コルだったわね――ルーン王の話も聞かせ

2　細糸を平織《ひらお》りにした薄手の綿《めん》または亜麻《あま》の織物。

てよ。どうやって王子だってわかったの?」

「どっかに腰《こし》をおろして話そうよ、長い話だから」コルが言った。「それにしてもさ、父上はすごくいい人なんだ。王様でなかったとしても、あんな人が父親だなんて、ものすごくうれしいよ。帝王学《ていおうがく》とか、この先いろいろぞっとするような勉強があるみたいだけど。そうだ、双子《ふたご》だってわかった話だったよね。そうなんだよ、コリンとぼくは双子だったんだ。ぼくらが生まれて一週間ぐらいたったころ、両親がナルニアのケンタウロスの長老《ちょうろう》のところへぼくらを連《つ》れていったらしいんだ。祝福《しゅくふく》してもらうとか、そんなような目的《もくてき》で。ケンタウロスの多くは占《うらな》いができるんだけど、このケンタウロスの長老も予言者《よげんしゃ》だったんだ。ケンタウロスって、見たことない? きのうの戦《たたか》いのときにも、何人かケンタウロスがいたんだよ。すごい人たちだよ。ぼく、まだ、ちょっと慣《な》れないけど。ね、アラヴィス、北の国では新しく慣れなくちゃならないことがいっぱいありそうだね」

「そうね。話を続《つづ》けて」アラヴィスが先を促《うなが》した。

「そのケンタウロスは、コリンとぼくを見たとたん、ぼくのほうを向いて、この男《お》の子《こ》はいつかアーケン国を絶体絶命《ぜったいぜつめい》の危機《きき》から救《すく》うことになりましょう、って予言したんだって。もちろん、父上と母上はそれを聞いてすごく喜《よろこ》んだんだけど、それを聞いて喜ばなかった人間もいたんだ。それはバール卿《きょう》っていう男で、前に父上の大法官《だいほうかん》[3]だった人物なんだ。だけど、その男は何か悪いことをしたらしくて――〈おうりょう〉とか言ってたけど、ぼく、よくわかんなかった――父上はその大法官を解任《かいにん》した。けど、それ以外《いがい》の罰《ばつ》は与《あた》えずに、そのままアーケン国で暮《く》らすことを許《ゆる》してたんだって。ところが、そいつはよくよく悪いやつだったんだね、あとでわかったんだけど、そいつはティズロックのスパイでナルニアの秘密情報《ひみつじょうほう》をタシュバーンにいっぱい送ってたんだって。ぼくがアーケン国を危機から救うことになるって話を聞いて、その男はすぐにぼくを始末《しまつ》しなくちゃならないって考えたらしい。で、まんまとぼくをさらって（どうやったか、詳《くわ》しいことは知らないけど）、馬で〈曲がり矢川〉ぞいに海岸まで下ったんだ。手回し良《よ》く何もかも準備《じゅんび》ができてて、自分の手下《てした》を乗りこま

3　英国では最高位《さいこうい》の裁判官《さいばんかん》で、上院議長《じょういんぎちょう》も兼《か》ねる重職《じゅうしょく》。

せた船を海岸に待たせてあって、バール卿《きょう》とぼくを乗せて船が出航《しゅっこう》した。父上はこのことを聞きつけたけど、間に合わなかった。でも、できるかぎり大急ぎであとを追ったんだって。父上が海岸に着いたときにはバール卿はすでに出航したあとだったけど、まだ船が見えたから、父上は軍艦《いくさぶね》に乗りこんで、たったの二〇分で出航したんだって。

それはみごとな大捕物《おおとりもの》だったらしいよ。父上の船は六日間もバール卿のガリオン船を追いかけて、七日目に戦《たたか》いに持ちこんだんだって。すごい海戦《かいせん》だったらしい――昨日《きのう》の夜いっぱい話を聞いたんだ。朝の一〇時から日暮《ひぐ》れまで戦いが続《つづ》いたんだって。それで、最後《さいご》には父上の船が相手の船を乗っ取った。けど、船の中にぼくはいなかった。バール卿本人は戦死《せんし》したんだけど、部下の一人が白状《はくじょう》したところによると、その日の朝早くに、もう父上の船に追いつかれることを覚悟《かくご》したバール卿がぼくを騎士《きし》の一人に託《たく》して、船に積《つ》んであったボートで逃《に》がしたんだって。そのあと、ボートは行方《ゆくえ》知れずになった。だけど、もちろん、それはアスランが岸まで押《お》して運んだボートで、ちょうど海岸にいたアルシーシュがぼくを拾い上げた、というわけさ（どうも、この話全体の背後《はいご》にアスランがいたような気がするな）。その騎士《きし》の名前がわかったらいいのに。だってその人は自分が餓死《がし》してまでぼくの命を助けてくれたんだから」

「アスランは、きっと、それはほかの人の物語であってあなたの物語ではない、って言うんでしょうね」アラヴィスが言った。

「そうだね、忘《わす》れてた」コルが言った。

「その予言、どんなふうに成就《じょうじゅ》するのかしら?」アラヴィスが言った。「あなたはどんな危機《きき》からアーケン国を救《すく》うことになるのかしらね」

「それなんだけど」コルがきまり悪そうに言った。「みんなは、もう成就したと思ってるみたいなんだ」

アラヴィスが両手を打ち合わせた。「あ、そうか！　そうよね！　わたしったら、バカみたい。そうだわ、ほんとうによかったわね！　アーケン国の絶体絶命《ぜったいぜつめい》の危機っていうのは、ラバダシュが二〇〇騎《き》の兵隊《へいたい》を連《つ》れて〈曲がり矢川〉を渡《わた》ったことを王様がまだ気づいていないっていう、まさにあの状況《じょうきょう》だったわけだものね。自分がすごいことをした、って思わない?」

「ちょっと怖《こわ》いような気がしてる」コルが言った。

「で、あなたはこれからアンヴァードで暮《く》らすことになるのね」アラヴィスがちょっとうらやましそうに言った。

「あ、そうだ！」コルが言った。「その用事で来たのに、忘《わす》れるところだった。父上がね、アラヴィスもいっしょに来てアンヴァード城《じょう》で暮らしてほしいんだって。母上が亡《な》くなってから、中庭にはずっと女の人がいなかったから、って（どうして中庭《コート》っていうのか、ぼく、わかんないんだけど）[4]。ねえ、アラヴィス、ぜひ来てよ。きっと父上のこと、大好《だいす》きになると思うよ。それと、コリンも。父上やコリンはぼくとちがって、ちゃんとした育ちだから、何も心配することは――」

「くだらないこと言わないで」アラヴィスが言った。「でないと、本気で怒《おこ》るわよ。もちろん、お世話になるわ」

「じゃ、馬たちに会いに行こう」コルが言った。

ブリーとコルは再会《さいかい》をおおいに喜《よろこ》びあった。ブリーはまだかなり落ちこんでいたが、すぐにアンヴァードに向けて出発する案《あん》に同意した。そして、ブリーとフインはその翌日《よくじつ》に峠《とうげ》を越《こ》えてナルニアへ向かうことになった。コルとアラヴィスと馬たちは心をこめて仙人《せんにん》に別《わか》れを告《つ》げ、すぐにまた訪《たず》ねてくることを約束《やくそく》した。午前もなかばを過《す》ぎたころ、一行《いっこう》は出発した。馬たちはアラヴィスとコルが背中《せなか》に乗っていくものとばかり思っていたが、ナルニアやアーケン国では戦時《せんじ》のように全員が得意《とくい》分野で全力をつくすことが求《もと》められるとき以外《いがい》は誰《だれ》も〈もの言う馬〉に乗ろうなどとは思わないのだ、とコルが説明《せつめい》した。

それを聞いて、哀《あわ》れなブリーは自分がナルニアのしきたりにいかに無知《むち》であるかをあらためて思い知り、これからも自分はとんでもない失敗《しっぱい》をするんじゃないかと、ますます落ちこんだ。そんなわけで、フインが楽しい暮《く》らしを夢見《ゆめみ》ながら歩いていくかたわらで、ブリーは一歩ごとに不安《ふあん》を募《つの》らせ、気弱になっていった。

「元気出せよ、ブリー」コルが声をかけた。「ぼくなんて、もっとたいへんなんだか

4　英語では「宮廷《きゅうてい》」も「中庭」もcourtなので、宮廷になじみのないシャスタ（コル）はcourtを「中庭」だと思って聞いていた、というわけ。

ら。そっちは帝王学《ていおうがく》なんか仕込《しこ》まれなくてすむけど、ぼくは読み書きを習って、紋《もん》章学《しょうがく》を習って、ダンスを習って、歴史《れきし》だの音楽だのも習わなくちゃならないんだ。ブリーはナルニアの丘《おか》を好《す》きなだけ走りまわって、寝転《ねころ》がってりゃいいんだから、気楽なもんじゃないか」

「いや、まさにそこが問題なんだよな」ブリーがうめくような声を出した。「いったい、〈もの言う馬〉ってもんは、ゴロンゴロン寝っ転がったりするものなのかな？　もし、そうでないとしたら？　俺《おれ》、ゴロンゴロンをやめるなんて、考えられないよ。フイン、あんたはどう思う？」

「わたしはゴロンゴロンいたします、誰《だれ》が何と言おうと」フインが言った。「そんなこと、誰も角砂糖《かくざとう》二粒《つぶ》ほども気にしやしないと思いますわ」

「お城《しろ》はもうすぐなのか？」ブリーがコルにたずねた。

「次のカーブを曲がったとこだよ」コル王子が答えた。

「それじゃ、ひとつ、ここでたっぷりゴロンゴロンさせてもらおうかな。これが転がりおさめになるかもしれないから。ちょっと待っててくれよ」

たっぷり五分も転がってから、ブリーは鼻息荒《あら》く、背中《せなか》にシダの葉をくっつけて起き上がった。

「さあ、覚悟《かくご》はできたぞ」ブリーが悲壮感《ひそうかん》のただよう声で言った。「さあ、連《つ》れていってくれ、コル王子。ナルニアへ、そして北へ」

勇《いさ》ましい言葉とは裏腹《うらはら》に、ブリーの表情《ひょうじょう》は長き捕囚《ほしゅう》から解放《かいほう》されて自由《じゆう》な故国《ここく》へ帰る馬にはほど遠く、まるで葬式《そうしき》に向かうような顔をしていた。

15　愚劣王《ぐれつおう》ラバダシュ

　道を曲がると、両側《りょうがわ》に迫《せま》っていた木々が後退《こうたい》し、緑の芝生《しばふ》が広がる先にアンヴァード城《じょう》が見えた。木々の生《お》いしげる高い尾根《おね》を背負《せお》っているおかげで北風にさらされることのない城《しろ》は、とても古めかしく、温かみのある赤茶色の石で作られていた。

　一行《いっこう》が城門《じょうもん》に着く前に、ルーン王が迎《むか》えに出てきた。その姿《すがた》は、アラヴィスが思い描《えが》いていた王様とは似《に》ても似つかぬものだった。王はぼろぼろに着古した服を着ていた。というのは、ちょうど猟犬《りょうけん》係を伴《ともな》って犬舎《けんしゃ》を見まわっていたところで、とりあえず犬臭《くさ》い手を洗《あら》っただけで駆《か》けつけてきたからだった。しかし、アラヴィスの手を取って一礼した王の威厳《いげん》は、皇帝《こうてい》にも劣《おと》らぬ堂々《どうどう》たるものだった。

「姫《ひめ》よ」王がアラヴィスに言葉をかけた。「ようこそ、おいでくださった。王妃《おうひ》が健《けん》在《ざい》であったならば、もっと華《はな》やかな歓迎《かんげい》をしてさしあげることができたであろうが、気もちだけはいささかも劣《おと》るものではない。不幸《ふこう》な目にあわれて父君の家を去らざるをえなかった由《よし》、ご同情《どうじょう》申し上げる。さぞ、つらい思いをされたことであろう。息《むす》子《こ》のコルから聞いたが、二人でたいへんな冒険《ぼうけん》をしてこられたそうですな。あなたはとても勇敢《ゆうかん》なお嬢《じょう》さんだとうかがいましたぞ」

「勇敢だったのは、王子のほうです」アラヴィスが言った。「わたしを救《すく》おうとして、ライオンに向かっていったのですから」

「ほう、それはどういうことかな?」ルーン王が目を輝《かがや》かせてたずねた。「その話は、まだ聞いておらぬが」

というわけで、アラヴィスが一連《いちれん》のできごとを語った。コルとしては、自分でもその話はぜひ父親に知ってほしいとは思っていたのだが、自分の口からは言い出せずにいた。ところが、実際《じっさい》に冒険譚《ぼうけんたん》が語られるのを聞いていると、想像《そうぞう》したほどいい気分ではなく、むしろ馬鹿馬鹿《ばかばか》しいような気がしてきた。しかし父王はこの話をたいへん喜《よろこ》び、それから何週間ものあいだ、会う人ごとにこの話を披露《ひろう》したので、コルはあんな冒険《ぼうけん》などいっそなければよかったと思ったくらいだった。

次に、ルーン王はフインとブリーのほうを向いて、アラヴィスに話しかけたのと同じていねいな口調で言葉をかけ、家族のことや、捕《と》らえられる前はナルニアのどこに住んでいたのかなど、いろいろなことをたずねた。馬たちは人間（というのは大人の人間のこと。アラヴィスやコルは数にはいらない）から同等の相手として話しかけられることに慣《な》れていなかったので、答えがしどろもどろになってしまった。

そのうちに、城《しろ》からルーシー女王が出てきて話の輪《わ》に加《くわ》わった。ルーン王はアラヴィスに向かって、「姫《ひめ》や、この女王は当家の親しい友人で、姫がお住まいになる部屋をわしなどがやるよりはるかに手際《てぎわ》よく整えてくださったのです」と説明《せつめい》した。

「お部屋を見に行きましょうか？」ルーシー女王がアラヴィスにキスをして言った。

二人はすぐに意気投合し、さっそく連《つ》れだって、アラヴィスが使うことになる寝室《しんしつ》のことだの、居間《いま》のことだの、ドレスのことだの、女の子たちがこういうときに話すいろいろなことをおしゃべりしながら城に向かった。

テラスでの昼食後（昼食のメニューは鳥肉《とりにく》の冷製《れいせい》、獣肉《じゅうにく》の冷製パイ、ワイン、パン、チーズだった）、ルーン王は顔をしかめ、大きなため息をついて、こう言った。

「やれやれ！　おのおのがた、まだ一つ、例《れい》のろくでなしのラバダシュめに沙汰《さた》を下す件《けん》が残《のこ》っておるのだが」

このとき、ルーシーはルーン王の右側《みぎがわ》にすわり、左側《ひだりがわ》にはアラヴィスがすわっていた。エドマンド王はテーブルの一方の端《はし》に席《せき》を占《し》め、向かい側にはダーリン卿《きょう》が席についていた。ダール卿とペリダン卿とコル王子とコリン王子は、ルーン王と同じ側にすわっていた。

「陛下《へいか》には、あやつめの首を打ち落とす完全《かんぜん》なる権利《けんり》がございます」ペリダン卿が発言した。「あのような奇襲《きしゅう》は、闇討《やみう》ちに等しいひきょうな裏切《うらぎ》りであります」

「まことに、そのとおり」エドマンド王が発言した。「しかし、裏切り者でも改心《かいしん》する可能性《かのうせい》はあります。わたしはそのような者を一人存《ぞん》じております」エドマンド王は深く思うところのある表情《ひょうじょう》を見せた。

「ラバダシュを殺《ころ》せば、ティズロック相手の戦《いくさ》になりかねませせぬ」ダーリン卿が発言した。

「ティズロックなど、何の恐《おそ》るることがあろう」ルーン王が言った。「ティズロックが頼《たの》みとするのは人海戦術《じんかいせんじゅつ》だが、大人数を率《ひき》いて砂漠《さばく》を渡《わた》ることはできぬ。とはいえ、わしも、いかに相手が裏切《うらぎ》り者《もの》とはいえ、こうして冷静《れいせい》になったあとで人を殺《ころ》すということは、気乗りがせぬ。戦《たたか》いの場でやつの喉《のど》もとを掻《か》っ切《き》るならば迷《まよ》いもなかろうが、いまとなっては話がちがう」

「では、こうしたらいかがでしょう」ルーシー女王が口を開いた。「陛下《へいか》、あの男にもう一度チャンスを与《あた》えてやるのです。今後は正々堂々《せいせいどうどう》とやると厳《きび》しく約束《やくそく》させたうえで釈放《しゃくほう》してやる、というのは？　あのような男ではあっても、約束を守るかもしれません」

「妹王よ、それはサルに向かって正直にやれと言うに等しいことかもしれませんぞ」エドマンド王が言った。「だが、ライオンの名にかけて、もしふたたびあの男が約束を破《やぶ》るようなことがあれば、そのときは、われわれのうちの誰《だれ》かが戦いの場で首をすっぱりと斬《き》り落《お》としてやりましょうぞ」

「では、そうしてみよう」ルーン王はそう言うと、従者《じゅうしゃ》に「囚人《しゅうじん》を引ったてて まいれ」と命じた。

ラバダシュは鎖《くさり》につながれた姿《すがた》で一同の前に引き出された。そのありさまは、さぞ不潔《ふけつ》な地下牢《ちかろう》で水も食べ物も与《あた》えられずに一晩《ひとばん》を過《す》ごしたのだろうと想像《そうぞう》したくなるような姿だったが、実際《じっさい》にはきわめて快適《かいてき》な部屋に幽閉《ゆうへい》され、すばらしい夕食も与えられていたのだ。けれども、怒《いか》り狂《くる》ったラバダシュは食事に手をつけず、一晩じゅう地団駄《じだんだ》を踏《ふ》み、吼《ほ》えまくり、悪態《あくたい》をつきつづけたので、疲《つか》れはてた姿になっていたのも無理《むり》からぬことだった。

「殿下《でんか》、いまさら申すまでもないと思うが」と、ルーン王が口を開いた。「国際法《こくさいほう》の定めによっても、熟慮《じゅくりょ》に熟慮を重ねても、われわれには殿下の首を頂戴《ちょうだい》するに足る十分にして当然《とうぜん》なる権利《けんり》がござる。しかしながら、殿下の若《わか》さを考慮《こうりょ》し、また、奴隷《どれい》と暴君《ぼうくん》の国においておそらくは礼儀《れいぎ》も作法《さほう》も知らぬままに長じたのであろう育ちの悪さをも考慮して、われわれは殿下を無傷《むきず》のまま解放《かいほう》してさしあげようかと考えておるところだが、その条件《じょうけん》として、第一に——」

YOUCHAN

「くたばれ犬《いぬ》ども!」ラバダシュがまくしたてた。「きさまらの条件《じょうけん》など、俺様《おれさま》が聞くと思うのか? へっ! 育ちが悪いのなんのと、大きな口をたたきやがって。鎖《くさり》につながれた相手にものを言うなら、簡単《かんたん》だろうよ。は! この胸糞悪《むなくそわる》い鎖をはずして、俺に剣《けん》を持たせろ。そのうえで俺と言い合いをする肝《きも》っ玉《たま》があるのなら、相手になってやる」

もちろん、その場に居《い》あわせた貴族《きぞく》全員が立ちあがり、コリンが「父上! こいつを殴《なぐ》り倒《たお》してもいいですか?」と声をあげた。

「落ち着かれよ、おのおのがた!」ルーン王が一喝《いっかつ》した。「このようなチンピラに二《ふた》言三言《ことみこと》ののしられたていどで気色《けしき》ばむとは、情《なさ》けない。すわりなさい、コリン。さもなくば、この場を離《はな》れよ。ラバダシュ殿下《でんか》、もう一度申し上げる。われわれの条件をお聞きなさい」

「蛮族《ばんぞく》や妖術使《ようじゅつつか》いを相手に条件をうんぬんする気などないわ」ラバダシュが言った。「きさまらなんぞに髪《かみ》の毛一本さわらせるものか。俺様に対する許《ゆる》しがたき侮辱《ぶじょく》の数々、ナルニア国とアーケン国を血の海にして償《つぐな》わせてやる。ティズロックの恐《おそ》ろしい報復《ほうふく》を覚悟《かくご》するがいい。いますぐにでも、目にもの見せてくれようぞ。俺様《おれさま》を殺《ころ》してみよ、この北の地を焼《や》きつくし、責《せ》め苦《く》のかぎりをつくして、血も凍《こお》るような話をこの先千年も世界じゅうの語りぐさにしてくれるわ。覚《おぼ》えておれ！　覚えておれ！　覚えておれ！　タシュの雷《いかずち》が降《ふ》り注《そそ》ぐぞ！」

「で、とちゅうでフックに引っかかるのかな？」コリンが口をはさんだ。

「口をつつしみなさい、コリン」父王が言った。「自分より弱い相手にあざけりの言葉を投げつけてはならぬ。相手が自分より強ければ、好きなだけあざけるがよい」

「ああ、バカなラバダシュ」ルーシー女王がため息をついた。

次の瞬間《しゅんかん》、テーブルについていた全員がさっと立ちあがり、そのまま身動きひとつしなくなった。コルはそれを見て「何だろう？」と思ったが、もちろん自分も同じようにした。理由《りゆう》はすぐにわかった。アスランがいずこからともなく姿《すがた》をあらわし、一同の目の前にいたのだ。巨大《きょだい》なライオンが自分とルーン王たちとのあいだを音もたてずにゆっくりと歩く姿を見て、ラバダシュはぎょっとした表情《ひょうじょう》を見せた。

「ラバダシュ」アスランが言った。「心して聞きなさい。身の破滅《はめつ》は近い。しかし、まだそれを避《さ》ける方法《ほうほう》はある。思い上がりを捨《す》てなさい――あなたに思い上がるほどの何があるのか。怒《いか》りを捨てなさい――あなたに誰《だれ》が不法《ふほう》なことをしたのか。そして、この王たちの慈悲《じひ》を受けいれなさい」

アスランの言葉を聞いたラバダシュは、目玉をぐるりと回し、口を大きく開けてサメのように残忍《ざんにん》な笑《わら》いを浮《う》かべ、耳を上下にぴくぴく動かした（練習すれば誰《だれ》でもできるようになる）。カロールメンでは、これをやると効果《こうか》てきめんだったのだ。最《もっと》も勇敢《ゆうかん》な者でもラバダシュのこの顔を見れば震《ふる》えだし、並《な》みの人間ならば床《ゆか》にひれ伏《ふ》し、神経《しんけい》の細い人間ならば卒倒《そっとう》したものだ。しかし、哀《あわ》れラバダシュが理解《りかい》していなかったのは、自分のひとことで相手を釜《かま》ゆでにもできるという力関係《ちからかんけい》があればこそそうした脅《おど》しが通じるのである、という肝心《かんじん》な点だった。アーケン国では、ラバダシュの変《へん》な顔は何の脅しにもならなかった。事実、ルーシー女王などは、ラバダシュが吐《は》きそうになっているのかと思っただけだった。

「悪魔《あくま》！　悪魔！　悪魔！」ラバダシュは声を張《は》りあげた。「俺《おれ》は知ってるぞ。おまえはナルニアの魔神《まじん》だろう。おまえは神々の敵《てき》だ。俺様が何者であるか、わきまえろ、化け物め。俺様《おれさま》は絶対《ぜったい》にして侵《おか》すべからざるタシュの神の子孫《しそん》である。おまえにタシュの呪《のろ》いあれ。サソリの形をしたタシュの雷《いかずち》がおまえの上に雨あられと降《ふ》り注《そそ》ごうぞ。ナルニアの山々は木っ端《こっぱ》みじんになり、ナルニアの——」

「気をつけよ、ラバダシュ」アスランが静《しず》かな声で言った。「破滅《はめつ》はますます近づいているぞ。もう扉《とびら》のすぐ外まで来ている。掛《か》け金《がね》をはずそうとしている」

「空も落ちよ！　地も裂《さ》けよ！」ラバダシュが金切《かなき》り声《ごえ》で叫《さけ》んだ。「血と炎《ほのお》によってこの世など滅《ほろ》び去《さ》るがよいわ！　俺様はあきらめないぞ。あの蛮族《ばんぞく》の女王め、あのメス犬《いぬ》め、髪《かみ》をひっつかみ、わが宮殿《きゅうでん》へ引きずっていくまでは——」

「もはやこれまで」アスランの声がした。すると、その場にいた全員が笑《わら》いだした。

ラバダシュはこれを見て、芯《しん》から恐怖《きょうふ》に震《ふる》えあがった。

みんな、笑わずにはいられなかったのだ。ラバダシュはさっきからずっと耳をぴくぴく動かしていたが、アスランが「もはやこれまで」と言ったと同時に耳の形が変《か》わりはじめた。耳はどんどん長くなり、先っぽがとがって、全体に灰色《はいいろ》の毛が生えてきたのだ。みんながどこかで見たような耳だな……と思っているうちに、こんどはラバダシュの顔が変化《へんか》しはじめた。顔は長くなり、上のほうがずんぐりと丸みをおび、目が大きくなり、鼻がぺしゃんこになって顔の中に埋《う》まり（というか、顔のほうがふくれあがって全体が鼻になり）、しかも全身いたるところに毛が生えてきた。両腕《りょううで》もどんどん伸《の》びて前に垂《た》れ下《さ》がり、とうとう地面に着いてしまった。ただし、それはもう手ではなく、先っぽがひづめに変《か》わっていた。いまやラバダシュは四本の足で立ち、着ていた服も消え、それを見守る人々の笑《わら》い声《ごえ》はどんどん大きくなった（がまんなどとうてい無理《むり》だった）。というのも、ラバダシュは、どう見てもロバ以外《いがい》の何物でもなくなったからである。

悲惨《ひさん》だったのは、人間の形が失《うしな》われたあとも少しのあいだだけ人間の声が残《のこ》っていたことで、自分の身に起こりつつある変化に気づいたラバダシュは悲鳴をあげた。

「おお！　ロバはやめてくれ！　後生《ごしょう》だから！　馬ならまだしも……まだヒも……イイオォ……イイイオォォ……」そして人間の声も消え、ロバのしわがれたいななきに変わってしまった。

「ラバダシュよ、聞きなさい」アスランが言った。「正義《せいぎ》にも温情《おんじょう》を加《くわ》えてやろう。

あなたは永遠《えいえん》にロバの姿《すがた》でいるわけではない」

これを聞いて、もちろんロバは耳をぴくぴくと前へ動かした――それがまたおかしかったので、一同はいっそう笑《わら》いころげた。笑わずにおこうと思っても、どうにもがまんできなかったのだ。

「あなたはタシュの神に願《ねが》った」アスランが言った。「それゆえ、タシュの神殿《しんでん》において、あなたはもとの姿にもどるであろう。あなたは、ことし秋の大祭《たいさい》の日にタシュバーンにあるタシュの神殿にて祭壇《さいだん》の前に立ち、タシュバーンのすべての民《たみ》が見守る前で、ロバの姿はあなたの身から離《はな》れ、万民《ばんみん》があなたをラバダシュ王子であったと知ることになろう。ただし、あなたが命あるかぎり、タシュバーンの大神殿から一五キロ以上《いじょう》離れれば、あなたはただちにふたたびロバの姿になる。そして、二度目に姿が変《か》わったあとは、もう、もとにもどることはない」

その言葉に続《つづ》いてしばしの沈黙《ちんもく》があり、人々が身じろぎして、たったいま夢《ゆめ》からさめたかのようにたがいに顔を見合わせた。アスランの姿はすでになかった。しかし大気や芝生《しばふ》には金色の輝《かがや》きが残《のこ》り、人々の心には歓《よろこ》びが残り、アスランが夢でなかったことがはっきりとわかった。それに何より、目の前にはロバがいた。ルーン王はとりわけ心根《こころね》の優《やさ》しい王様だったので、ラバダシュがこのような哀《あわ》れな姿《すがた》になってしまったのを見て、怒《いか》りを忘《わす》れた。

「殿下《でんか》」ルーン王はロバに話しかけた。「思いもよらぬ仕儀《しぎ》と相成《あいな》り、心よりご同情《どうじょう》申しあげる。殿下もご覧《らん》のとおり、これはわれわれの為《な》したことではござらぬ。申すまでもなく、わが方としては、アスランがお決めになった殿下の……その……治療《ちりょう》のためにタシュバーンまでお送りすることに関《かん》して異存《いぞん》はござらぬ。殿下が状況《じょうきょう》の許《ゆる》すかぎり快適《かいてき》にお過《す》ごしいただけるよう、最上級《さいじょうきゅう》の家畜輸送船《かちくゆそうせん》を用意し、新鮮《しんせん》なニンジンとアザミを取りそろえ――」

しかし、耳をつんざくようなロバのいななきと、衛兵《えいへい》にねらいを定めた一蹴《ひとけ》りとで、ルーン王の親切な申し出にロバがぜんぜん感謝《かんしゃ》していないことがはっきりと伝《つた》わった。

さて、ここでさっさとラバダシュの話を片《かた》づけてしまうことにしよう。ラバダシュ（あるいはロバ）は家畜輸送船でつつがなくタシュバーンへ送《おく》り届《とど》けられ、秋の大祭《たいさい》の日にタシュの神殿《しんでん》に引き出されて、そこでふたたび人間の姿《すがた》にもどった。しかし、もちろん四千から五千の民衆《みんしゅう》がロバから人間への変身《へんしん》を目撃《もくげき》することになり、人の口に戸を立てることなどできるはずもなかった。老《ろう》ティズロックが死んだあと、ラバダシュが位《くらい》を継《つ》いでティズロックとなったが、この新しいティズロックはカロールメン史上最《しじょうもっと》も平和的《へいわてき》なティズロックとなった。というのは、ラバダシュはタシュバーンから一五キロ以上離《いじょうはな》れるわけにはいかないので、みずから戦場《せんじょう》におもむくことができなかったからである。また、配下のタルカーンたちが戦争《せんそう》で功名《こうみょう》をたてることも、ラバダシュは望《のぞ》まなかった。過去《かこ》にそうして多くのティズロックが権力《けんりょく》の座《ざ》から追い落とされてきたのを知っていたからだ。身勝手な理由《りゆう》からとはいえ、おかげでカロールメン周辺《しゅうへん》の小さな国々は、平和の恩恵《おんけい》に浴《よく》することができた。カロールメンの民《たみ》は、ティズロックがロバであったことをけっして忘《わす》れはしなかった。ティズロックの位にあったあいだ、そして本人に面と向かっては、民はラバダシュを〈平和王ラバダシュ〉と呼《よ》んだ。しかし、死後、あるいは本人に聞こえないところでは、民はこの男を〈愚劣王《ぐれつおう》ラバダシュ〉と呼んだ。カロールメンのちゃんとした歴史《れきし》の本を見れば（近所の図書館で探《さが》してごらんなさい）、ラバダシュはその名前で出ているはずだ。そして、今日《こんにち》にいたるまで、カロールメンの学校では、とんでもなくバカなことをした生徒《せいと》は〈ラバダシュ二世〉と呼《よ》ばれるのである。

一方、アンヴァードでは、楽しみごとが始まる前にラバダシュを始末《しまつ》できて、みんな喜《よろこ》んでいた。それは夕方からお城《しろ》の前の芝生《しばふ》の広場で催《もよお》された盛大《せいだい》な祝宴《しゅくえん》で、月の光に加《くわ》えて何十個《こ》ものランタンが吊《つ》るされ、明るい光の中でワインがたっぷりふるまわれ、物語を語る者もいればジョークを飛《と》ばす者もいた。そして、お祭《まつ》り騒《さわ》ぎが一段落《いちだんらく》したところで宮廷《きゅうてい》詩人が登場し、二人のバイオリン弾《ひ》きとともに人々の輪《わ》の中央へ進み出た。アラヴィスとコルは、また退屈《たいくつ》な詩を聞かされるのだろうと覚悟《かくご》した。というのも、二人が知っていたのは、ここまで読んでくれた読者諸君《しょくん》もお察《さっ》しのとおり、カロールメン流のつまらない詩ばかりだったからである。しかし、バイオリン弾きが最初《さいしょ》の一節《いっせつ》を奏《かな》でたとたん、二人は夢中《むちゅう》になった。詩人は金髪《きんぱつ》のオルヴィン王の物語詩を歌い、アーケン国の勇猛《ゆうもう》なオルヴィン王が巨人《きょじん》パイアと戦《たたか》って巨人を石に変《か》え（それがパイア山の由来《ゆらい》で、パイアは双頭《そうとう》の巨人だった）、リルン姫《ひめ》を花嫁《よめ》にした物語を歌った。歌が終わると、アラヴィスとコルはもう一度くりかえして聞きたいと思ったくらいだった。そのあと、ブリーが歌は歌えないものの、ザリンドレの戦《たたか》いの話を語った。そのあと、ルーシー女王がまた衣装《いしょう》だんすの物語を語り（アラヴィスとコル以外《いがい》は全員がこの話を何度も聞いて知っていたが、また聞きたいと所望《しょもう》したのだった）、自分とエドマンド王とスーザン女王とピーター上級王がどのようにして最初《さいしょ》ナルニアへやってくることになったかを物語った。

やがて、遅《おそ》かれ早《はや》かれ来《きた》るべき時刻《じこく》が来て、ルーン王が子どもたちに寝《ね》る時間だと言いわたしたあと、こう付《つ》け加《くわ》えた。「よいか、コル、あすはわしとともに城《しろ》の内外を見てまわり、強い部分と弱い部分をもれなく確認《かくにん》せねばならぬ。わし亡《な》きあとは、城はそなたが守ることになるからだ」

「でも、そのときはコリンが王になるのでしょう、父上？」コルがたずねた。

「いや、そうではない」ルーン王が言った。「そなたがわしのあとを継《つ》ぐのだ。王位《おうい》はそなたのものとなる」

「でも、ぼく、そんなこと望《のぞ》んでいません」コルが言った。「それより、ぼくは――」

「そなたがどうしたいかは問題ではないのだ、コル。わしがどうしたいかも、問題ではない。これは法《ほう》の定めなのだ」

「でも、双子《ふたご》なら、年齢《とし》は同じではありませんか?」

「いいや」ルーン王は笑《わら》って答えた。「生まれてきた順《じゅん》というものがある。そなたはコリンより二〇分も先に生まれてまいった。それに、そなたのほうが優秀《ゆうしゅう》だ――願《ねが》わくば、であるが。まあ、それでもたいしたことはない」ルーン王はいたずらっぽい目でコリンを見た。

「でも、父上、兄弟のうち父上のお目にかなったほうを次の王にするというわけにはいかないのですか?」

「いや。王は法の下《もと》にあるもの。法が王を決めるのだ。歩哨《ほしょう》が持ち場を離《はな》れることを許《ゆる》されぬのと同じく、王も王座《おうざ》を離れることは許されぬ」

「なんてことだ」コルが言った。「ぼく、王になんか、ちっともなりたくないのに。それに、コリン――ごめんよ、コリン。ぼくが出てきたせいできみから王位《おうい》を奪《うば》うことになるなんて、思いもしなかったんだ」

「ばんざーい! ばんざーい!」コリンが言った。「ぼく、王にならなくていいんだ。

ぼく、王にならなくていいんだ。ぼく、ずっと王子でいられるんだ。なんてったって、楽しいのは王子のほうだからね！」

「コルよ、まことにコリンの言うとおり。いや、これはコリンの思う以上《いじょう》に真実を突《つ》いておる」ルーン王が言った。「なぜなら、王というものは、命がけの突撃《とつげき》のさいには先頭に立ち、命がけの退却《たいきゃく》のさいにはしんがりをつとめ、国が飢《う》えたときには（たまには悪い年もあろう）民《たみ》の誰《だれ》よりも少ない食事をとりながら、誰よりも良《よ》い服を身につけ、誰よりも大きな声で笑《わら》わねばならぬからだ」

寝室《しんしつ》への階段《かいだん》をのぼりながら、コルはふたたび王位《おうい》のことはどうにもならないのかとコリンにたずねた。すると、コリンが言った。

「あと一度でもその話を持ち出したら、ぼく……ぼく、おまえを殴《なぐ》り倒《たお》しちゃうからな」

このあと、二人の王子は二度とふたたびけんかをしませんでした、と書いて物語を終わりにできれば簡単《かんたん》なのだが、残念《ざんねん》ながら、そうはならなかった。実際《じっさい》には、コルとコリンはごくふつうのきょうだいと同じように口げんかをし、つかみあいのけんかもした。そして、どのけんかも、始まりがコリンの一発であったとしてもなかったとしても、最後《さいご》はけっきょく弟のコリンが兄のコルを殴《なぐ》り倒《たお》しておしまいになるのだった。というのも、長じてから二人はともにりっぱな剣士《けんし》となり、戦場《せんじょう》においてはむしろコルのほうが剣豪《けんごう》として恐《おそ》れられる存在《そんざい》となったものの、拳闘《けんとう》にかけては北の国々でコリンにかなう者は一人もいなかったからである。〈鉄拳《てっけん》コリン〉の名は、そんなところからつけられた。そして、コリンは〈嵐《あらし》が峰《みね》〉に棲《す》む〈堕落《だらく》したクマ〉を倒すという大手柄《おおてがら》もたてた。このクマは、もとは〈もの言うクマ〉であったのだが、いつの間にか野生のクマの習性《しゅうせい》にもどってしまった。コリンは、ある年の冬、雪の中を〈嵐が峰〉のナルニア側《がわ》にある〈堕落グマ〉のねぐらまで登っていき、クマとタイムキーパーなしで三三ラウンドのボクシングを戦《たたか》い、最後に目が腫《は》れて見えなくなったクマが心を入《い》れ替《か》えたのだった。

アラヴィスもコルとしょっちゅう口げんかをした（つかみあいのけんかまでしたらしい）が、いつも仲直《なかなお》りして友だちにもどった。そんなわけで、歳月《さいげつ》をへて大人になってからは、けんかと仲直りのくりかえしがすっかり習慣《しゅうかん》になってしまい、いっそのことけんかと仲直《なかなお》りがもっとやりやすいようにと、結婚《けっこん》することにした。そして、ルーン王の亡《な》きあと、コルとアラヴィスはアーケン国のりっぱな王と王妃《おうひ》になった。アーケン国史《こくし》上《じょう》最《もっと》も名高いラム大王は、二人のあいだに生まれた子である。ブリーとフインはたいへんな長寿《ちょうじゅ》になるまでナルニア国で幸せに暮《く》らし、それぞれ別《べつ》の相手と結婚した。そして、数ケ月《すうかげつ》に一度はかならずどちらかが、あるいは二頭連《つ》れだって、峠《とうげ》を越《こ》えてアンヴァード城《じょう》のコルとアラヴィスに会いに訪《たず》ねてくるのだった。

解説

安達まみ
（聖心女子大学教授）

本書の原題 *The Horse and His Boy* は、直訳すると「馬とその少年」である。意表をつく題名だが、邦訳では日本語らしさを尊重して所有格が省略される。それでも馬が先で少年があとにくる。英語ではふつう、ヘミングウェイの『老人と海』（*The Old Man and the Sea*）、バーナード・ショーの『人間と超人』（*Man and Superman*）というように、人間が先にくるほうが落ちつきがいい。『馬と少年』という風変わりな語順のおかげで、物語をひもとくまえから読者の心には、両者の関係性のさりげないイメージが醸成される。堂々たる風格の馬がいばっていて、少年のほうはちょっと窮屈そう。そんなユーモラスな情景が物語の主人公たる馬と少年の関係を予感させる。

ナルニアの馬ブリーは自信満々の軍馬で、人間の言葉を自在にあやつる。一方、貧しい漁師に育てられた少年シャスタは、世間知らずで、なにかとブリーに頼りきりだ（すくなくとも物語の冒頭では）。

この作品の愉しさを際立たせる仕掛けは、もちろんそれだけではない。『ライオンと魔女と衣装だんす』で人間界からやってきた四兄弟姉妹ピーター、スーザン、エドマンド、ルーシーは、ナルニア国の王と女王として即位するが、この作品は彼らの在位中のできごとである。『ナルニア国物語』のほかの六作品では、児童文学の一つの典型である、「往《ゆ》きて還《かえ》りし物語」のつねとして、人間界からきた人物が異世界の生き物たちと交流する体裁がとられ、異世界へといざなう仕掛けに満ちている。

この趣向をいわば編み出した古典中の古典はルイス・キャロルの二冊のアリス物語である。『ふしぎの国のアリス』では、アリスはうさぎ穴に落っこちて、ふしぎの国に迷いこみ、曲者《くせもの》ぞろいの住人と変な決まりに面食らうが、あわやというときに現実世界に戻っている。『鏡の国のアリス』では鏡を通って異世界におもむくが、前作と同様、個性的な住人たちの言動に振り回されながら目的を達成するも、ふたたび現実世界に戻る。ほかに、フランク・ボームの『オズの魔法使い』やJ・K・ローリングの『ハリー・ポッター』でも、現実世界から異世界へ、そしてふたたび現実世界へという枠組が用意されている。

ナルニア国の創世にかかわる『魔術師のおい』では、アンドリュー伯父のつくった黄色い指輪をはめると、おいのディゴリーとその友人ポリーは、まず「世界のあいだの森」に飛び、それから緑色の指輪をはめて森にたくさんある池のひとつに飛びこむと、（まだできあがる前の）ナルニアに入る。道具を駆使して旅をするのはふたりだけではない。アンドリュー伯父、辻馬車の御者、馬、魔女のジェイディス女王までも、ふたりにぶらさがってナルニアに入りこむ。一方、御者の妻は、アスランの声ひとつで、「小鳥が巣に向かって飛んでいくようにすばやく、すんなりと、やさしく」呼び寄せられる。子どもたちが現実世界に戻るときも、アスランのはからいなので、指輪などいらない。

『ライオンと魔女と衣装だんす』では、子どもたちが衣装だんすの奥深くに分け入るうち、いつのまにか永遠の冬に包まれた雪深いナルニアに入りこんでしまう。この衣装だんすは、特別な木材（『魔術師のおい』で登場する不老長寿のリンゴの実から生《は》えた木）からできていた。老教授となったディゴリーの田舎の屋敷の一隅にひっそりと追いやられていたのが、たまたまルーシーの目にとまったのだ。この世と異なるナルニア時間で成人して立派な王と女王となった子どもたちは、物語の最後でふたたび衣装だんすを通って、子どもとして現実世界に戻ってくる。

物語の年代順に刊行されている光文社古典新訳文庫では次作となる『カスピアン王子』も見てみよう。王子の吹きならす角笛の音に導かれ、寄宿学校に戻るとちゅうの駅のプラットフォームにいた四人の子どもたちが、現実世界からナルニアへと連れもどされる。ナルニアの空気を吸って逞《たくま》しくなった子どもたちは、カスピアンがナルニアの危機を救う手助けをする。この物語では、四人はアスランが空中に設《しつら》えた扉を通って、もといたプラットフォームに帰っていく。

かくて、ナルニア国物語の各巻には、それぞれに工夫をこらした異世界への〈扉〉があり、シリーズを読み進むにつれ、今回は主人公たちがどのようにして人間界からナルニアへと往くのか、また、どのようにして還ってくるのか（または還ってこないのか）が、大きな関心事になっていく。これまでの読者はたいてい最初に刊行された『ライオンと魔女と衣装だんす』から読み進めていったと思われる。だから、まずは衣装だんすの趣向（ナルニアへの通路になっている）に心を奪われたにちがいない。現実世界に生きる読者が主人公と自分を重ね、唐突に訪れるナルニアという歓びをいっしょに体験することこそが、『ナルニア国物語』を読む醍醐味といってもいい。それだけナルニアへの憧れは、ルーシーたちと同じくらい、あるいはもっと強くあざやかに読者の心に呼び覚まされる。

いったん異世界から現実世界に戻ってきた子どもたちは、あいかわらず無力な子どもであることに変わりはない。それでも、たしかになにかを得ているはずだ。そのなにかとは、現実世界に戻ってきても、ナルニアの、そしてアスランの至福の思い出から励ましと心の糧《かて》をひきだす知恵であり、子どもたちに自分を重ねる読者もまた、その知恵にあずかるのである。

〈外伝〉ならではの愉しさ

ところが七作品中、唯一、『馬と少年』では、現実世界と異世界との往還がない。四兄弟姉妹のうち、巨人退治に出かけて留守の上級王ピーターはまったく登場せず、ほかの三人も登場するにはするが、脇役に甘んじる。この作品は、ナルニア国物語の大筋にはあまり影響しない話、つまり〈外伝〉といえる。

本作では、異世界への扉を開く必要はない。純粋に異世界のなかの話なので、作者

C・S・ルイスは思うぞんぶん想像力を駆使できたのではないか。そこが本作の愉しいところだ。物語はこう始まる。

　これはナルニアに上級王ピーターが君臨し、弟のエドマンド王や妹のスーザン女王やルーシー女王とともにナルニアを治めていた黄金時代に、ナルニア国とカロールメン国およびそのあいだの砂漠で起こった冒険の物語である。
　そのころ、カロールメンの南端に近い海辺の小さな入り江に、アルシーシュという名の貧しい漁師が住んでいた。そして、アルシーシュを父と呼んで日々をともにする少年がいた。その子の名はシャスタと言った。

　ルイスは読者をのっけからナルニア黄金時代の世界に連れていき、貧しい漁師小屋に、そこに住まい、つまらない日々を送る少年シャスタに、一挙にズームインする。ほかの物語のように、読者の分身となる人間界の子どもたちはいない。これがこの『馬と少年』の大きな特徴であろう。結末も、ほかの作品のように現実世界への帰還が描かれているわけではなく、ナルニアとその周辺で、その後の主人公たちがどうなったかが語られる。

このように本作は物語世界のなかで完結する単発のエピソードだが、じつはルイスがシリーズのほかの作品を執筆する際には、大いに意識されていた。わかりやすい例として『銀の椅子』を挙げよう。主人公であるユースタスとジルがナルニアの歴代国王ゆかりのケア・パラヴェル城で賓客《ひんかく》としてもてなされたのち、ホメロスばりの詩人が歩みでて、コル王子とアラヴィスと馬のブリーの物語を語る。これが『馬と少年』という物語であることも明かされる。

刊行順を考えると、ルイスが『銀の椅子』に登場させたエピソードをふくらませて『馬と少年』を書いたように思えるかもしれない。しかし、別表にあるように、執筆順と原著の刊行順は異なる。『馬と少年』は『銀の椅子』よりも前に書かれ、後に刊行されたのである。脱稿してまもない『馬と少年』について『銀の椅子』でルイスが言及したのは、一種の楽屋落ちの意味もあったのだろうか。

また、ルイスが『馬と少年』を執筆したのは一九五〇年夏、おりしも出版を間近に控えた『ライオンと魔女と衣装だんす』の校正の真っ最中であった。『ライオンと魔女と衣装だんす』の終わりのほうに、「海のかなたの国々の王たちは使者をよこして

『ナルニア国物語』執筆順

作品名	執筆	出版
①『ライオンと魔女と衣装だんす』 *The Lion, the Witch and the Wardrobe*	一九三九年草稿執筆 一九四八年執筆再開、四九年脱稿	一九五〇年一〇月一六日英国刊行 一九五〇年一一月七日米国刊行
②『カスピアン王子』 *Prince Caspian*	一九四九年執筆開始、同年脱稿	一九五一年一〇月一五日英国刊行 一九五二年九月一日米国刊行
③『ドーン・トレッダー号の航海』 *The Voyage of the Dawn Treader*	一九四九年執筆開始、五〇年脱稿	一九五二年九月二日英国刊行 一九五二年九月三〇日米国刊行
④『馬と少年』 *The Horse and His Boy*	一九五〇年執筆開始、同年脱稿	一九五四年九月六日英国刊行 一九五四年一〇月五日米国刊行
⑤『銀の椅子』 *The Silver Chair*	一九五〇年執筆開始、五一年脱稿	一九五三年九月七日英国刊行 一九五三年一〇月六日米国刊行
⑥『最後の戦い』 *The Last Battle*	一九五二年執筆開始、五三年脱稿	一九五六年三月一九日英国刊行 一九五六年九月四日米国刊行
⑦『魔術師のおい』 *The Magician's Nephew*	一九五一年執筆開始（一時中断） 一九五三年執筆再開、五四年脱稿 ※一九四九年執筆のルフェイ断片（The Lefay Fragment）を元に執筆。	一九五五年五月二日英国刊行 一九五五年一〇月四日米国刊行

スーザンに結婚を申しこむようになった」とある。校正中に書き足された箇所かもしれない。こちらの〈本編〉にあれこれ加筆したり削除したりしながら、本筋には収まりきらない〈外伝〉の、若い生命力にみちみちて華やかなりしころのナルニア国とその周辺の国々の物語を、自由な想像の翼をひろげて描きあげていったにちがいない。

独創的といわれる文学作品や芸術作品は、多くの場合、百パーセント新しいのではなく、すでに社会や人心にそれなりに浸透していて読むひとや観るひとがわかるものをうまく再利用する。そこにあらたな発想を加えたり、意表をつく展開を盛りこんだりするのだ。ルイスも『馬と少年』で伝統的なモチーフを思うままに組み合わせ、物語を小気味よく展開させて読者の想像力をかきたてる。たとえば男装の麗人。シェイクスピアの『ヴェニスの商人』や『十二夜』といったロマンティック・コメディでもおなじみのモチーフだ。アラヴィスは慕っていた亡き兄の鎖かたびらを着て剣を帯び、牝馬フインにまたがり家を出る。初めて彼女と出会ったシャスタにはすぐに少女だとわからない。わかったことと言えば、えらく華奢な身体に鎖かたびらをまとい、髭は生やしておらず、みごとな馬さばきの騎手であったことくらいだ。

アラヴィスは自分の故国の首都タシュバーンを通過するために、村で買った「男の子用の古着」で少年に変装する。ところが友人の貴族の女性ラザリーンに出くわし、逃亡を手助けしてもらい、大家《たいけ》の女奴隷の服装に着替える。この変わり身の速さ。本当は少女なのに武人や貧しい少年に、本当は貴族の令嬢なのにもっとも身分の低い奴隷に、ジェンダーや身分を軽やかに変えていく。

双子のとりちがえのモチーフもある。シャスタはやはりタシュバーンの雑踏のなかで人ごみの最前列に押し出され、おりしもカロールメンを訪れていたナルニアの一行と鉢合わせする。すると、なぜかナルニア人に取り囲まれ、リーダーとおぼしき男（じつはエドマンド王）に軽く頰を平手打ちされ、「恥を知りなさい、王子！」と叱られる。そのまましばらくナルニア人のところで足止めを食らい、その間、初めてナルニアの王や女王を間近で見たり、人間とは姿形の異なるフォーン（ローマ神話のファウヌス）のタムナスさんと会ってびっくりしたりする。シャスタは彼らのカロールメンを脱出する計画を聞いてしまい、戸惑ううちに眠りこんでしまうが、本物のコリン王子が戻ってくると、ふたりは互いに通じあうものを感じる。その後、シャスタはブリーやアラヴィスとの待ち合わせに王家の墳墓へと急ぐ。ふたりが双子の兄弟であることが明かされるのは終盤近くまで待たねばならない。

双子のとりちがえを扱った作品には、シェイクスピアの『まちがいの喜劇』や『十二夜』、マーク・トウェインの『王子と乞食』、エーリッヒ・ケストナーの『ふたりのロッテ』などがある。そっくりの姿形と呼応しあう魂をもつ双子が、入れ替わって周りを欺いたり、入れ替わりが露呈しそうになって危機一髪に追いこまれたりして、ひとの心をとらえる。

アスランの活躍

この作品の主人公シャスタとアラヴィスはふたりとも異教の国カロールメンに育ち、アスランのこともナルニアの風物も知らない。アスランのことがたとえアラヴィスの耳に入るとしても、蛮族の後ろ盾のライオンの姿をした悪魔としてである。ところが、(旧訳の刊行順であれ新訳の刊行順であれ) ここまで読んできた読者は、すでにナルニアのもの言う動物や半獣半人のフォーン (ファウヌス) やケンタウロス、妖精や木々の精やドワーフを目撃し、アスランを絶対的に善い存在だと認識している。シャスタは最初、ブリーが言葉を話すのを聞いて驚愕するが、この小説の読者なら、説明するまでもなく、ブリーがナルニアの馬だとぴんとくる。

さらに、この作品におけるアスランの登場は、アスランを知らないシャスタやアラヴィスの視点から描かれている。アスランはどの作品でも重要な場面で姿を現すが、本作では読者はアスランについてよく知っている一方、シャスタとアラヴィスは長くアスランのことを知らないまま話が進む。シャスタとアラヴィスにとって、アスランの存在そのものは自明ではない。先入観をもたないひとびと――初心者または〈よそ者〉と言い換えてもよい――の目に映るアスランが描かれる。読者にとっては、アスランがあえて鳴り物入りで仰々しく登場するのではなく、無名のライオンとしてそしらぬ顔で物語に介入してくるのが新鮮なのだ。

アスランは匿名性を利用しつつ、この物語を背後で操っているといっても過言ではない。ブリーとシャスタとフインとアラヴィスを引きあわせる。町はずれの墳墓で待ちぼうけをくらうシャスタを、ネコに身をやつして守ってやる。仙人の住まいへと一行を導く。ルーン王への知らせに間に合うように馬たちを追いこむ。ルーン王一行とはぐれて崖上の道を通るシャスタが転落しないよう守る。とにかく神出鬼没、八面六臂《はちめんろっぴ》の活躍である。

〈ちなみに、筆者が個人的に思い入れが深いのは、墳墓でシャスタがひとりで待つうちに、あたりが暗くなり、いよいよ恐ろしい雰囲気になったとき、足元にネコが現れ、少年をほっとさせる場面だ。ナルニア国物語には数少ない、ネコの登場である。といっても、のちにアスランの化身とわかるのだが。ロンドン在住中、原作をはじめて読んだ五十余年前に、シャスタの恐怖と安堵に共感した思い出が、いまもあざやかによみがえる。〕

とはいえアスランが演じるのは導き手、守り手、助け手の役に限られない。たとえば、侍女を鞭打たれるまま放っておいて家出したアラヴィスの背に、侍女の鞭打ちと同じ数の傷をつける。不信心者のブリーの目の前に現れて回心させる。つまり戒《いまし》め役も務めているのだ。また、愚か者の王子ラバダシュをロバに変えるくだりは、シェイクスピアの『夏の夜の夢』でロバの頭をかぶせられた職工ボトムを連想させる、寛大でユーモラスな裁きである。

しかし、アスランが自分のことをシャスタに説明するのは、物語の後半である。シャスタは、闇のなか、ひとり山道を行く自分のそばで、得体のしれぬ〈堂々たる声〉（原文ではLarge Voiceと単語の頭を大文字にして、わざわざ超越的な声を連想させる）を聞く。その〈声〉が種明かしをする。アラヴィスと引きあわせたのも、墳墓で守ったのも、大事な知らせが間に合うよう導いたのも「わたし」であり、そのむかし、「死に瀕した赤子の乗る小舟を岸まで押していき、夜中に眠れずに海辺にすわっていた男の手に委ねた」のも、「わたし」である、と。

〈声〉の主に温かい息を吹きかけられ、身の上を語り、〈声〉の種明かしを聞いたシャスタは、もはや得体のしれぬものへの恐れをかなぐりすてる。代わりに「おののき」と「歓び」のうちに、「金色の光」を放つライオンの顔を見て、「鞍から滑り落ち、ライオンの足もとにしゃがみこんだ」。もはや言葉を発する必要もない。これはもうシャスタに与えられた特別の恵み、すなわち光あふれる啓示《けいじ》である。

こうしてみると、〈外伝〉といっても、アスランの壮大な計画のなかでは、世界全体の歴史にかかわる重要な物語でもあることが見えてくる。シャスタは、父ルーン王と弟コリンから引き離され、長年、行方不明となっていた兄コルそのひとなのだ。離散した家族の再会と和解を象徴するだけでなく、アーケン国史に黄金時代をもたらすキーパーソンでもある。長じたコル（シャスタ）と妃アラヴィスのあいだの子が国の英雄ラム大王となるのだから。かくて、「死に瀕した赤子」であり、貧しい漁師の子（と思われた）シャスタが、じつはアーケン国中興《ちゅうこう》の祖《そ》となる、というある意味で読者の期待に応える展開で幕が下りる。

異質なものとの遭遇

本作の重要なテーマのひとつは、異質なものの出逢いがひきおこす化学変化である。それはしばしば亀裂や摩擦、ときには反感を生む温床となるが、上手《うま》くいくと共感や友情をはぐくむ苗床《なえどこ》にもなる。すでに述べたように、馬と少年という異種の、あるいは、身分や生い立ちの異なるシャスタとカロールメンの貴族の娘アラヴィスの出逢いのように。アラヴィスは『アラビアンナイト』を思わせる「カロールメン伝統の壮麗なる語り口」で身の上話を語るが、作法を知らないシャスタはとちゅうで割りこんで質問をして、ブリーに「語りのじゃまをしてはいけない」とたしなめられる。高貴な生まれのアラヴィスは意に染まぬ結婚から逃れるために、ナルニアの馬フインと旅に出るのだが、一族の都合で決まる政略結婚という貴族の習慣になじみのないシャスタには、なんのことだか理解できないのだ。最初のうちは、アラヴィスもシャスタとの接し方がわからず、共通の話題の多いブリーにばかり話しかけるしまつ。ところが、タシュバーンの街を横切らざるをえなくなり、みんなで知恵を出しあうことになって、アラヴィスとシャスタはすこしだけ距離をちぢめることになる。作者いわく「相談ごとなどがある場合のほうが、何ということもない会話をかわす場合にくらべて、人はより無難に折り合えるものらしい」。

どちらかというと質実剛健をよしとするナルニアと異なり、カロールメンの文化は、色彩ゆたかで豪奢。ブリーの主人の赤く染めあげた髭も、アラヴィスの優雅な語り口もそうだ。爛熟《らんじゅく》してすでに頽廃《たいはい》しかけた文化なのだ。当初はアラヴィスもカロールメン文化を体現したような女の子だったが、タシュバーンで再会した旧友ラザラリーンの軽薄さにうんざりする。そして、いささか気のきかないシャスタと質素な旅をするほうが、タシュバーンの豪勢な暮らしよりもよほど楽しいのではと思いはじめる。

さらにアラヴィスは、ひと気のない（はずの）宮殿の〈旧館〉で、カロールメンの王ティズロック、宰相（で自分のいいなずけ）アホーシュタ、ラバダシュ王子の密議を聞いてしまう。スーザン女王に逃げられて悔しがる王子はナルニア急襲を計画していたのだ。冷酷非道なティズロックは王子の命より自分の安寧を優先させ、おべっかつかいのアホーシュタもティズロックをそそのかし、ラバダシュへの仕返しを企てる。ティズロックのごてごてと飾り立てた服装をみて思わず「ナルニアの服装のほうが

（少なくとも男性は）ずっとすてき」だと思ったアラヴィスは、その「感情のかけらもない冷酷な声」を聴き、「血が凍る思い」をする。装飾過多の優雅な外見とは裏腹に、情感と思いやりを欠き、やせ衰えた内面の乏しさにぞっとしたのである。

アラヴィスとシャスタの関係性が決定的に変わったのは、ライオンが彼女に襲いかかるのを見たシャスタが、疾走するブリーから飛び降り、なんの武器も持たずに、「あっち行け！　あっち行け！」と叫んだ瞬間だ。アラヴィスは、勇気と無茶の違いはなにか、誇りと傲慢《ごうまん》の違いはなにかを理解する。

ルーン王に息子として認知されたコル（シャスタ）と再会し、アラヴィスは言う。「わたし、いやな人間だったわ、ごめんなさい。でも、わたし、あなたが王子だってことがわかるより前に、心を入れ替えたの。ほんとよ。あなたがもどってきてライオンと対決したときに」。そして「二人とも、おたがい相手がアスランの正体を知ったのだとわかって、少しのあいだ厳粛な気もちで言葉を失っていた」。

最後にシャスタが味わう異質な文化の料理を比べてみよう。タシュバーンのナルニア人たちのもとでシャスタにふるまわれる料理はずいぶん洗練されている。

目の前に豪勢なカロールメン料理が並んでいた。読者諸君が好きかどうかはわからないが、シャスタはおいしそうだと思った。ロブスターの料理、サラダ、アーモンドとトリュフの詰め物をしたシギの丸焼き、チキンのレバーと米とレーズンとナッツで作った手のこんだ料理。冷やしたメロンもあったし、グーズベリーやマルベリーで作ったフルーツ・フールもあった。氷を使ったさまざまなデザートも並んでいた。小さなデキャンタ入りのワインもあり、「白」ワインだというけれど実際には黄色い色をしていた。

一方、ナルニアでドワーフにごちそうになる料理はもっと素朴だ。

すぐに、家の中からジュージューという炒め物の音と、すばらしくおいしそうなにおいが漂ってきた。シャスタにとっては初めて嗅ぐにおいだったが、読者諸君にはおなじみのにおいだと思う。それはベーコンと卵とマッシュルームをフライパンで炒めるにおいだった。

ほかにポリッジ、クリーム、コーヒー、熱々のミルクやトーストが食卓に並ぶ。シャスタがこれまで見たこともない料理だ。たとえばバターは「トーストに塗りつけている黄色くて柔らかいもの」というように、彼の視点から描写される。食いしん坊を自称したルイスは、日常の味覚の愉しみを好んで描く。この物語がカロールメンとナルニア、闇と光、異教とキリスト教、他者と自己、悪と善という二項対立で片づけられるというのなら、食事の描写に関しては両者ともに、あるいはむしろ前者が後者以上に魅力的に食欲に訴えるのはどういうわけか。老成した文明と若々しい文明。どちらの引用でも語り手が口を出し、「読者諸君」に語りかけている点にも注目したい。少なくとも成立当時の時代を考えると、ルイスが意識的に語りかけた「読者諸君」には、もしかしたら後者のほうがぴんときたのかもしれない。本作に関して、物語全体を通して異質な文明（宗教）の対立や優劣を描いたものだと論じることも可能だが、それではイデオロギー的な色がついて読みが狭《せば》められてしまう。作者の意図はともかく、二一世紀のいま、二項対立や善悪二元論の枠組にとらわれすぎない自由な読みこそがこの作品のゆたかな拡がりと深さにふさわしい。

このたび、本シリーズが新訳で出版され、一冊一冊が楽しみである。日本では、味わい深い従来の訳の功績で、すでにシリーズのトーンセッティングができていて、物語の受容のゆたかな風土がある。しかしながら新訳の登場は、時代が変わり、日本人のものに対する考え方、言葉への感じ方が変わったことを映している。第二巻で既訳の「プリン」が原文通りの「ターキッシュ・デライト」になったのは、世界標準にのっとって読者同士が語りあえる時代になったということだろう。また、現代の子どもたちにとっては、きびきびした「だ、である」調の語り口は、身近で生き生きしたものに感じられるはずだ。

一方で変わらないものもある。ルイスの安定感のある物語の運び、五感を刺激するディテールのゆたかさ、ときに死に至る戦いの厳しさなどだ。宝の山があらたな読者の探訪と、既訳で育った読者の再訪を待っている。さまざまな翻訳を通してナルニアを経験できる日本の読者はこの上なくしあわせだ。

C・S・ルイス年譜

一八九八年
一一月二九日、北アイルランドのベルファスト市に生まれる。父アルバート・ジェイムズ・ルイスは事務弁護士、母フローレンス・オーガスタ・ハミルトン・ルイスは牧師の娘で、当時の女性としてはめずらしく、ベルファスト市のクイーンズ・カレッジで大学教育を受けていた。

一九〇二年　三歳
自身のファースト・ネームおよびミドル・ネームを嫌ったルイスは、家族に自分を「ジャクシー」と呼ぶように求め、他の名前で呼ばれても返事をしなくなる。これ以降、家族と友人は生涯彼を「ジャック」と呼ぶ。服を着た動物が登場する物語を好んで読む。この頃、兄ウォレンとの共作の物語「動物の国」を創作する。

一九〇八年　九歳
八月二三日、母フローレンス、癌により死去。
九月、兄と同じイングランドのハートフォードシャーにあるウィニヤード校に入学。当初、「まわりから聞こえてくるイングランド訛りがまるで悪魔の唸り声のよう」に聞こえ、イングランドの風景にも「嫌悪の情」を感じたという。(『喜びのおとずれ』)

元々アイルランド教会のプロテスタントであったが、イングランド国教会の教義に触れ、キリスト教に篤い信仰心をもつようになる。

一九一〇年　一一歳

夏、ウィニヤード校が廃校となる。

ベルファスト市のキャンベル校に入学するも、病気により数カ月で退学。なお、キャンベル校は、イングランドの学校よりは肌に合った。

一九一一年　一二歳

一月、キャンベル校に不満をもっていた父の考えにより、イングランド西部のウスターシャーにある予備学校チェアバーグ校に入学。

この時期、イングランドの風景の美しさを発見する。妖精ものの小説を好んで読み、「いつも小妖精を心に思い描くようになり、そのためについに幻覚の未開地に迷い込む」こともあった(『喜びのおとずれ』)。徐々にキリスト教にたいする信仰を失う。

一九一三年　一四歳

チェアバーグ校近隣のパブリック・スクールの一つであるモルヴァーン・カレッジに入学。

一九一四年　一五歳

モルヴァーン・カレッジになじめず、退

学させてくれるよう父親に手紙で請う。

八月、イギリス、ドイツに宣戦布告。

九月、モルヴァーン・カレッジを退学。

父のかつての恩師であり、イングランドのサリー州在住のウィリアム・カークパトリック氏の自宅で個人指導を受けながら大学受験の準備をすることになる。

一九一六年　一七歳

一二月、オックスフォード大学奨学生試験を受験。ユニヴァーシティ・カレッジの奨学生に選ばれる。

一九一七年　一八歳

学位取得予備試験において数学で不合格となるが、四月からオックスフォード大学内に寄宿することを許可され、大学生活を開始。

オックスフォード大学のキーブル・カレッジに宿舎のある士官候補生大隊に召集され、パディ・ムーアと同室になる。

一一月、軽歩兵隊の少尉としてフランス戦線に出征。

この頃、ジョージ・マクドナルド（一八二四―一九〇五）の『ファンタステス』（一八五八）に夢中になる。

一九一八年　一九歳

二月、〈塹壕熱〉と呼ばれる熱病に罹る。

四月、味方の砲弾の破片に当たって重傷を負い、ロンドンの病院に送還される。

一一月、ロンドンで終戦を迎える。この頃からムーア夫人に愛情を抱くようになる。

一九一九年　二〇歳

オックスフォード大学に戻る。退役軍人に限り、学位取得予備試験が免除される決定が出され、以前に不合格であった数学の試験を免除されることになる。

三月、クライヴ・ハミルトン名義で第一次世界大戦での体験を謳った詩集『囚われの魂』を出版。

一九二〇年 二二歳

夏、ムーア夫人とその娘モーリーンとの共同生活を開始。

一九二二年 二三歳

八月、人文学学位取得試験に最優等の成績で合格。大学の研究職を得るのに苦労し、修学を一年延長して英文学を専攻することを決める。英文学の中では、トマス・ブラウン(一六〇五―一六八二)、ジョン・ダン(一五七二―一六三一)、ジョージ・ハーバート(一五九三―一六三三)の詩に陶酔する。

一九二三年 二四歳

英文学学位取得試験に優等の成績で合格。

一九二五年 二六歳

モードリン・カレッジの英語・英文学のフェロー(特別研究員)に選ばれる。

一九二六年 二七歳

オックスフォード大学の会議でJ・R・R・トールキンと出会う。

五月、ゼネラル・ストライキのため、イギリス社会は一時混乱に陥る。

一九二九年 三〇歳

父アルバート死去。

一九三〇年 三一歳

四月、陸軍軍人であった兄ウォレン帰英。

七月、オックスフォード郊外の〈キルンズ荘〉でムーア夫人、その娘モーリーン、実兄ウォレンと同居生活を開始。

この頃より、トールキンほか数名の友人がモードリン・カレッジのルイスの居室に集まり、〈インクリングズ〉の会が始まる。

一九三一年　三三歳

キリスト教への信仰を取り戻す。

一九三三年　三四歳

宗教的アレゴリー『天路逆行』出版。タイトルは、ジョン・バニヤン（一六二八―一六八八）の『天路歴程』（一六七八）をもじったもので、平凡な男ジョンが救われるまでを描く。

一九三六年　三七歳

五月、オヴィディウスからスペンサーにいたる恋愛詩を論じる最初の学問的著書『愛のアレゴリー――ヨーロッパ中世文学の伝統』出版。

一九三八年　三九歳

宇宙を舞台とするSFファンタジー『沈黙の惑星を離れて』出版。これは三部作で、続編が一九四三年、一九四五年に出版される。

一九三九年　四〇歳

九月、イギリス、ドイツに宣戦布告。

一九四〇年　四一歳

一〇月、宗教的著作『痛みの問題』出版。この世にはなぜ痛みと悪が存在するのか、という問題をめぐる考察。

一九四一年　四二歳
BBCラジオ放送の依頼で、キリスト教に関する放送講話を開始。放送は一回一五分で、一九四四年まで断続的に計二九回行われた。
キリスト教に関する知的に困難な問題を討議するための公開フォーラム、オックスフォード大学ソクラテス・クラブの創設に尽力（発足は一九四二年）。ルイスは会長に選任され、これ以降同クラブで多くの講演を行う。
一九四二年　四三歳
諷刺という手法を用いることによって神学的な問題に深く切り込む『悪魔の手紙』出版。ベストセラーとなり、スター的名声を得る。
七月、ジョン・ミルトン（一六〇八―一六七四）の『失楽園』（一六六七）を扱う『〈失楽園〉研究序説』、BBCの講話を収録した『放送講話』（のちに『キリスト教の精髄』に再収録）出版。
一九四五年　四六歳
七月、総選挙で労働党が大勝。アトリー労働党内閣発足。
一九四六年　四七歳
国民保健サービス法制定。
一九五〇年　五一歳
『ナルニア国物語』の第一作『ライオンと魔女と衣装だんす』出版。
一九五一年　五二歳
ムーア夫人死去。
オックスフォード大学詩学教授選任にお

いて、詩人・作家でもあるセシル・デイ・ルイス（一九〇四―一九七二）に敗れる。

一九五二年　五三歳

『ナルニア国物語』の第二作『カスピアン王子』出版。

以前から文通相手であった、ルイスの作品のファンのジョイ・デヴィッドマンと初めて会う。

BBC放送講話を編集した『キリスト教の精髄』、『ナルニア国物語』の第三作『ドーン・トレッダー号の航海』の出版。

一九五三年　五四歳

『ナルニア国物語』の第四作『銀の椅子』出版。

一九五四年　五五歳

『一六世紀英文学史』、『ナルニア国物語』の第五作『馬と少年』出版。

一一月、ケンブリッジ大学モードリン・カレッジに新設された中世・ルネサンス文学講座の初代教授に就任。これ以降、学期中はケンブリッジで、休暇と週末はオックスフォードのキルンズ荘で過ごす生活を送るようになる。

一九五五年　五六歳

九月、自叙伝『喜びのおとずれ』出版。

『ナルニア国物語』の第六作『魔術師のおい』出版。

一九五六年　五七歳

イギリス政府がジョイの滞在許可の更新を認めなかったため、四月、ジョイと書類上の結婚をして窮状を救う。ジョイの二人の息子は英国籍を得る。
『ナルニア国物語』の第七作『最後の戦い』、『愛はあまりにも若く』出版。
一九五七年　五八歳
『最後の戦い』によりカーネギー賞を受ける。
三月、骨癌で入院中のジョイと病室で結婚式を挙げる。
一九六〇年　六一歳
七月、ジョイ死去。
一九六一年　六二歳
妻ジョイの死をどのように受けとめたのかを記す『悲しみをみつめて』をN・W・クラーク名義で出版。
この頃より衰弱がひどくなる。
一九六三年
七月、心臓発作で一時危篤状態となる。
八月、ケンブリッジ大学に辞表を提出。
一一月二二日、死去。享年六四。

訳者あとがき

ナルニアの世界へ、ようこそ！

第三巻《かん》は、『馬と少年』——前作『ライオンと魔女《まじょ》と衣装《いしょう》だんす』でナルニアの世界に迷《まよ》いこんだ四人の子どもたちが王や女王となってナルニアを治《おさ》めていた時代に、ナルニア国の南に国境《こっきょう》を接《せっ》するアーケン国と、さらに南に位置《いち》するカロールメン国を舞台《ぶたい》に起こった、馬たちと少年少女の冒険《ぼうけん》物語だ。

少年シャスタは貧《まず》しく愛情《あいじょう》のない漁師《りょうし》の父親に育てられ、毎日たくさんの仕事をさせられていたが、ある日、漁師小屋に立ち寄《たよ》ったカロールメンの貴族《きぞく》に奴隷《どれい》として売られそうになる。ところが、その貴族が乗ってきた馬がシャスタに話しかけ、奴隷に売られるくらいなら逃《に》げたほうがいい、いっしょに逃げないか、と北の国ナルニアへの逃避行《とうひこう》を持ちかける。この〈もの言う馬〉ブリーは、子馬のころに捕《と》らえられナルニアからカロールメンに連《つ》れてこられた馬だった。

シャスタとブリーは旅の途中《とちゅう》で貴族《きぞく》の娘《むすめ》アラヴィスと出会う。アラヴィスは意に染《そ》まぬ結婚《けっこん》を強要《きょうよう》されそうになって親もとから逃《に》げ出《だ》してきたのだが、アラヴィスの愛馬《あいば》フインもナルニアからさらわれてきた〈もの言う馬〉だった。

二人と二頭は人目を忍《しの》んで旅を続《つづ》けるが、カロールメンの首都タシュバーンを通過《つうか》しようとしたとき、シャスタは人違《ひとちが》いされてナルニア貴族につかまり、アラヴィスのほうは旧友《きゅうゆう》に呼《よ》び止《と》められ、ともにタシュバーンで足止めされてしまう。シャスタはナルニア貴族たちの滞在《たいざい》している屋敷《やしき》に連れていかれ、そこで休んでいるあいだに、スーザン女王に結婚を迫《せま》るカロールメンの乱暴者《らんぼうもの》ラバダシュ王子から逃げるため真夜中に船で出航《しゅっこう》する計画を立てているナルニア人たちの話を聞いてしまう。一方のアラヴィスも、王宮の庭を通ってタシュバーンから脱出《だっしゅつ》しようとする途中で王宮の古い建物《たてもの》に迷《まよ》いこみ、ナルニア国とその隣国《りんごく》アーケン国を侵略《しんりゃく》しようとするラバダシュ王子の計画を耳にしてしまう。

こうして、砂漠《さばく》を横断《おうだん》して北のナルニアをめざす二人と二頭は、ナルニア国（および友好国《ゆうこうこく》のアーケン国）とカロールメン国の争《あらそ》いに巻《ま》き込《こ》まれ、馬たちとともに死力をふりしぼって駆《か》けつづけることになる――。

この物語は、『ナルニア国物語』全七巻《かん》の中で唯一《ゆいいつ》わたしたちの世界との行き来が起こらず、ナルニア世界だけで話が完結《かんけつ》しているが、物語の筋立《すじだ》てがかなり複雑《ふくざつ》で（それだけに、読みものとしてはたいへん面白《おもしろ》い）、複数《ふくすう》の登場人物たちと場面が入《い》れ替《か》わりながら話が展開《てんかい》していくので、訳者《やくしゃ》自身も翻訳《ほんやく》しながら物語の時間的《じかんてき》な経過《けいか》が混乱《こんらん》しそうになり、タイムテーブルを作って翻訳を進めた。読者のみなさんにも参考《さんこう》になるかもしれないので、ここに紹介《しょうかい》しておこう（次ページ）。

固有名詞《こゆうめいし》の発音については、Harper Children's Audio "The Chronicles of Narnia"（第三巻『馬と少年』の朗読者《ろうどくしゃ》はAlex Jennings）として発売されているオーディオCDを聴《き》き、その発音をできるだけ正確《せいかく》にカタカナに写すようつとめた。原著者《げんちょしゃ》ルイ

	シャスタ	アラヴィス	ナルニア人	ラバダシュ
午前	タシュバーンにはいる ナルニア人につかまる	ラザラリーンの屋敷へ	タシュバーン滞在中	タシュバーン在住
午後	ナルニア人の屋敷から脱出		タシュバーン脱出を計画 夕方、コリン王子もどる	
夜	王墓のそばで夜を明かす	ラザラリーン宴会へ	ナルニア船出航 →（午前：ケア・パラヴェルに帰着）	
午前	一日じゅう王墓群のそばでアラヴィスたちを待つ	王宮の裏木戸から脱出する計画を立てる		明け方、ナルニア勢の逃走に気づく
午後	夕方、馬たちが王墓群へ	夕方、王宮へ		
夜	シャスタ、アラヴィス、馬たち、合流	ラバダシュらの密議を聞く 裏木戸から脱出		ラバダシュ、ティズロック、アホーシュタの密議 ラバダシュ出撃 →（〈曲がり矢川〉を渡る）
午前	砂漠の旅 →（〈曲がり矢川〉を渡る）			
午後				
夜	谷の入り口、見つかる 水浴後、眠り込む			
午前				
午後	〈曲がり矢川〉を渡る ラバダシュ軍が近づいてくるのに気づく ライオンに追われ、仙人にかくまわれる			〈曲がり矢川〉を渡る
夜	ルーン王に急を知らせる 峠を越えてナルニアへ			アンヴァード城攻撃へ
午前	ドワーフに助けられる		ケア・パラヴェルに帰着	
午後	一日じゅう眠る		アンヴァードを救うため ナルニア軍出撃	
夜				
午前	ナルニア軍と合流 アンヴァードへ		アンヴァードの戦い	アンヴァードの戦い

スが原稿《げんこう》を書いているときに想定していた音に近い表現《ひょうげん》になっていると思う。

また、本書の主役は馬たちなので、当然《とうぜん》、馬の走法《そうほう》や馬具などに関《かん》する言葉がたくさん出てきて、馬になじみの薄《うす》い読者にはわかりにくいかもしれないので、専門《せんもん》用語はしおりにして、読みながら手もとで常《つね》に参照《さんしょう》していただけるようにした。

この物語に出てくるカロールメン国の人々は大げさな表現方法《ほうほう》を好む国民《こくみん》という設《せっ》定《てい》なので、アラヴィスが身の上話を語るくだりやラバダシュとティズロックとアホーシュタの密議《みつぎ》の場面は文章が少し難《むずか》しくなっている。若《わか》い読者のみなさんにはややチャレンジングかもしれないが、そういう表現方法もまたこの作品の大切な個性《こせい》であり、それだからこそいっそう楽しめる作品になっているので、がんばって（でも、あまりムキにならずに）読んでほしい。慣《な》れれば、だんだんと理解《りかい》できるようになると思う。少年少女の読者にも読みやすいように、小学校四年生以上《いじょう》の漢字にはルビを振《ふ》っておいた。ルビは各《かく》ページの初出《しょしゅつ》時につけてある。

『ナルニア国物語』全七巻《かん》の並《なら》べ方《かた》について、説明《せつめい》しておきたい。

『ナルニア国物語』の日本語版《にほんごばん》は、これまで岩波書店から出版《しゅっぱん》されており（瀬田貞二《せたていじ》訳《やく》）、全七巻《かん》は次の順序《じゅんじょ》で並《なら》べられていた。

『ライオンと魔女《まじょ》』*The Lion, the Witch and the Wardrobe*（一九五〇）
『カスピアン王子のつのぶえ』*Prince Caspian*（一九五一）
『朝びらき丸　東の海へ』*The Voyage of the Dawn Treader*（一九五二）
『銀のいす』*The Silver Chair*（一九五三）
『馬と少年』*The Horse and His Boy*（一九五四）
『魔術師《まじゅつし》のおい』*The Magician's Nephew*（一九五五）
『さいごの戦《たたか》い』*The Last Battle*（一九五六）

　カッコ内にそれぞれの原書の出版年を記したが、つまり、この並べかたは原書の刊行順《かんこうじゅん》ということになる。毎年一冊《さつ》ずつ原書が発表され、それを翻訳《ほんやく》していったのだから、瀬田訳が原書の刊行順になったのは、当然《とうぜん》といえば当然のことだ。

一方、今回の翻訳《ほんやく》で使用したHarperCollins Publishers版《ばん》では、作品が次の順で並《なら》んでいる（邦題《ほうだい》は光文社古典新訳文庫《こてんしんやくぶんこ》でのタイトル）。

『魔術師《まじゅつし》のおい』*The Magician's Nephew*
『ライオンと魔女《まじょ》と衣装《いしょう》だんす』*The Lion, the Witch and the Wardrobe*
『馬と少年』*The Horse and His Boy*
『カスピアン王子』*Prince Caspian*
『ドーン・トレッダー号の航海《こうかい》』*The Voyage of the Dawn Treader*
『銀の椅子《いす》』*The Silver Chair*
『最後《さいご》の戦《たたか》い』*The Last Battle*

これは『ナルニア国物語』作品中の時系列《じけいれつ》にそった並《なら》べかたで、第一巻《かん》でナルニア国が誕生《たんじょう》し、第七巻でナルニア国が終焉《しゅうえん》を迎《むか》えることになる。このほうが作品を理《り》解《かい》しやすいし（たとえば、『ナルニア国物語』全編に登場する〈もの言うけもの〉たちがふつうのサイズより大きい理由については、第一巻《かん》のナルニア創世《そうせい》のところで触《ふ》れられている）、何よりも著者《ちょしゃ》C・S・ルイス自身がこの順番《じゅんばん》で七巻の作品が読まれるよう希望《きぼう》していたことから、現在《げんざい》、欧米《おうべい》で出版《しゅっぱん》されている『ナルニア国物語』はこの時系列《じけいれつ》の並《なら》べかたが標準《ひょうじゅん》となっている。今回の新訳《しんやく》に際《さい》しても、この並べかたを採用《さいよう》することとした。

新しい訳には新しい挿絵《さしえ》を、ということで、第一巻と第二巻に引《ひ》き続《つづ》き、ナルニアの世界をこよなく愛《あい》するイラストレーターYOUCHAN（ユーチャン）さんに挿絵を描《えが》いていただいた。文章・挿絵ともに一新した新訳が少年少女から大人まで幅広《はばひろ》い年《ねん》齢層《れいそう》の読者に楽しんでいただけることを願《ねが》っている。

最後《さいご》になったが、この作品を翻訳《ほんやく》する機会《きかい》を与《あた》えてくださった光文社古典新訳文庫《こてんしんやくぶんこ》の創刊編集長《そうかんへんしゅうちょう》・駒井稔《こまいみのる》氏、編集長・中町俊伸《なかまちとしのぶ》氏と、迷《まよ》うことの多い翻訳作業を的《てき》確《かく》に支《ささ》えてくださる光文社翻訳編集部《へんしゅうぶ》の小都一郎《おづいちろう》氏に心からの感謝《かんしゃ》を申し上げる。

また、校閲《こうえつ》にたずさわってくださる方々の努力《どりょく》に対しても、ここに深い感謝《かんしゃ》の言葉を記させていただく。

読者のみなさん、続《つづ》く第四巻《かん》『カスピアン王子』をどうぞお楽しみに！

二〇一七年二月

土屋京子

kobunsha classics
光文社古典新訳文庫

ナルニア国物語《こくものがたり》③
馬《うま》と少年《しょうねん》

著者 C・S・ルイス
訳者 土屋《つちや》京子《きょうこ》

2017年3月20日 初版第1刷発行

発行者 田邉浩司
印刷 萩原印刷
製本 ナショナル製本

発行所 株式会社光文社
〒112-8011東京都文京区音羽1-16-6
電話 03(5395)8162(編集部)
03(5395)8116(書籍販売部)
03(5395)8125(業務部)
www.kobunsha.com

ISBN978-4-334-75349-8 Printed in Japan

いま、息をしている言葉で、もういちど古典を

長い年月をかけて世界中で読み継がれてきたのが古典です。奥の深い味わいある作品ばかりがそろっており、この「古典の森」に分け入ることは人生のもっとも大きな喜びであることに異論のある人はいないはずです。しかしながら、こんなに豊饒で魅力に満ちた古典を、なぜわたしたちはこれほどまで疎んじてきたのでしょうか。

ひとつには古臭い教養主義からの逃走だったのかもしれません。真面目に文学や思想を論じることは、ある種の権威化であるという思いから、その呪縛から逃れるために、教養そのものを否定しすぎてしまったのではないでしょうか。

いま、時代は大きな転換期を迎えています。まれに見るスピードで歴史が動いていくのを多くの人々が実感していると思います。

こんな時わたしたちを支え、導いてくれるものが古典なのです。「いま、息をしている言葉で」——光文社の古典新訳文庫は、さまよえる現代人の心の奥底まで届くような言葉で、古典を現代に蘇らせることを意図して創刊されました。気取らず、自由に、心の赴くままに、気軽に手に取って楽しめる古典作品を、新訳という光のもとに読者に届けていくこと。それがこの文庫の使命だとわたしたちは考えています。

このシリーズについてのご意見、ご感想、ご要望をハガキ、手紙、メール等で翻訳編集部までお寄せください。今後の企画の参考にさせていただきます。
メール　info@kotensinyaku.jp

光文社古典新訳文庫　好評既刊

魔術師のおい　ナルニア国物語①	C・S・ルイス　土屋　京子　訳	異世界に迷い込んだディゴリーとポリーの運命は？　悪の女王の復活、そしてアスランの登場……。ナルニアのすべてがいま始まる！　ナルニア創世を描く第1巻（解説・松本朗）
ライオンと魔女と衣装だんす　ナルニア国物語②	C・S・ルイス　土屋　京子　訳	魔法の衣装だんすから真冬の異世界へ――四人きょうだいの活躍と成長、そしてアスランと魔女ジェイディスの対決を描く、ナルニアで最も有名な冒険譚。（解説・芦田川祐子）
トム・ソーヤーの冒険	トウェイン　土屋　京子　訳	悪さと遊びの天才トムは、ある日親友ハックと夜の墓地に出かけ、偶然に殺人現場を目撃してしまう……。小さな英雄の活躍を瑞々しく描くアメリカ文学の金字塔。（解説・都甲幸治）
ハックルベリー・フィンの冒険（上・下）	トウェイン　土屋　京子　訳	トム・ソーヤーとの冒険後、学校に通い、まっとうで退屈な生活を送るハック。そこに飲んだくれの父親が現れ、ハックは筏で川へ逃げ出す……。アメリカの魂といえる名作、決定訳。（解説・石原剛）
新アラビア夜話	スティーヴンスン　南條　竹則　坂本あおい　訳	ボヘミアの王子フロリゼルが見たのは、「自殺クラブ」での奇怪な死のゲームだった。「ラージャのダイヤモンド」をめぐる冒険譚を含む、世にも不思議な七つの物語。

光文社古典新訳文庫　好評既刊

フランケンシュタイン
シェリー　小林 章夫 訳

天才科学者フランケンシュタインによって生命を与えられた怪物は、人間の理解と愛を求めるが、醜悪な姿ゆえに疎外され……。これまでの作品イメージを一変させる新訳！

木曜日だった男　一つの悪夢
チェスタトン　南條 竹則 訳

日曜日から土曜日まで、七曜を名乗る男たちが巣くう秘密結社とは？　幾重にも張りめぐらされた陰謀、壮大な冒険活劇が始まる。奇想天外な幻想ピクニック譚！

水の精《ウンディーネ》
フケー　識名 章喜 訳

騎士フルトブラントは、美少女ウンディーネと出会う。恋に落ちた二人は結婚しようとするが……。水の精と人間の哀しい恋を描いた宝石のように輝くドイツ幻想文学の傑作。待望の新訳。

黒猫／モルグ街の殺人
ポー　小川 高義 訳

推理小説が一般的になる半世紀前、不可能犯罪に挑戦する探偵・デュパンを世に出した「モルグ街の殺人」。現在もまだ色褪せない恐怖を描く「黒猫」。ポーの魅力が堪能出来る短編集。

アッシャー家の崩壊／黄金虫
ポー　小川 高義 訳

ゴシックホラーの傑作から暗号解読ミステリーまで、めくるめくポーの世界。表題作ほか「ライジーア」「ヴァルデマー氏の死の真相」「盗まれた手紙」など短篇7篇と詩2篇を収録！

光文社古典新訳文庫　好評既刊

黄金の壺／マドモワゼル・ド・スキュデリ
ホフマン
大島かおり 訳
美しい蛇に恋した大学生を描いた「黄金の壺」、天才職人が作った宝石を持つ貴族が襲われる「マドモワゼル・ド・スキュデリ」ほか、鬼才ホフマンが破天荒な想像力を駆使する珠玉の四編！

砂男／クレスペル顧問官
ホフマン
大島かおり 訳
サイコ・ホラーの元祖と呼ばれる、恐怖と戦慄に満ちた傑作「砂男」、芸術の圧倒的な力とそれゆえの悲劇を幻想的に綴った「クレスペル顧問官」などホフマンの怪奇幻想作品の代表傑作3篇。

くるみ割り人形とねずみの王さま／ブランビラ王女
ホフマン
大島かおり 訳
クリスマス・イヴに贈られたくるみ割り人形の導きで、少女マリーは不思議の国の扉を開ける……奔放な想像力が炸裂するホフマン円熟期の傑作2篇を収録。（解説・識名章喜）

猫とともに去りぬ
ロダーリ
関口英子 訳
猫の半分が元・人間だってこと、ご存知でしたか？　ピアノを武器にするカウボーイなど、人類愛、反差別、自由の概念を織り込んだ、知的ファンタジー十六編を収録。

羊飼いの指輪　ファンタジーの練習帳
ロダーリ
関口英子 訳
それぞれの物語には結末が三つあります。あなたはどれを選ぶ？　表題作ほか「魔法の小太鼓」「哀れな幽霊たち」「星へ向かうタクシー」ほか読者参加型の愉快な短篇全二十！

光文社古典新訳文庫　好評既刊

タイムマシン
ウェルズ
池 央耿 訳

時空を超える〈タイムマシン〉を発明したタイム・トラヴェラーは、80万年後の世界に飛ぶが、そこで見たものは……。SFの不朽の名作が格調ある決定訳で登場。（解説・巽 孝之）

箱舟の航海日誌
ウォーカー
安達 まみ 訳

神に命じられたノアは、箱舟を造り、動物たちと漂流する。しかし、舟の中に禁断の肉食を知るスカブがいたため、平和だった動物たちの世界は変化していくのだった―。

すばらしい新世界
オルダス・ハクスリー
黒原 敏行 訳

西暦2540年。人間の工場生産と条件付け教育、フリーセックスの奨励、快楽薬の配給で、人類は不満と無縁の安定社会を築いていたが、未開社会から来たジョンは、世界に疑問を抱く。

オペラ座の怪人
ガストン・ルルー
平岡 敦 訳

パリのオペラ座の舞台裏で道具係が謎の縊死体で発見された。次々と起こる奇怪な事件に、迷宮のようなオペラ座に棲みつく「怪人」の関与が囁かれる。フランスを代表する怪奇ミステリー。

変身／掟の前で 他2編
カフカ
丘沢 静也 訳

家族の物語を虫の視点で描いた「変身」をはじめ、「掟の前で」「判決」「アカデミーで報告する」。カフカの傑作四編を、〈史的批判版全集〉にもとづいた翻訳で贈る。

光文社古典新訳文庫　好評既刊

訴訟
カフカ
丘沢 静也 訳
銀行員ヨーゼフ・Kは、ある朝、とつぜん逮捕される…。不条理、不安、絶望ということばで語られてきた深刻ぶった『審判』は、軽快で喜劇のにおいのする『訴訟』だった！

プークが丘の妖精パック
キプリング
金原 瑞人
三辺 律子 訳
二人の兄妹に偶然呼び出された妖精パックは、魔法で二人の前に歴史上の人物を呼び出し、真の物語を語らせる。兄妹は知らず知らずに古き歴史の深遠に触れるのだった―。

幼年期の終わり
クラーク
池田真紀子 訳
地球上空に現れた巨大な宇宙船。オーヴァーロード（最高君主）と呼ばれる異星人との遭遇によって新たな道を歩み始める人類の姿を哲学的に描いた傑作ＳＦ。（解説・巽 孝之）

飛ぶ教室
ケストナー
丘沢 静也 訳
孤独なジョニー、弱虫のウーリ、読書家ゼバスティアン、そして、マルティンにマティアス。五人の少年は友情を育み、信頼を学び、大人たちに見守られながら成長していく―。

天来の美酒／消えちゃった
コッパード
南條 竹則 訳
小説の〝型〟にはまらない意外な展開と独創性。短篇の職人・コッパードが、「イギリスの奇想、恐怖、不思議」に満ちた物語を詩情とユーモア溢れる練達の筆致で描いた、珠玉の十一篇。

光文社古典新訳文庫　好評既刊

ちいさな王子
サン＝テグジュペリ
野崎 歓 訳

砂漠に不時着した飛行士のぼくの前に現われた不思議な少年。ヒツジの絵を描いてとせがまれる。小さな星からやってきた、その王子と交流がはじまる。やがて永遠の別れが…。

夜間飛行
サン＝テグジュペリ
二木 麻里 訳

夜間郵便飛行の黎明期、航空郵便事業の確立をめざす不屈の社長と、悪天候と格闘するパイロット。命がけで使命を全うしようとする者の孤高の姿と美しい風景を詩情豊かに描く。

人間の大地
サン＝テグジュペリ
渋谷 豊 訳

パイロットとしてのキャリアを持つ著者が、駆け出しの日々、勇敢な僚友たちや人々との交流、自ら体験した極限状態などを、時に臨場感豊かに、時に哲学的に語る自伝的作品。

仔鹿物語（上・下）『鹿と少年』改題
ローリングズ
土屋 京子 訳

厳しい開墾生活を送るバクスター一家。父ペニーがとっさに撃ち殺した雌ジカの近くにいた仔ジカに、息子ジョディは魅了される。しかし、厳しい決断を迫られることに……。（解説・松本朗）

秘密の花園
バーネット
土屋 京子 訳

両親を亡くしたメアリは叔父に引き取られる。従兄弟のコリンや動物と会話するディコンと出会い、屋敷内の秘密の庭園に出入し、次第に快活さを取りもどす。（解説・松本 朗）

★続刊

にんじん　ルナール／中条省平・訳

三人きょうだいの末っ子で赤毛の少年〝にんじん〟は、いつも母親や姉兄から理不尽な仕打ちにあっているが、やがて日々の生活の中でしたたかに成長していく。『博物誌』などで知られる作家が、短いスケッチを積み重ねて描く自伝的物語。

オリエント急行殺人事件　アガサ・クリスティー／安原和見・訳

名探偵ポアロが乗ったイスタンブール発カレー行きの豪華列車「オリエント急行」。その車内で奇妙きわまりない殺人事件が起こる。警察の支援も得られぬ状況で、乗客たちを尋問し、探偵が導き出す二つの可能性とは？　英国ミステリーの最高傑作。

ヒューマン・コメディ　サローヤン／小川敏子・訳

第二次世界大戦中、カリフォルニア州イサカのマコーリー家では父が死に、長兄も出征し、一四歳のホーマーが電報配達をして家計を助けている。家族や町の人々との触れあいの中で成長する少年の姿を描いた、可笑《おか》しくて切ない長篇小説。